本书由人文在线出版基金资助出版
上海高校青年教师培养资助计划（ZZSLG15038）
上海理工大学外语学院博士科研启动基金项目
上海理工大学教师教学发展研究项目（CFTD16029Y）
上海理工大学人文社科"攀登计划"资助项目（16HJPD-A04）
上海理工大学人文社科重点项目（16HJSK-ZD06）

Evidentiality in Argumentative Discourse

论辩语篇言据性研究

陈 征 著

图书在版编目（CIP）数据

论辩语篇言据性研究 / 陈征著 . —— 北京：中央编译出版社，2017.1
ISBN 978-7-5117-3114-2

Ⅰ . ①论… Ⅱ . ①陈… Ⅲ . ①辩论—语言艺术—研究
Ⅳ . ① H019

中国版本图书馆 CIP 数据核字 (2016) 第 233340 号

论辩语篇言据性研究

出 版 人：葛海彦
出版统筹：贾宇琰
责任编辑：程　彤　曲建文
责任印制：尹　珺
出版发行：中央编译出版社
地　　址：北京西城区车公庄大街乙 5 号鸿儒大厦 B 座（100044）
电　　话：（010）52612345（总编室）　　（010）52612370（编辑室）
　　　　　（010）52612316（发行部）　　（010）52612317（网络销售）
　　　　　（010）52612346（馆配部）　　（010）55626985（读者服务部）
传　　真：（010）66515838
经　　销：全国新华书店
印　　刷：北京天正元印务有限公司
开　　本：710 毫米 ×1000 毫米　1/16
字　　数：205 千字
印　　张：13
版　　次：2017 年 1 月第 1 版第 1 次印刷
定　　价：42.00 元

网　　址：www.cctphome.com　　邮　　箱：cctp@cctphome.com
新浪微博：@中央编译出版社　　微　　信：中央编译出版社（ID：cctphome）
淘宝店铺：中央编译出版社直销店（http：//shop108367160.taobao.com）　（010）52612349

凡有印装质量问题，本社负责调换，电话：（010）55626985

前　言

言据性是说话人/作者对所述命题的信息来源及其信度进行说明的语言表征，同时编码了说话人/作者对所述命题的态度评价和介入程度。言据性研究能够帮助我们更好地了解人们的认知规律和语言规则之间的对应关系，而针对英语论辩性语篇中言据性系统的研究将进一步解析英语言据性系统及其语篇信度建构模式。

《基于主观性和交互主观性连续统的英语论辩语篇研究》将理论论述和实例论证相结合。在言据性相关研究的基础之上，本书重新审视信息来源与证素使用之间的关联性，通过证素在语篇中的具体表现，探讨说话人/作者的语篇言据性建构模式和策略。然后，从美国语言学家罗纳德·兰盖克(Ronald Langacker)的语言主观性研究和美国语言学家伊丽莎白·特劳戈特(Elizabeth Traugott)与荷兰语言学家阿里·费尔哈亨(Arie Verhagen)的语言交互主观性研究视角切入，通过融合相关理论和认识建立一个主观性和交互主观性连续统，用以分析说话人/作者是如何在语篇中通过编码言据性表述来构建论辩过程和观点信度。

在实例论证部分，本书以2008年和2012年两届美国总统竞选的六场电视辩论文稿等英语论辩性语篇为主要分析语料，以英语语篇言据性系统为主要研究对象，并将语言的主观性和交互主观性连续统融入分析过程，从个体和整体视角来探讨证素选用的语用、认知和心理动因，并且通过具体语段分析来考察说话人如何通过特定的言据性策略来表达相应的认识立场，以及如何通过不同命题所体现的认识立场之间的相互协作从整体上构建语篇信度，然后归纳和总结论辩性语篇中的信度建构模式。

该书一共有七章，内容如下：

第一章首先通过例子来引介言据性及其证素，然后概述研究的理论和实践背景，接着指明研究的目的和意义，最后简单介绍各章内容。

第二章回顾言据性研究历史及其发展现状，介绍言据性研究中已有的成果和研究趋势，重新定义本文研究的言据性及其研究范围，探讨研究英语言据性系统的可行性和实践意义。

第三章和第四章是实例论证之前的理论论述，旨在梳理言据性研究中证素研究现状和语言主观性与交互主观性研究的已有成果，从中建立适合本书的理论分析框架。

第三章总结言据性在语篇中的表现形式，即证素的国内外研究现状，系统梳理英语中的证素及其分类，然后在信息共享性和可及性的基础上，结合经典分类模式，提出适合本书的证素信息来源分类模式和信度层级系统，接着进一步探讨和论证言据性的语用特质及其表现形式，并结合实例分析简要阐释言据性在语篇中的实际运用。

第四章梳理语言学领域的主观性研究和交互主观性研究，接着根据已有的研究成果对主观性和交互主观性进行细分，提出了强主观性和交互主观性倾向等概念，并进一步构建了一个以言语主体认知域为主要观察视角的主观性和交互主观性连续统，为语篇言据性分析提供主要的理论框架，然后将这个连续统应用于语篇言据性分析，并通过论辩性语篇中的实例对证素类型及其相对应的主观性和交互主观性进行简单论述。

第五章简要介绍研究方法，首先介绍研究语料论辩性语篇，包括论辩的起源、研究对象、目的、内容以及论辩过程等，阐述论辩性语篇的定义、研究范畴、分类，同时明晰语篇类型的定义和选用理由，接着介绍具体的研究过程，包括研究问题和假设的提出、研究语料的来源和收集、指导性的研究方法和具体步骤等。

第六章是在前文理论梳理和论证的基础上，结合证素分类模式和信度层级系统，以及主观性和交互主观性连续统，通过语料的数据统计和理论分析结果来展示理论论述与实例分析的相互印证性。首先，通过分布图、统计表、实例分析等各种方式讨论不同类型证素在语篇中的分布情况，然后结合语言的主观性和交互主观性连续统对语篇言据性系统进行了深入分析，通过具体语料和语段分析来论证主体作用和言据性系统之间的关联性，并通过归纳和总结论辩性语篇中信度构建的基本模式，验证前文中相关的理论阐述和论证，同时找到存在的问题和研究对策。

第七章概述研究中的主要发现，简要回顾理论梳理成果和据此建立的主观性和交互主观性连续统，及其实证研究中的分析结论，阐述本书的理论和实践意义，展望研究成果对英语论辩性语篇的教学和学习等方面的实践意义，最后探讨研究中发现的问题和研究本身的局限性，并提出进一步研究的方向。

语篇言据性是语篇构建者深层认知活动在语言表层的显性反映，体现了主体在观点表述、命题组织、信度构建过程中的主观能动性和交互意识。本书中的理论发现和实证结论将对相关研究领域，例如论辩语篇阅读、论文写作、翻译教学等，产生有益的影响和推广性，可以更好地服务于英语语篇教学和学习，并通过理论概括和模式归纳为提高中国学者和学生的论文阅读、写作、翻译能力提供系统方法和途径，帮助他们克服因言据性等语言标记而造成的语言表述问题，从而以更有效的方式传播自己的新观点、新发现、新成果。

目 录

第一章 绪论 ... 1
一、语言言据性简介 ... 2
二、言据性研究与语言的主观性和交互主观性 ... 4
三、论辩语篇中的言据性系统及研究简介 ... 6

第二章 语言的言据性 ... 8
一、言据性研究回顾 ... 8
二、言据性研究 ... 21
三、重新定义言据性研究 ... 35
四、英语中的言据性 ... 38
五、小结 ... 43

第三章 语篇言据性 ... 45
一、证素 ... 45
二、证素分类与信息来源 ... 51
三、言据性的信度层级 ... 66
四、言据性的语用特质 ... 73
五、语篇言据性的建构 ... 79
六、小结 ... 83

第四章 言据性的主观性和交互主观性...........86
一、语言的主观性...........86
二、强主观性...........93
三、语言的交互主观性...........102
四、交互主观性倾向...........112
五、主观性和交互主观性连续统...........116
六、言据性的主观性和交互主观性...........117
七、小结...........130

第五章 论辩语篇言据性实证研究简介...........133
一、研究语料...........133
二、研究框架...........139
三、小结...........141

第六章 论辩语篇中的言据性策略...........142
一、总统竞选辩论中的证素及其基本特征...........142
二、总统竞选辩论中证素的主观性和交互主观性...........158
三、总统竞选辩论中的语篇信度建构模式...........171
四、论辩语篇中言据性的主观性和交互主观性连续统...........175
五、小结...........176

第七章 论辩语篇言据性研究总结...........177
一、论辩语篇言据性研究内容概述...........177
二、论辩语篇言据性研究的意义...........180
三、论辩语篇言据性研究的局限性和未来研究的方向...........181

参考文献...........183
附　录...........198
后　记...........199

第一章　绪论

言之凿凿，确可信据。

　　　　　　　　　　　　　　　清·蒲松龄《聊斋志异·段氏》

君子之言，信而有征，故怨远于其身。

　　　　　　　　　　　　　　　春秋·左丘明《左传·昭公八年》

引据时事，当必信而有征。

　　　　　　　　　　　　　　　清·叶名澧《桥西杂记·元遗山诗注》

　　上面三句引文表达了同样的含义：言语真切确凿，有根有据，才能让人信服，且不会招致怨恨。引文指明在日常生活的言语交际中人们对言语信实与否的关注和重视。言语不但是人们进行交往的工具，而且也反映了交际双方作为"主体"的意识和意向性，是进入人们"精神家园"的通途。

　　根据英国语言哲学家格莱斯(Grice)合作原则[①]的质量准则，说话人应该尽量使自己的话真实：首先不要说自己认为不真实的话；其次不要说自己缺乏足够证据的话。由此可见，在言语交际过程中，如果交际双方都遵循合作原则，就会通过言语相互交流具有一定信度的信息。而根据数量准则，说话人所说的话应该满足交际所需的信息量。这样，为了满足双方对信息信度的渴求，说话人会通过特定的语言标记来准确标明信息来源，当然，在缺乏足够证据的

[①] Herbert Paul Grice, *Logic and Conversation,* Unpublished manuscript of the William James Lectures, Harvard University, 1967; Herbert Paul Grice, "Logic and conversation", P. Cole and J. L. Morgan eds., *Syntax and Semantics, Vol. 3: Speech Acts,* New York: Academic Press, 1975.

情况下,说话人也会通过相应的语言标记来明示自己对所述信息的确定程度。

语言表征与命题信度之间的对应关系,语言使用者对两者之间关系的调控,以及这种调控对主体意识和意向性的反映,就是我们需要研究和探讨的主要论题。在本章中,我们将首先通过例子来引介言据性及其证素,然后概述研究的理论和实践背景,接着指明研究的目的和意义,最后简单介绍各章内容。

一、语言言据性简介

任何语言都可以通过一定的语言标记来标识用以验证所述话语真实性的证据来源和类型,表明所述命题信息是源自说话人的感官体验,还是出于说话人的个人推测,抑或是源自他人的二手信息。请看下面的例子:

a. 我觉得谁都可怜,汪处厚也可怜,我也可怜。
b. 我还记得那一次褚慎明还是苏小姐讲的什么"围城"。
c. 那一次在汪家吃饭,范懿造她谣言,说她不会收拾东西。
d. 各位都知道欧洲思想正式跟中国接触,是在明朝中叶。[①]

在上面的四个汉语例句中,句 a 中的"我觉得"是推理证素,表明信息源自说话人的自我感觉和推理;句 b 中的"我还记得"是记忆证素,表明信息源自说话人的回忆;句 c 中的"范懿说"是引用证素,表明信息转引自第三方;句 d 中的"各位都知道"表明信息具有一定的共享性和可及性。这样,说话人通过不同证素的运用准确地标明了命题的信息来源,向听话人展示自己与信息的关联性和所应承担的责任,这就是语言的言据性(evidentiality)。

言据性是指说话人对所述命题的信息来源及其可信性进行说明的语言表征,同时编码了说话人对所述命题的态度评价和介入程度。言据性在语言表层显性标注命题信息来源和说话人态度,不但满足了人们在语言交际和信息交流过程中对于信度的渴求,而且为交际双方的顺畅交流提供理解基础。在语言

---

① 钱钟书:《围城》,人民文学出版社 1991 年版。

交际中，言据性标记的使用非常必要，因为它"对于帮助人们认识人类如何通过语言的语法标记和词汇标记交换意义，具有很大的帮助"，而且还可以"帮助我们从社会或心理角度，分析讲话者愿意为自己提供的信息承担多大责任，愿意为语言交际做出多大程度的投入"。①

言据性研究向我们展示了语言研究的一个新视角。传统的结构语言学与形式语言学都认为"语言基本上是（即便不完全是）用来表达命题式思维的"②，但是近年来语言学"人文主义"逐渐复苏，尤其是随着功能语言学、语用学、认知语言学等分支学科的兴起，语言不再被认为"仅仅客观地表达了命题式的思想，还要表达言语的主体即说话人的观点、感情和态度"③。言据性对信息来源及其可靠性的说明，均不属于客观命题式意义本身，而只是对命题信息的一种附加说明，这种附加说明在本质上是说话人的一种主观态度的表达。④ 正是基于这样的共识，越来越多的学者开始关注言据性研究。

同时，言据性研究倾向于详尽描述某种语言的证素系统，并致力于跨语言之间的对比研究，探索不同语言中证素的地区扩散情况，这无疑在一定程度上促进语言的共性和差异性研究在更加深广的层面上互为补充、共同发展。②

言据性研究反映了命题信息的来源和获取方式，以及语言使用者对命题信息的相信程度与语言编码系统之间的对应关系，而且揭示了许多可以称为"自然认识"的规律⑤，使我们清楚地看到人们是怎样不受传统哲学思想的影响自然地看待他们的信息来源和信度的。言据性研究不但可以更多地了解语言自身的重要组成部分，而且可以了解人们的认知规律和语言规则之间的对应关系。言据性研究对命题信息的来源和说话人/作者对命题信息的相信程度之间的关系进行了深入探讨。这一研究将有利于语言类型学的发展，并且进一步丰富当

---

① 朱永生：《试论现代汉语的言据性》，《现代外语》2006年第4期。
② John Lyons, "Deixis and subjectivity: Loquor, ergo sum?", R. J. Jarvella and W. Klein eds., *Speech, Place, and Action: Studies in Deixis and Related Topics*, Chiester and New York: John Wiley, 1982, p.103.
③ 沈家煊：《语言的"主观性"和"主观化"》，《外语教学与研究》2001年第4期。
④ 房红梅：《言据性研究述评》，《现代外语》2006年第2期。
⑤ Wallace Chafe and Johanna Nichols eds., *Evidentiality: The Linguistic Coding of Epistemology,* Norwood, New Jersey: Ablex, 1986, p.viii.

代语言学理论。而通过对论辩语篇中言据性系统的研究，将有助于我们更深入地了解英语言据性系统及其语篇建构模式，并且推动言据性研究在现有的系统功能语言学、认知语法、主观性等研究框架下，继续拓展研究视角。

二、言据性研究与语言的主观性和交互主观性

言据性研究是类型学研究的热门话题，但多集中在言据性的语义特征及语法化研究上，而关于语篇语境下言据性的选择策略及其动因等方面的研究成果并不多。本书对言据性的分析建立在主观性和交互主观性连续统的基础上，重新审视信息来源与证素使用之间的关联性，通过证素在语篇中的具体表现，探讨说话人的语篇言据性建构模式。

论辩语篇言据性研究的理论来源主要有两个：一是类型学领域中关于言据性的相关研究；二是美国语言学家罗纳德·兰盖克的语言主观性研究和美国语言学家伊丽莎白·特劳戈特与荷兰语言学家阿里·费尔哈亨的语言交互主观性研究，通过融合主观性和交互主观性研究的相关理论建立一个连续统来分析和研究说话人/作者在语篇中通过编码言据性表述来构建论辩过程和观点信度。

在类型学领域，言据性研究由来已久。1947年，美国人类语言学家法兰兹·鲍亚士(Franz Boas)在著作《夸扣特尔语语法》(*Kwakiutl Grammar*)里首次使用了"言据性"一词。此后，言据性研究在语言学领域逐步展开，在语义学、句法学、语用学、类型学、认知语言学等领域不断有代表性的论著涌现。在国内，言据性研究始于20世纪90年代，研究以综述和理论介绍为主。

证素（evidentials / evidential markers）是言据性在语言层面的表征。言据性的语用研究主要分析言据性编码过程中出现的证素使用和信息来源不对应现象。言据性不但可以根据信息来源划分出不同的证素类型，而且证素还可以依据信息的直接性和说话人/作者介入程度形成一定的层次等级，特定证素在层级线上的位置与其信度相对应。在交际中，说话人/作者对于言据性信度层级的调节不是任意的，而是遵循一定的会话准则的。言据性准则是说话人使用证素编码信息时必然遵循的一条准则，用以保证所述命题的真实性，这样，

证素使用和信息来源之间的不对应现象其实是在言据性准则调节范围内的合理偏离。

　　主观性是交互主观性得以衍生的基础。语言的主观性是语言学研究的一个热点问题。主观性是指语言的特殊属性。人们总是或多或少地在话语中表现着"自我"。换句话说，人们总是在话语中表明自己的立场、态度和感情，从而在话语中留下了"自我"印记。话语是语言使用者在接收客观信息后，经过主观思维，再经由语言形式表达出来的主观产物，因而所述话语的命题真值必然带有主观性色彩。主观性侧重描述语言使用者在言语使用中自我表现的意识和能力，是语言使用者作为主体存在的一种属性。语言表达式是使用者认知识解①、加工改造后的产物，主观性是其必然属性，而当表达式中的概念主体隐身时，表明话语参照点已经和概念主体同一，所以该表达式具有强烈的主观性。

　　1958年，法国语言学家爱弥尔·本伍尼斯特(Émile Benveniste)在《语言的主观性》中，首次将"交互主观性"概念从"主观性"中区分出来。特劳戈特(Traugott)关注带有主观性和交互主观性的话语标记及其演变过程，他认为主观性表达了说话人的态度和观点，而交互主观性则体现了说话人对听话人的"自我"关注。②费尔哈亨认为，语言使用与人们的基本认知协作能力密切相关，交际中话语意义的成功表达和理解从很大程度上应体现为说话人/作者与听话人/读者两者心理空间的交互协作，主要是前者对后者的关注并试图对后者施加影响。③交互主观性研究赋予听话人/读者以主体地位，这样人们使用语言不仅是对符号的主观作用，而且也包含了与其他主体构建和谐对话关系的目的，语言使用是多方协商作用的主观性过程。

---

① 识解：指说话人或听话人对一个客观情景加以认识而形成的概念，主观的识解包括视角和意象等，参见 Langacker, 1991: 215, 转引自沈家煊, 2001: 273。
② Elizabeth C. Traugott, "From Subjectification to Intersubjectification", R. Hickey ed., *Motives for Language Change*. Cambridge: Cambridge University Press, 2003; Elizabeth C. Traugott and Richard B. Dasher, *Regularity in Semantic Change*, Cambridge: Cambridge University Press, 2002.
③ Arie Verhagen, *Constructions of Intersubjectivity: Discourse, Syntax, and Cognition*, Oxford: Oxford University Press, 2005, pp.4–5.

关于语言的主观性和交互主观性研究不但对语言的其他范畴具有解释力，而且也同样适用于论辩语篇的言据性分析，可以用以解释证素在具体使用过程中出现的与其信息来源不一致的情况及其动因，以及解释说话人/作者在论辩语篇建构中证素选用的策略和言据性的语篇功能。

三、论辩语篇中的言据性系统及研究简介

言据性是语言"信而有征"的表现形式，是信息"有据可查"的编码形式，是语篇"言之有据"的显性标记，而论辩语篇是人们用以表达自己观点、寻求共识的一种文体，实用性强，应用广泛，包括政治演说、新闻社论、学术论文、学生习作等，因此言据性与论辩语篇的信度建构有密切的联系。此外，说话人/作者如何在有限的篇幅内，通过语言表达有效地表述观点，构建语篇信度，这不仅包括说话人/作者对语言符号的主观性作用，而且涉及与听话人/读者等其他语言主体的多向认知协作过程。这样，一个包含主观性和交互主观性在内的连续统可以将说话人/作者通过言据性构建语篇信度的过程动态地呈现出来，并使双方之间形成相互作用、互相促进的协作关系。

言据性研究为信息编码、说话人和听话人的双向认知解读、语篇信度建构等研究提供了新的研究视角，但是语篇言据性研究尚处在初步研究阶段，研究成果比较分散，多见于单一文体内言据性系统的描述性分析或特定类型证素在不同文体中的分布特征分析。本书以论辩语篇为主要分析语料，以语篇言据性系统为主要研究对象，将语言的主观性和交互主观性连续统融入言据性分析，然后归纳和总结论辩语篇中的信度建构模式。具体而言，本书可以分为以下几方面：

1.根据言据性研究领域中已有的证素分类模式，确定证素分类的依据，形成统一且适合进行语料分析的分类模式。在言据性研究历史上，证素分类依据和分类模式并不统一，学者们各执一词，各有各的研究侧重点，这种状况并不适合对语料进行有效的归类和分析，因此在分析语料之前，统一分类模式，或者梳理出适合论辩语篇分析的证素分类模式，并明晰分类依据，初步建立一个证素信度层级系统，是一个不可或缺的重要前提。

2. 理论论证和实例分析言据性的语用特质，明确信息类型与证素选用之间的关联性。通常情况下，说话人/作者会根据信息类型选用相应的证素，但是在语言实际应用过程中，两者之间并不总是一一对应的，由此可见证素选用受到主观因素和语境因素的影响和制约，即言据性具有语用特质。厘清言据性语用特质的具体表现，以及与意义表达之间的相关性，将为分析说话人/作者在选择证素中所起的作用提供保证。

3. 通过语言主观性和交互主观性的理论梳理和论证，将言据性分析的重点转向主体作用。作为语言标记语之一，言据性具有语用特质，在使用过程中受到主体的主观调控和影响。主体的认知识解和主观表述并不是一个简单直接的过程，具体分析主体利用证素构建命题信度的目的、阶段、方式等内容将有助于我们更深入地了解主体在言据性系统中的能动作用，因此我们必须细化主体的认识立场，使之呈现出一个动态互动、相互协作的连续统模式。

4. 确立言据性系统与主观性和交互主观性连续统之间的对应关系，为语料整理和分析确立理论框架和论证模式。言据性系统中的不同证素所编码的各类信息在一定程度上如实地反映了主体在语言交际中的主观目的、认知感受、交际需求、沟通意愿等，可以与主观性和交互主观性连续统中的特定认识立场建立一定的对应关系。同时，说话人/作者对人称的使用和变换可以有效地调整证素所体现的认识立场，准确地表现出主体的意向性。人称在言据性系统和认识立场连续统之间的出现和变换为我们的分析增加了变量，凸显了言据性的语用特质。

5. 通过证素分布特征来具体例证对话式论辩语篇的文体特征，以及语篇信度建构过程。言据性虽然只是一种语言标记语，但是在论辩语篇中不仅可以反映文体特征，而且也体现出说话人/作者的主观意向性。证素分布特征分析将从整体上确立说话人/作者构建信度的主要因素和在言据性策略使用中的倾向性。

6. 通过分析语篇中证素使用的主观性和交互主观性来勾勒论辩语篇的信度建构模式。在不同类型的论辩语篇中，证素分布的不同也影响着主观性和交互主观性连续统的构成模式。在实例研究中，通过具体语段的实例分析总结出基本的认识立场应用模式，然后结合证素的信度和功能来研究语篇信度的建立过程和方式，探讨言据性的语篇意义和人际意义，得出最后的结论。

第二章 语言的言据性

一、言据性研究回顾

语言是传播知识和提供信息的一个主要媒介。语言使用者可以通过各种语言形式来表达知识来源和信息可靠性,而这种编码信息来源,同时表达说话人态度和评价的语言范畴被称为"言据性"。言据性的语言表述形式被称为"证素"。

1. 译名由来

国内学者对言据性研究起步较晚,到目前为止也是介绍多于研究,而且研究比较零散,从 evidentiality 和 evidential 这对术语的多种译名可见一斑。在回顾言据性研究历史和展开具体讨论之前,我们有必要对这对术语的译名进行简要介绍,并阐明文中所用译名的选择理由。国内学者关于这对术语的译法如下表所示:

表2-1 evidentiality和evidential的不同译名

	Evidentiality	Evidential
张伯江(1997)	传信范畴	传信表达
严辰松(2000)	传信范畴	传信语
沈家煊(2000)	传信性	传信
陈颖(2009)	传信范畴	传信语
乐耀(2011)	传信范畴	传信语
胡壮麟(1994a)	可证性	证素

续表

徐盛桓（2004）	实据性	实据
牛保义（2005）		实据性成分
江荻（2005）	示证性	实证标记
王天华（2006）	可证性	可证性成分
朱永生（2006）	言据性	证素
房红梅（2006）		据素
余光武（2010）	言据范畴	言据式

从上表中，我们可以看出，国内学者对于这对术语的翻译并不一致，尤其是研究汉语言据性的学者和研究其他语言言据性现象的学者之间存在着截然不同的观点，他们提出了各自的翻译理据。

在汉语言据性研究领域中，学者们对这对术语的翻译主要秉承了吕叔湘先生在阐述这一语言现象时所提出的观点。例如，张伯江将 evidentiality 翻译成"传信范畴"①，这是因为：吕叔湘先生在著作《中国文法要略·表达论》里专章论述了"传信"和"传疑"，而且他还指明这个范畴"与认识有关"。② 严辰松根据张伯江的译法及其翻译理据，将 evidential 译为"传信语"。③ 之后的研究者们基本上沿用了这一对译名，即"传信范畴"和"传信语"。

而研究英语等其他语言的言据性的学者们却持有不同的观点。徐盛桓根据 evidence 在《韦氏新大学词典》（*Webster's New Collegiate Dictionary*）中的释义④，认为 evidentiality 虽有"信"的意思，并不一定有"传"的意思，所以将 evidentiality 译为"传信范畴"，可能是将"传"与"信"结合在一起，来表达这一特定语法范畴的具体内容；而 evidence 似乎可以用来说明语法范畴中更为

---

① 张伯江：《认识观的语法表现》，《国外语言学（当代语言学）》1997年第2期。
② "传信"一词最早源自马建忠的《马氏文通》："助字所传之语气有二：曰信，曰疑。故助字有传信者，有传疑者。"摘自吕叔湘与王海棻编著的《马氏文通读本》，1982年版第258页、2000年第2版第536页。
③ 严辰松：《语言如何表达"言之有据"——传信范畴浅说》，《解放军外国语学院学报》2000年第1期。
④ 在《韦氏新大学词典》中，evidence 的释义为 an outward sign; something that furnishes proof，即证据是指一种外在的迹象，可以作为证据的事物。

本质的东西，即产生的理据，也就是探究一种语法范畴产生的实据①，所以他将这对术语译为"实据性"和"实据"。房红梅将这对术语译为"言据性"和"据素"，主要是取"言之有据"之意。②而胡壮麟、朱永生等学者们虽然没有在论文中阐明翻译理据，但是从采用的译名可以推测，他们对于 evidentiality 所代表的语言范畴以及在语言中的作用和功能的理解与徐盛桓、房红梅两位学者的观点比较接近。综上所述，与以汉语言据性为研究对象的学者不同，以介绍国外言据性研究成果和研究英语等其他语言中言据性现象的学者们主要是立足于 evidentiality 的词根"evidence"来关注这个术语所传递的语言理据本质。他们认为，evidentiality 作为语法范畴，在"传递"信息的同时，也在"证明"命题的信度，所以他们采用的译名中不可避免地带有"证"、"据"等字。

关于 evidentiality 和 evidential 这对术语的译名，我们认为，evidentiality 不但指明了命题的信息来源，同时也包含了说话人对所述命题的各种态度，是说话人对信息可靠性的评估，而 evidential 作为语言表征，以显性的方式传递和表达了信息来源和说话人的态度和评估，因此这对术语的译名应该准确地反映这个语言范畴所传递的"信息"、"信度"、"态度"等内容，而"传信范畴"和"传信语"等译名更侧重于"传"，强调信息从说话人到听话人的传递过程，缺乏对信息传递的功能、目的、结果的关注，以及对说话人自我态度和评估的体现，不是本书研究的本意。在本书中，我们按照房红梅的译法，将 evidentiality 译为"言据性"，按照胡壮麟和朱永生的译法，将 evidential 译为"证素"。"言据"是"言之有据"的简述，即 evidentiality 这个范畴主要编码了说话人话语的来源和理据，译名中的"据"体现了言语的功能和说话人的主观态度，即"言"是为了"证"，因而"言据"一词同时传递"信息"和"信度"之意，比较符合英语原意。

2. 国外言据性研究综述

言据性是语言类型学研究中的一个热门课题，它主要是指说话人对信息来

---

① 徐盛桓：《逻辑与实据——英语 IF 条件句研究的一种理论框架》，《现代外语》2004 年第 4 期。
② 房红梅：《言据性研究述评》，《现代外语》2006 年第 2 期。

源及其可靠性的一种认知编码，以及说话人对此所持态度或介入程度的语言表征。许多学者认为，语言中的言据性和证素独立于认识情态之外，是一个具有独立语义功能的语言范畴。而在西方语言学研究传统中，言据性作为一个概念，其研究始于20世纪早期的美洲印第安语研究，但是直到20世纪中期，伴随着美国人类语言学家法兰兹·鲍亚士关于夸扣特尔语一系列著作的问世[①]，以及"言据性"一词首次出现在他的著作《夸扣特尔语语法》里[②]，言据性的独立地位才得以认可和确立。此后，言据性研究在语言学领域逐步展开，其类型学研究的第一个高峰期从20世纪60年代末延续到80年代初，而言据性在不同语言里的深入研究一直到80年代末才开始。但事实上，言据性的研究历史并不是这么短暂。

早在11世纪，土耳其学者马哈茂德·喀什噶里(Muhmud al-Kashighari)在《土耳其语言集》(*Collection of Turkish Languages*)中注意到土耳其语的动词过去式中出现了言据反义现象，并进行了分析，该书的译者罗伯特·丹柯夫(Robert Dankoff)也对此进行了评注。[③] 19世纪末，法国学者奥古斯特·达松(Auguste Dozon)在研究阿尔巴尼亚语动词的特殊形式时用"admirative"一词来标注这些特殊形式。他认为，对所述事实的情感评估也是意义的基本构成，

[①] Franz Boas, "Introduction", Franz Boas ed., *Handbook of American Indian Languages, Part I*. Washington: Government Printing Office, 1911a, pp.1-83；Franz Boas, "Kwakiutl", Franz Boas ed., *Handbook of American Indian Languages. Part I*, Washington: Government Printing Office, 1911b, pp.423-557；Franz Boas, "Language", Franz Boas ed., *General Anthropology*, Boston, New York: D. C. Heath and Company, 1938, pp.124-145；Franz Boas, "Kwakiutl grammar, with a glossary of the suffixes", *Transactions of the American Philosophical Society*, 1947, (37).

[②] Franz Boas, "Kwakiutl grammar, with a glossary of the suffixes", *Transactions of the American Philosophical Society*, 1947, (37)；William H. Jacobsen, "The Heterogeneity of Evidentials in Makah", Wallace Chafe and Johanna Nichols eds., *Evidentiality: the Linguistic Coding of Epistemology*, Norwood, New Jersey: Ablex, 1986, pp.3-28；Alexandra Y. Aikhenvald, "Information source and evidentiality: what can we conclude?", *Rivista di Linguistica*, 2007, 19(1).

[③] Victor A. Friedman, "Evidentiality in the Balkans with special attention to Macedonian and Albanian", Alexandra Y. Aikhenvald and Robert M. W. Dixon eds., *Studies in Evidentiality*, Amsterdam/Philadelphia: John Benjamins Publishing Company, 2003, p.189.

这可以通过阿尔巴尼亚语动词的言据形式清楚展现，此外还可以表达推理和转述意义，这些构成了阿尔巴尼亚语不同于其他语言的显著特征之一。[①] 马哈茂德·喀什噶里和奥古的研究改变了语义学研究只关注评价的情态意义的倾向，对后续研究产生了重要的影响，是言据性研究史上的两个重要里程碑。

但是言据性作为一个语法范畴，真正成为现代语言学的研究对象则源于现代语言学的奠基人之一美国人类语言学家法兰兹·鲍亚士。20世纪初，言据性研究主要集中在美洲印第安语，尤其是北加利福尼亚地区的印第安语。1911年，鲍亚士在《美洲印第安语手册》（*A Handbook of American Indian Languages*）一书的导言中首次提到了证素的语义概念。他发现，印第安夸扣特尔语要求说话人必须说明信息的具体来源，而且这种对信息来源的说明是通过在动词后面添加四种不同的后缀来完成的，"为了使语义明确，数和时间都是必须表达的，但是我们发现在其他语言中，说话人附近还存在着一种必须表达的范畴，即信息来源，是看到的，听到的，还是推理所得"[②]。在后面的研究中，他继续关注北美印第安语动词系统中言据性的语法属性，因为根据他的观点，言据性通过创造动词形式的语法策略来明示信息来源，而英语中只有通过词汇策略才能达到这个目的，这一特征将美洲印第安语和英语等其他语言区分开来。1947年，法兰兹·鲍亚士在《夸扣特尔语法》一书中再次指出，夸扣特尔语有一组动词后缀被用来表达信息来源和肯定程度，并列举该语言的后缀

[①] Victor A. Friedman, "Evidentiality in the Balkans: Bulgarian, Macedonian, and Albanian", Wallace Chafe and Johanna Nichols eds., *Evidentiality: The Linguistic Coding of Epistemology,* Norwood, New Jersey: Ablex, 1986, pp.168-187；Victor A. Friedman, "Confirmative/nonconfirmative in Balkan Slavic, Balkan Romance, and Albanian with Additional Observations on Turkish, Romani, Georgian, and Lak", L. Johanson and B. Utas eds., *Evidentials: Turkic, Iranian and Neighbouring Languages,* Berlin, DEU: Mouton de Gruyter, 2000, pp.329-366.

[②] Franz Boas, "Introduction", Franz Boas ed., *Handbook of American Indian Languages, Part I.* Washington: Government Printing Office, 1911a, pp.1-83；Franz Boas, "Language", Franz Boas ed., *General Anthropology,* Boston, New York: D. C. Heath and Company, 1938, pp.124-145；William H. Jacobsen, "The Heterogeneity of Evidentials in Makah", Wallace Chafe and Johanna Nichols eds., *Evidentiality: the Linguistic Coding of Epistemology,* Norwood, New Jersey: Ablex, 1986, pp.3-28.

"-gent"表示"推论"(inferential)这个范畴,并首次明确提出了"evidential"一词。自此,言据性研究就有了专门的术语,同时正式进入语言学研究领域。

在鲍亚士之后,又有许多学者对不同语言中的言据性进行了深入研究。[1]但是在这些研究中,研究范式并不统一,而且没有形成正式固定的术语体系。直到50年代中期,言据性研究领域两部重要著作的问世成为言据性研究发展史中的重要转折点。第一部是美籍俄裔语言学家和文学理论家罗曼·雅各布森(Roman Jakobson)的语言学著作《变换词、动词范畴和俄语动词》(*Shifters, Verbal Categories, and the Russian Verb*)。雅各布森把"evidential"一词看作"编码所述言语事件信息来源"[2]的标记,是与时态、人称、体等相似的标记词。[3]在他的著作中,言据性第一次从情态系统中独立出来,成为标识所述命题信息来源的语法范畴。这一时期的另一部重要著作是法国伊朗语专家和类型学家吉尔伯特·拉扎尔(Gilbert Lazard)所著,也为言据性问题的概念化做出了贡献。他研究了塔吉克语(Tadjik)的动词系统,这是一门具有言据性语法变化的语言。在文中,他提出了"meditative"一词,和雅各布森提出的"evidential"并不完全相同,指的是对话语情境的间接反映形式,即情境的感知并不是源自说话人直接、个人的体验,也不是建立在说话人的世界观上。虽然他的观点并没有得到立刻认可,但是随着语料的积累、言据性研究的深入,他的观点在很多方面被证明是正确的。自此之后,evidentiality 和 evidential 这

---

[1] Edward Sapir, Language: *An Introduction to the Study of Speech,* NewYork: Hareouri, Brace and Co., 1921; Morris Swadesh, "Nootka internal syntax", *International Journal of American Linguistics,* 1939, (9); Demetracopoulou D. Lee, "Conceptual implications of an Indian Language", *Philosophy of Sciences,* 1938, (5); Demetracopoulou D. Lee, "Linguistic reflection of Wintu thought", *International Journal of American Linguistics,* 1944, (10), Reprinted in *Freedom and Culture (Spectrum Books S-6),* Demetracopoulou D. Lee, Englewood Cliffs: Prentice-Hall, 1959, pp.121-130.

[2] Roman Jakobson, *Shifters, verbal categories and the Russian verb,* Department of Slavic Languages and Literatures, Harvard University, 1957 (Reprinted in Selected writings 2: Word and language, Roman Jakobson, ed., the Hague and Paris: Mouton, 1971, p.135).

[3] Roman Jakobson, *Shifters, verbal categories and the Russian verb,* Department of Slavic Languages and Literatures, Harvard University, 1957 (Reprinted in Selected writings 2: Word and language, Roman Jakobson, ed., the Hague and Paris: Mouton, 1971, p.392).

两个术语被广泛地接受并使用。

雅各布森的研究表明言据性是某些语言中动词的一个共同特征，可以进行类型学研究，从而开启了从 20 世纪 60 年代初至 80 年代中期的言据性类型学研究热潮。在这一时期，言据性研究领域不断涌现新发现和著作。其中，美国学者霍华德·阿伦森 (Howard Aronson) 延续了雅各布森的理念，深入研究保加利亚语系中的言据性表达[①]；德国语言学家哈罗德·哈尔门 (Harald Haarmann) 的著作是关注大言据性语言板块中言据性现象的最早专著之一[②]；美国语言学家维克多·弗里德曼 (Victor Friedman) 主要研究高加索语系中的言据性[③]；美国学者玛莎·哈德曼 (Martha Hardman) 和珍妮特·巴恩思 (Janet Barnes) 对南美洲语言中的言据性进行了详细研究[④]；美国学者丹·斯洛宾 (Dan Slobin) 和艾汉·阿克苏 (Ayhan Aksu) 详细描述了土耳其语的言据性[⑤]；美国语言学家塔尔米·吉冯 (Talmy Givón) 最早从理论上详细阐述了言据性和情态的相关性[⑥]。但是，言据性研究进入更广大语言研究者视阈，引起语言学界广泛关注的重要契机是 1981 年伯克利大会的召开以及随后 1986 年该研讨会论文集的出版。"伯克利研讨会的召开是言据性理论研究中的第一座里程碑，尤其是该研讨会论文

[①] Howard I. Aronson, "The grammatical categories of the indicative in the contemporary Bulgarian literary language", Roman Jakobson ed., *To honor Roman Jakobson. Vol. I,* The Hague: Mouton, 1967, pp.82-98.

[②] Harald Haarmann, *Die indirekte Erlebnisform als grammatische Kategorie: Eine Eurasische Isoglosse,* Wiesbaden, Germany: Harrassowitz, 1970.

[③] Victor A. Friedman, "On the semantic and morphological influence of Turkish on Balkan Slavic", D. Farkas, W. Jacobsen and K. Todrys eds., *Papers from the Fourteenth Regional Meeting of the Chicago Linguistic Society,* Chicago: Chicago Linguistic Society, 1978, pp.108-118.

[④] Martha J. Hardman ed., *The Aymara language in its social and cultural context: A collection of essays on aspects of Aymara language and culture,* Gainesville: University Presses of Florida, 1981；Janet Barnes, "Evidentials in the Tuyuca Verb", *International Journal of American Linguistics,* 1984, (50).

[⑤] Dan I. Slobin and Ayhan A. Aksu-Koç, "Tense, aspect, and modality in the use of the Turkish evidential", P. J. Hopper ed., *Tense-aspect: Between semantics and pragmatics,* Amsterdam: John Benjamins, 1982, pp.185-200.

[⑥] Talmy Givón, "Evidentiality and Epistemic Space", *Studies in Language,* 1982, (6).

集的出版牢固地确立了言据性在语言学研究中的地位。"①

1981年，由美国语言学家华莱士·齐夫(Wallace Chafe)和乔安娜·尼科尔斯(Johanna Nichols)组织、T.吉文(T. Givén)资助，言据性研究的第一次世界性专题研讨会在美国加州大学伯克利校园召开。与会专家研究了不同语言中的言据性，并从多个层面深入探讨了这种普遍存在的语言现象。1986年，齐夫和尼科尔斯编辑出版了题为《言据性：认识的语言编码》(Evidentiality: The Linguistic Coding of Epistemology)的论文集。齐夫撰写了《英语会话和学术写作中的言据性》(Evidentiality in English conversation and academic writing)一文，对言据性进行定义、分类和分析，尤其是对英语中的言据性进行了系统的分析和归类。这本书的目的就是揭示人是如何感知相关一切的真实性的，以及这种感知在语言中又是如何表现的。书中描述了多种语言尤其是美洲语言中的言据性系统，以及一些普遍原则的讨论，为人们观察言据性奠定了扎实基础。用编辑者自己的话说，"该论文集并非集一家之言，而是汇集了作者们从不同视角观察不同语言中言据性所得到的各种不同的观点和看法。现在达成对言据性研究的一致看法还为时过早，现在正处于百家争鸣、各抒己见的阶段"②。1988年，美国学者托马斯·威利特(Thomas Willett)在论文《言据性语法化的跨语言研究》中提出"言据性属于情态范畴"③，他根据信息来源对证素进行了分类。

论文集《言据性：认知的语言编码》和威利特的文章在之后的言据性研究中被广泛引用，原因主要有两个：一是从不同的语系中收集大量有趣、可靠的资料和数据（虽然北美语言占据优势）；二是对世界不同语言提出了一种相对于当时的研究水平而言很合理的言据性分类。事实上，之后的研究都或多或少地沿用了这种分类模式。

---

① Patrick Dendale and Liliance Tasmowski, "Introduction: Evidentiality and Related Notions", *Journal of Pragmatics,* 2001, (33).

② Wallace Chafe and Johanna Nichols eds., *Evidentiality: The Linguistic Coding of Epistemology,* Norwood, New Jersey: Ablex, 1986, p.viii.

③ Thomas A. Willett, "Cross-Linguistic Survey of the Grammaticalization of Evidentiality", *Studies in Language,* 1988, (12).

进入 20 世纪 90 年代，言据性研究获得了长足的发展。1998 年，在法国兰斯召开了第六届国际语用学大会。2001 年，《语用学杂志》第 33 卷第 3 期的专刊中登出了其中的七篇会议论文。这本专刊从类型学、句法学、语用学和认知语言学等领域深入探讨了言据性现象及其在不同语言中的表现。

值得一提的是，由俄罗斯语言学家亚历山德拉·艾亨瓦尔德 (Alexandra Aikhenvald) 和英国语言学家罗伯特·狄克逊 (Robert Dixon) 共同编著的论文集《言据性研究》[①] 和艾亨瓦尔德的专著《言据性》[②] 通过对具有形态证素的多种语言的研究和观察，详尽地描述和分析了狭义的言据性系统，并提供了大量语料。毋庸置疑，因为语料翔实和分类清晰，艾亨瓦尔德的专著被学界视为到目前为止关于言据性研究最全面的一本指导性著作。艾亨瓦尔德之后的学者，尤其是专门研究具有形态证素的语言的学者，从这部专著中找到了有益的借鉴和研究方向。

在这一时期，学者们的研究已经从最初的单一语言言据性研究，转向跨语言的言据性研究，寻找不同语言在言据性表述中的共性，研究言据性与其他语义、语法范畴之间的关联性，从语言学不同分支学科中寻找进行语言言据性分析的理论和方法。澳大利亚学者伊兰娜·穆辛 (Ilana Mushin) 实证研究了马其顿语、日语和英语复述性叙述中言据策略的运用，探讨了转述证素在语篇中的语用策略[③]；希腊学者艾莉·伊凡提都 (Elly Ifantidou) 运用法国认知科学家丹尼尔·施佩贝尔 (Danial Sperber) 和英国语言学家迪尔德丽·威尔逊 (Deirdre Wilson) 的关联理论来研究言据性表述，论证并构建了一个适合言据性研究的语义—语用理论框架[④]；乔安娜·马林阿里斯 (Juana Marín-Arrese) 的编著为言

---

① Alexandra Y. Aikhenvald and Robert M. W. Dixon eds., *Studies in Evidentiality,* Amsterdam/Philadelphia: John Benjamins Publishing Company, 2003.
② Alexandra Y. Aikhenvald, *Evidentiality,* Oxford: Oxford University Press, 2004.
③ Ilana Mushin, *Evidentiality and Epistemological Stance: Narrative Retelling,* Amsterdam/Philadelphia: John Benjamins Publishing Company, 2001.
④ Elly Ifantidou, *Evidentials and Relevance,* Amsterdam/Philadelphia: John Benjamins Publishing Company, 2001.

据性研究提供了非常有益的语篇分析视角和相应的研究方法[1]；由德国学者加布里尔·帝瓦尔德(Gabriele Diewald)和埃琳娜·斯米尔诺娃(Elena Smirnova)编辑出版的两本会议论文集也进一步为言据性的跨语言研究提供了实证数据和语料，包括欧洲语言中的词汇证素和形态证素[2]。另外，一些学者追随齐夫和尼科尔斯的研究，从更深、更广的层面对言据性进行描述性分析，并从"旧世界证素分布带"[3]中寻找真实详尽的语料来论证观点[4]，有的学者分析言据性的分类、言据性和情态的区分、言据性和语法化趋势、证素的语义对比、言据性的跨语言对比研究、言据性在不同文体中的体现等方面。

除此之外，爱尔兰语言学家约翰·萨伊德(John Saeed)在《语义学》[5]中单独列出一小节来介绍"言据性"。吉冯在《句法学入门》[6]的第六章专题讨论了言据性和认识情态之间的关系。这充分说明言据性研究在国际语言学界已经引起一定关注。

3. 国内言据性研究综述

从言据性的研究历史来看，国内的言据性研究其实早于国外。中国传统语言学对言据性（国内学者在研究汉语言据性时，通常使用"传信范畴"和"传信语"，这一点我们在前文中已经提及）的关注可以上溯到南北朝，散见于训

---

[1] Juana I. Marín-Arrese ed., *Perspectives on Evidentiality and Modality,* Madrid: Editorial Complutense, 2004.

[2] Gabriele Diewald and Elena Smirnova, eds., *Empirical Approaches to Language Typology: Linguistic Realization of Evidentiality in European Languages,* Berlin, DEU: Walter de Gruyter, 2010；Gabriele Diewald and Elena Smirnova, eds., *Evidentiality in German: Linguistic Realization and Regularities in Grammaticalization,* Berlin, DEU: Walter de Gruyter, 2010.

[3] 旧世界证素分布带：Old World evidential belt，主要指有形态证素的语言分布区，包括土耳其语、卡特维里语、保加利亚语、马其顿语、阿尔巴尼亚语、格鲁吉亚语等语言。

[4] Zlatka Guentchéva-Desclés ed., *L'énonciation médiatisée. Vol. I,* Louvain, Belgium: Peeters, 1996；Zlatka Guentchéva-Desclés ed., *L'énonciation médiatisée. Vol. II,* Louvain, Belgium: Peeters, 2007.

[5] John Saeed, *Semantics.* Oxford: Blackwell, 1997/2000.

[6] Talmy Givón, *Syntax: An Introduction,* Amsterdam/Philadelphia: John Benjamins Publishing Company, 2001.

诂材料的"决辞"和"疑辞",它们也是早期的言据性研究术语。之后,马建忠在《马氏文通》①中描写了古代汉语的言据性系统。吕叔湘在《中国文法要略》②中系统描写了汉语语气词的证素功能。高名凯在《汉语语法论》③中从确定命题和疑惑命题的角度描写了汉语言据性表述的若干形式。

在早期的言据性研究中,《马氏文通》建立了一个相当完备的古代汉语言据性系统,并扩充了证素的类别和实例,同时在意义和概念的基础上,《马氏文通》把言据性和时、语气相结合,具有现代言据性研究的特点。在《马氏文通》中,马建忠首先内省句子的信实程度,然后找出与其相对应的语法形式,而关于汉语言据性的分析则分散在语言理论阐述和引文注解中。当然,国内学者们对马建忠关于言据性的研究存在着一些争议,认为马氏的研究是经验的,不够系统完整。

汉语言据性的早期研究始于汉语语气、情态系统,而进入20世纪90年代,汉语言据性研究逐步借鉴国外研究理论和范式,将语义学、类型学、文体学、信息学、社会学等学科的相关研究纳入言据性研究,拓展了研究的广度和深度。

国外言据性研究及其成果最早是由胡壮麟引入中国的。通过介绍20世纪80年代国外言据性研究领域的代表人物和最新成果,并且在修正Chafe言据性系统框架的基础上,他对汉语的言据性系统进行了尝试性描述,并简单分析了汉语语篇的言据性。④张伯江对美国的言据性研究进行述评,并提出汉语言据意义表述的三种形式:交代信息来源、评价事实的真实性和表明对事件的确信程度。⑤徐盛桓将言据性研究融入到英语if条件句的研究,"言据性语法规则的形成,从其理据来说,是因为这些语言的运用者认识到信息的不同来源有不同的可信度,因而用不同的语法手段做出相应的表达;换句话说,信息有不同的来源,就是形成这些语法规则的现实理据。概括地说,言据性研究的是

---

① 马建忠:《马氏文通读本》,上海教育出版社2000年版。
② 吕叔湘:《中国文法要略》,商务印书馆1944年版。
③ 高名凯:《汉语语法论》,科学出版社1957年版。
④ 胡壮麟:《语言的可证性》,《外语教学与研究》1994年第1期。
⑤ 张伯江:《认识观的语法表现》,《国外语言学(当代语言学)》1997年第2期。

语言运用者对所陈述的事件的认识状况同相关的语法形式的关系"①。这也是国内最早从语法视角对英语言据性进行描述性研究的论文。牛保义主要介绍言据性的概念范围、证素语法化、证素的语义对比和证素的认知语用研究等四方面的内容,认为语言中的言据性能够如实地反映语言运用者获取命题的信息来源和对命题信息的相信程度,并与语言编码系统之间形成对应关系。②房红梅先后在博士论文和两篇期刊论文中就言据性研究进行了综述性介绍,并且从系统功能语法视角论述了言据性的本质及人际意义,以及言据性与主观性和主观化研究的关联性。③朱永生在综述国内外言据性研究的基础上,对汉语的言据性和证素进行分类描写和例证。④此外,还对汉语言据性的程度(可信度)和取向(主观/客观)进行了理论论述。王天华以日本学者神尾昭雄(Akio Kamio)的"信息疆域论"为基础,通过分析汉语口语复述话语,探讨了语言使用者在复述他人个人经历中所使用的证素及其语用策略。⑤他还运用范畴和原型的概念来解释言据性的语义现象,为言据性语义范围的建构提供了新思路。⑥

除此之外,还有不少学者进行了相关研究,李讷等人从话语角度研究语气词"的",是国内结合汉语语料研究言据性的最早成果⑦;严辰松主要介绍了齐夫提出的言据性五个基本要素,然后详细地介绍并例证了齐夫模式中英

---

① 徐盛桓:《逻辑与实据——英语 IF 条件句研究的一种理论框架》,《现代外语》2004 年第 4 期;Joan L. Bybee, *Mophology: A Study of the Relation between Meaning and Form,* Amsterdam/Philadelphia: John Benjamins Publishing, 1985, p.184;Frank R. Palmer, Mood and Modality, Cambridge: Cambridge University Press, 1986, pp.66-67;Talmy Givón, *Syntax: A Functional-Typological Introduction Vol. 1,* Amsterdam/Philadelphia: John Benjamins Publishing Company, 1984, pp.307-308.
② 牛保义:《国外实据性理论研究》,《当代语言学》2005 年第 1 期。
③ 房红梅:《言据性的系统功能研究》,复旦大学英语语言文学专业博士学位论文 2005 年版;房红梅:《言据性研究述评》,《现代外语》2006 年第 2 期;房红梅和马玉蕾:《言据性·主观性·主观化》,《外语学刊》2008 年第 4 期。
④ 朱永生:《试论现代汉语的言据性》,《现代外语》2006 年第 4 期。
⑤ 王天华:《复述话语用策略中的可证性》,《外语学刊》2006 年第 3 期。
⑥ 王天华:《论言据性的语义范围》,《外语学刊》2010 年第 1 期。
⑦ 李讷、安珊迪和张伯江:《从语法角度讨论语气词"的"》,《中国语文》1998 年第 2 期。

语证素的各个分类和具体表现形式①;张成福和余光武通过考察汉语插入语在四类言据性表述——现行的(或眼见的)、引证的、推断的和转述的——中的表现揭示出汉语不同言据功能在形式和意义上的匹配②;陶红印基于语料库对一组近义证素"好像""似乎"和"仿佛"进行研究,揭示出它们的言据意义和模糊、比拟意义之间的关联③;Hsieh(谢佳玲)通过大规模语料,从语言主/客观性视角考察了汉语言据性在新闻报道中的表现④;汤斌选择英语疫情新闻语篇中的言据性作为研究语料,以系统功能语言学为框架,区分并总结出各类证素在英语疫情新闻报道中的概念意义与人际意义等语篇特征,揭示出证素使用与英语疫情新闻背后意识形态之间的建构关系,以及新闻语类中言据性的词汇语法特征⑤;樊青杰以"信息疆域论"为论述基础,探讨言据性在汉语中的语言表现形式,研究汉语说话者在会话中如何使用证素来表达信息来源以及自己对所传达信息可靠性的判断,并探讨汉语言据性与礼貌的对应关系⑥;杨林秀同样以系统功能语言学为理论基础,构建了一个多层面的"三成分"人际功能模式来研究英语科研论文中的言据性⑦;陈颖的文章应该是国内首部以"言据性"为主题的研究性专著,清晰地勾勒出汉语言据性的概貌⑧。

---

① 严辰松:《语言如何表达"言之有据"——传信范畴浅说》,《解放军外国语学院学报》2000年第1期。
② 张成福和余光武:《论汉语的传信表达——以插入语研究为例》,《语言科学》2003年第3期。
③ 陶红印:《从共时语法化与历时语法化相结合的视点看汉语词汇语法现象的动态特征》,华中师范大学语言学讲座讲义,2007年。
④ Chia-Ling. Hsieh, "Evidentiality in Chinese newspaper reports: subjectivity / objectivity as a factor", *Discourse Studies,* 2008, (10).
⑤ 汤斌:《英语疫情新闻中言据性语篇特征的系统功能研究》,复旦大学英语语言文学专业博士学位论文,2007年。
⑥ 樊青杰:《现代汉语传信范畴研究》,北京语言大学英语语言文学专业博士学位论文,2008年。
⑦ 杨林秀:《英语科研论文中的言据性》,厦门大学英语语言文学专业博士学位论文,2009年。
⑧ 陈颖:《现代汉语传信范畴研究》,中国社会科学出版社2009年版。

综上所述，国内言据性研究主要以理论介绍和研究综述为主，针对具体语言现象的归纳性描述和实证性研究相对比较零散，缺乏系统性，尤其是关于语篇言据性的语用策略、言据性表述的认知构建动因等方面的研究非常少，因此国内言据性研究还处在萌芽期，许多方面还亟待完善和深入研究。

二、言据性研究

和语言的其他范畴一样，研究言据性的学者们对于言据性的定义和研究范围看法并不一致，存在着分歧，这也使得他们在运用这个范畴来解释具体的语言现象时，缺乏统一性和明确性。这些分歧集中表现在以下几个问题中：

1. 言据性是否是一个语法范畴，仅仅存在于那些具有形态证素的少数语言中，或者说，言据性是一个语义范畴，在大多数的语言中都存在，具有除动词词缀屈折变化之外的其他表现形式？

2. 言据性与信息来源、说话人对所述信息的态度（也可以指评价、评估等）之间是怎样的关系？

3. 言据性系统是如何构建的？言据意义的表达形式是什么？即形态证素和词汇证素之间的博弈关系。

4. 言据性和其他范畴之间的关系如何？言据性和情态系统之间的关系是怎样的？

一些学者认为，言据性在语法系统中的重要性不如其他语法范畴，因为"世界上仅有四分之一的语言中存在言据性，要求说话人必须在话语中表明信息来源"[①]。而有些学者坚持认为，言据性是一个语义范畴，具有语法、词汇、句法等多种表现形式。学者们对上述四个问题各执一词，意见相左，从而导致言据性在定义和证素语义特征的描述中都存在着分歧。

在本节中，我们将首先回顾学者们对上述四个问题的论述，通过前人研究成果中关于言据性的定义和言据性表述形式的描述来重新界定本书中的言据性和证素形式。

---

① Alexandra Y. Aikhenvald, *Evidentiality,* Oxford: Oxford University Press, 2004, p.1.

1. 言据性的定义——广义和狭义
(1) 言据性的狭义研究

通常而言，为了表明对所述命题真值应负的责任，说话人会通过证素形式来标明命题信息来源，以及标识对命题真值可靠性的判断，既然如此，言据性的语言属性主要取决于言据性、信息来源和说话人态度三者之间的关系。然而，证素在标识信息来源和说话人态度时，并不是非此即彼、泾渭分明的，这就导致言据性在概念和研究范围等方面存在着许多不一致的看法。综合各类文献，我们发现，言据性的定义主要有广义和狭义之分，两者的区分点主要在于：言据性及其证素的核心语义是区分信息来源，还是表明说话人对所述命题信息的态度和评价。

狭义而言，言据性主要研究信息来源，探讨命题信息和信息来源之间的关系，而不关注说话人的能动作用。在关于言据性的专著和论文集中，言据性存在着多个定义（在具体定义言据性时，多数学者通过言据性的语言表征即证素，来对这个语言范畴进行描述），在不同程度上反映了学者们在这个研究领域的偏好和侧重：

——证素是"提供信息来源的后缀"[1]；

——证素是"有关证据的方式"[2]；

——证素是指"在一些语言中，将陈述分类为来自说话者的经验、传闻，或文化传统的技巧"[3]；

——证素编码了"所述言语事件的信息来源"[4]；

---

[1] Demetracopoulou D. Lee, "Conceptual implications of an Indian Language", *Philosophy of Sciences,* 1938, (5).

[2] Morris Swadesh, "Nootka internal syntax", *International Journal of American Linguistics,* 1939, (9).

[3] Harry Hoijer, "Some Problems of American Indian linguistic research", *Papers from the Symposium on American Indian Linguistics Held at Berkeley,* Berkeley and Los Angeles: University of California Press, 1985, p.10.

[4] Roman Jakobson, *Shifters, verbal categories and the Russian verb,* Department of Slavic Languages and Literatures, Harvard University, 1957, p.10.

——证素是"言语信息来源的标记"①；

——证素是"指明命题信息来源的标记"②；

——证素"用以指明说话人在作出有关事实的声明时所持有的证据类型"③，等等。

同样，在《语言和语言学辞典》中，德国词典学家哈蒙德·布斯曼 (Hadumod Bussmann) 给出的定义是：说话人通过各种结构形式编码所述信息来源的语法结构。④

由此可见，言据性的狭义定义侧重于信息来源与说话者客观真实性概念之间的关系，而信息来源的研究孤立于说话人的态度之外。

通常情况下，在言据性的狭义研究中，语法化的言据表述形式，即形态证素，是学者们关注的焦点。穆辛指出，言据性的语言研究主要关注言据形式和言据意义在形态系统中所处的位置。⑤而在关于盖丘亚语（Quechua）证素的研究中，英国学者玛蒂娜·法乐 (Martina Faller) 指出，言据性编码了说话人在发出言语时所持有的理据，而词汇性编码形式不是她关注的焦点。⑥艾亨瓦尔德认为，"究其本质而言，言据性是一种动词性语法范畴，与命题真值、声言的有效性或说话人责任之间并没有直接联系"⑦，证素只存在于那些通过语法形式

---

① Joel Sherzer, *An Ariel-Typological Study of the Americanindian Languages,* North of Mexico, University of Pennsylvania, 1968.

② Joan L. Bybee, *Mophology: A Study of the Relation between Meaning and Form,* Amsterdam / Philadelphia: John Benjamins Publishing, 1985, p.184.

③ Lloyd B. Anderson, "Evidentials, Paths of Change, and Mental Maps: Typologically Regular Asymmetries", Wallace Chafe and Johanna Nichols eds., *Evidentiality: The Linguistic Coding of Epistemology,* Norwood, New Jersey: Ablex, 1986, pp.273-312.

④ Hadumod Bussmann, *Routledge dictionary of language and linguistics,* London, New York: Routledge, 1996, p.157.

⑤ Ilana Mushin, *Evidentiality and Epistemological Stance: Narrative Retelling,* Amsterdam/ Philadelphia: John Benjamins Publishing Company, 2001, p.19.

⑥ 但是在该书第六页的第三条注释中，她又指出，广义而言词汇证素也应该包含在研究范围中。详见 Martina Faller, *Semantics and Pragmatics of evidentials in Cuzco Quechua,* Stanford University, 2002a, p.2.

⑦ Alexandra Y. Aikhenvald, *Evidentiality,* Oxford: Oxford University Press, 2004, p.3.

（即形态语素），而非词汇形式（即副词、情态动词等）来编码言据意义的语言中。她赞同从狭义上，或者更确切的说是通过研究语法化证素来描述和深化言据性研究，原文如下：

> 在这里，言据性是从严格的语法意义来定义的，所以并不适合这些系统。当前，言据性研究中存在着的误区之一就是这个术语的研究范围被过分扩大，包含了所有表达不确定性、可能性和说话人对信息所持态度的方式，也不管这些方式是语法的还是词汇的；或者说，研究中并没有考虑研究内容是否属于这个范畴的核心意义；或者说，已经是从广义上来研究言据性了——根据齐夫（1986：271）的定义：标明说话人对所述知识客观真实性的态度，而狭义的言据性只是标明该知识的来源。这样的扩大无助于言据性研究，反而会使其显得过于概括。更有甚者，这样还会模糊言据性研究范围，因为作为一个语法范畴，言据性已经具有不同于情态系统、时态系统等范畴的语法地位。

> (The term 'evidentiality', in the strict grammatical sense adopted here, is not appropriate for these systems. One of the current misconceptions concerning evidentiality is to do with a gratuitous extension of this term to cover every way of expressing uncertainty, probability and one's attitude to the information, no matter whether it is expressed with grammatical or with lexical means; or whether it is the primary meaning of a category or not, or talking of evidentiality in a 'broad sense' - by Chafe's (1986: 271) definition: as marking speaker's attitude towards his /her knowledge of reality as opposed to its 'narrow sense': makring the source of such knowledge. This is unhelpful and quite uninformative. What's more, this approach obscures the status of evidentiality in languages which do have it as a grammatical category quite distinct from modality, mood or tense.) [1]

---

[1] Alexandra Y. Aikhenvald and Robert M. W. Dixon (eds.), *Studies in Evidentiality,* Amsterdam/Philadelphia: John Benjamins Publishing Company, 2003, p.19.

艾亨瓦尔德将标明信息来源的词汇形式归为"言据策略",这是语法范畴向言据意义拓展的一种形式。

学者们对言据性的狭义解释在通过词形变化或形态证素来传递言据意义的语言系统中应用良好。然而,就类型学而言,这些语言系统只是一些例外情况[①],原因主要有两个:首先,在许多具有语法化言据性标记的语言中,"是否真的为了区分不同的信息来源而专门列出了一个特定的语法范畴,或者说区分信息来源只是这些语法单位的其中一个规约含义,这两者之间并没有明确的说明和区分"[②];其次,从实际应用来看,言据性表述在使用时具有主观性,且受到具体语境的制约,"言据性主要是一种依赖语境变量的意义"[③]。因此,在对言据性进行分析和分类时,不应该将标明信息来源和说话人对所述信息的态度评价割裂开,而是应该将两者作为整体的组成部分一起考虑在内,结合说话人的主观能动性和语境变量的制约作用来分析和研究语言言据性,并形成综合性描述。

(2) 言据性的广义研究

言据性的广义定义是由齐夫在描述英语言据性系统时提出来的。在齐夫和尼科尔斯合编的论文集《言据性:认识的语言编码》中,言据性是这么介绍的:

> 有些事人们不是很确定,而有些事他们认为有可能发生。语言中存在着多种方式可以传递人们的这些态度。通常情况下,说话人会表明所述事件的真实性毋庸置疑,例如:下雨了。另一方面,说话人,以英语为例,会使用副词来表达他们对所述事件可靠性的态度,即表达他们对真理或然

[①] Frank R. Palmer, *Mood and Modality,* Cambridge: Cambridge University Press, 1986.

[②] Ilana Mushin, *Evidentiality and Epistemological Stance: Narrative Retelling,* Amsterdam/Philadelphia: John Benjamins Publishing Company, 2001, p.19.

[③] Victor A. Friedman, "Evidentiality in the Balkans: Bulgarian, Macedonian, and Albanian", Wallace Chafe and Johanna Nichols eds., Evidentiality: *The Linguistic Coding of Epistemology,* Norwood, New Jersey: Ablex, 1986, p.168.

性的判断，例如：可能下雨了。源自某种证据的推理也可以通过情态助动词来表达：肯定是下雨了。或者，推理所依据的某种特定证据可以用一个单独的动词来表达：听起来像是下雨了。如果知识与动词范畴的原型意义不相符时，观点则可以通过套话形式表述：好像是下雨了。如果知识在某种程度上与可能的期望不相符时，可以使用副词：其实下雨了。

(There are ... Things people are less sure of, and some things they think are only within the realm of possibility. Languages typically provide a repertoire of devices for conveying these various attitudes towards knowledge. Often enough, speakers present things as unquestionably true: for example, "It's raining". On other occasions English speakers, for example, may use an adverb to show something about the reliability of what they say, the probability of its truth: "It's probably raining" or "Maybe it's raining". Inference from some kind of evidence may be expressed with a modal auxiliary: "It must be raining". Or the specific kind of evidence on which an inference is based may be indicated with a separate verb: "It sounds like it's raining". The view that a piece of knowledge does not match the prototypical meaning of a verbal category may be shown formulaically: "It's sort of raining". Or an adverb may suggest that some knowledge is different from what might have been expected: "Actually, it's raining".) [1]

在齐夫的理论框架中，言据性是个广义的范畴，标记说话人的认知立场，传达其对认知情景所持的态度。[2] 这样，所有与说话人认识评价相关的语言现象都是言据性表述，即任何传递言据意义的表述形式都具有言据潜势，不一定局限于语法表征。从这个意义上讲，言据性包括所有针对信息的态度，即真

---

[1] Wallace Chafe, "Evidentiality in English conversation and academic writing", Wallace Chafe and Johanna Nichols eds., *Evidentiality: The Linguistic Coding of Epistemology,* Norwood, New Jersey: Ablex, 1986.

[2] Wallace Chafe, "Evidentiality in English conversation and academic writing", Wallace Chafe and Johanna Nichols eds., *Evidentiality: The Linguistic Coding of Epistemology,* Norwood, New Jersey: Ablex, 1986, p.262.

理、肯定、怀疑、信任、权威、自信、有效、间接推断、证据、确认、惊讶和期望。[①] 信息来源的标记就是指明说话人所拥有的不同类型的客观世界知识，而获取知识的方式不同必然导致说话人对知识态度的差异，同样也会影响言据意义的编码，因此齐夫认为，言据性的核心语义就是根据信息的信度，使不同的知识类型与获取方式相匹配。换言之，言据意义不仅仅包括信息来源，同样也包含了说话人对所得知识的不同认识态度。这样，信息来源和说话人态度之间密切相关，不可分割。

由此可见，从广义上看，言据性研究同时关注信息来源和说话人对所述信息可靠性的态度。许多学者也赞同信息来源和说话人态度之间的紧密关系：鲍亚士指出，部分后缀表达了信息来源和确定性[①]；美国人类语言学家爱德华·萨丕尔(Edward Sapir)认为，特定形式表达了说话人信息的来源和本质[②]；伊凡提都(Ifantidou)同样从广义的视角来定义言据性，认为两者都包含在言据性研究中[③]。即使是言据性狭义研究的倡导者艾亨瓦尔德也注意到言据性在标记信息来源和说话人态度之间的语义关联性，并在著作中提及："不同的补语标记可以表达信息来源，以及说话人对认知动词句子补语中所表述的命题的信仰或责任，例如卢旺达语中就是如此。"[④]

广义的言据性研究包括所有指明信息来源和说话人态度的语言标记，而证素作为言据性的语言表征，既包括语法化的证素（形态证素），又包括词汇证素。正是因为每一种语言都用各自的方式来标明信息来源和信度，所以言据性研究已经从少数拥有形态证素的语言向世界上所有的语言扩展，这也是当前言

---

① William H. Jacobsen, "The Heterogeneity of Evidentials in Makah", Wallace Chafe and Johanna Nichols eds., *Evidentiality: The Linguistic Coding of Epistemology,* Norwood, New Jersey: Ablex, 1986, p.4.

② Edward Sapir, "Takelma", Franz Boas ed., *Handbook of American Indian Languages, Part 2,* Washington: Government Printing Office, 1922, p.114.

③ Elly Ifantidou, *Evidentials and Relevance,* Amsterdam / Philadelphia: John Benjamins Publishing Company, 2001, p.2.

④ Alexandra Y. Aikhenvald, "Evidentiality in typological perspective", Alexandra Y. Aikhenvald and Robert M. W. Dixon eds., *Studies in Evidentiality,* Amsterdam/Philadelphia: John Benjamins Publishing Company, 2003, p.19.

据性研究发展的必然趋势。

综上所述，言据性的狭义理解"看重信息来源与说话者客观真实性概念之间的关系，而广义理解则兼顾说话者的态度，更看重他对于现实的肯定强度"①。狭义的言据性仅限于对信息来源类型的详细说明，而很少提及信息与说话者的认知关系，而广义的言据性则包含说话者对信息的态度，反映了说话者与其所表达信息的主观关系。

2. 形态证素和词汇证素

所有语言都可以通过特定的方式指明所述命题的信息来源和说话人态度，而这种语言表达方式就是证素。

从狭义上看，证素是一种语义标记，主要表明说话人如何以及在何种程度上支持所述言论的真值。换言之，证素是一种语言表达式，编码了说话人对所述信息应负的责任。在《语言学和语音学词典》中，英国语言学家大卫·克里斯特尔(David Crystal)是这么定义证素的：

> 言据性结构表明说话人依据现有证据（而不是根据可能性或必要性）对命题承担责任。他们可以使既定句子的意思出现细微差异，如"我看见这事发生了"、"我听说这事发生了"、"我有证据证明这事发生了（虽然我不在那儿）"，或者"我从其他人那儿得知这事发生了"……
>
> (Evidential constructions express a speaker's strength of a commitment to a proposition in terms of the available evidence (rather than in terms of possibility or necessity). They add such nuances of meaning to a given sentence as "I saw it happen", "I heard that it happened", "I have seen the evidence that it happened" (though I wasn't there), or "I have obtained information that it happened from someone else" ...)②

法国学者玛丽安娜·米森(Marianne Mithun)认为："证素是证实以四种主

---

① 张伯江：《认识观的语法表现》，《国外语言学（当代语言学）》1997年第2期。
② David Crystal, *A Dictionary of Linguistics & Phonetics (3rd)*, Oxford: Blackwell, 1991, p.127.

要方式传递信息信度的标记。它们指明话语所依据的证据来源、准确程度、可能性和关于可能性的期望。"[1]

根据上述定义，任何语言表达式，只要用于指明说话人对自己言论所持有的证据类型，那么这些语言表达式就具有言据功能，可以称为证素。证素可以是语法化的结构，也可以是词汇形式。然而，一些学者却只承认纯语法化的证素形式。在介绍证素的四种功能属性时，美国学者劳埃德·安德森（Lloyd Anderson）在最后一点中特意指明了证素的语法地位："形态学上，证素是屈折形式，附着语素或其他自由的句法成分（不是复合词或衍生形式）。"[2] 艾亨瓦尔德对安德森提出的四个证素功能发表了看法，尤其对第四点提出了质疑："第一至第三点基本合理，但是第四点，即关于这个范畴的语言表征，不应该属于定义属性，因为在屈折属类和派生属类区分不是很明显的语言系统中，这条属性无法起作用。"[3] 显而易见，在这段话中，艾亨瓦尔德不赞同安德森将证素的语法属性列在功能属性中，但是从另一方面看，这恰恰说明她也认为，证素是一种语法现象，英语和其他许多语言中并不存在这种范畴。

在类型学研究领域，"言据性研究一直以来主要研究形态系统中的言据形式和言据意义"[4]。在北美印第安语言中，言据性是一个语法范畴，说话人在任何时候都需要用言据性标记表明信息来源，而且言据性是一个独立于时态或认知情态的范畴。在这些语言中，人们通过在动词上添加前缀或后缀达到标识所述命题信息来源以及说话人责任和态度的目的。以盖丘亚语为例，这是一种在秘鲁南部城市库斯科地区使用的语言。盖丘亚语中存在三个表达不同言据意义

---

[1] Marianne Mithun, "Evidential Diachrony in Northern Iroquoian", Wallace Chafe and Johanna Nichols eds., *Evidentiality: The Linguistic Coding of Epistemology,* Norwood, New Jersey: Ablex, 1986, p.89.

[2] Lloyd B. Anderson, "Evidentials, Paths of Change, and Mental Maps: Typologically Regular Asymmetries", Wallace Chafe and Johanna Nichols eds., *Evidentiality: The Linguistic Coding of Epistemology,* Norwood, New Jersey: Ablex, 1986, p.275.

[3] Alexandra Y. Aikhenvald and Robert M. W. Dixon eds., *Studies in Evidentiality,* Amsterdam / Philadelphia: John Benjamins Publishing Company, 2003, p.24.

[4] Ilana Mushin, *Evidentiality and Epistemological Stance: Narrative Retelling,* Amsterdam/ Philadelphia: John Benjamins Publishing Company, 2001, p.19.

的词缀：-mi（直接信息），-si（转述信息），-chá（推测信息）。

从广义上看，证素既可以指明命题的信息来源，又可以标识说话人对信息的责任和态度。2001年，比利时学者约翰·罗德里克(Johan Rooryck)对言据性研究进行综述时指出："证素就是就语句中信息的来源以及语句中真值可以被核实或验证的程度对语句真值作出的客观评估。"① 美国学者理查德·迈耶(Richard Mayer)指出："证素就是关于如何根据肯定性和信息来源区分信息等级的标记。"② 同样，伊凡提都也认为："证素通常被视为语义范畴，通过语言单位编码所述信息的来源和可靠性……从语用视角看，很难指出证素究竟是指向信息来源还是说话人的肯定程度。"③

虽然语法化的形态证素在言据性研究中占据主导地位，但是当前越来越多的学者将词汇证素、表达言据意义的句法结构与形态证素一起视为言据性研究的对象，言据性研究的范围也在逐渐扩大，狭义研究中的成果和理论不断地被应用到广义研究中，并从更广大的领域中汲取能量来不断补充和完善现有理论和成果。

词汇证素的表现形式多样，可以是副词结构，如英语中的副词 reportedly、allegedly、famously、obviously 等；连接从句的先导成分，如 it seems to me that、it appears that、it turns out that 等；插入语，如 I think、I guess、I suppose 等；小品词，如俄语中的 jakoby、mol、deskatj（这些都是编码传闻信息的标记）。在日语中，言据意义还可以通过名词、状语和谓语等词汇形式，以及助词和动词的形态变化来传递。④ 以汉语为例，众所周知，汉语也是一种缺乏形态证素的语言，但是汉语中存在多种传递言据意义的词汇手段，如下所示：

她搬到了上海。

---

① Johan Rooryck, "Evidentiality, Part I", *Glot International,* 2001, (5), p.125.
② Richard Mayer, "Abstraction, context, and perspectivization--Evidentials in discourse semantics", *Theoretical Linguistics,* 1990, (16).
③ Elly Ifantidou, *Evidentials and Relevance,* Amsterdam/Philadelphia: John Benjamins Publishing Company, 2001, p.8, 15.
④ Haruo Aoki, "Evidentials in Japanese", Wallace Chafe and Johanna Nichols eds., *Evidentiality: The Linguistic Coding of Epistemology,* Norwood, New Jersey: Ablex, 1986, pp.224-235.

a. 我猜她搬到了上海。

b. 她应该是搬到了上海。

c. 她估计是搬到了上海。

d. 她确实搬到了上海。

e. 她搬到上海了吧。

f. 说是她搬到了上海。

g. 据我所知，她搬到了上海。

在上面的例子中，说话人通过不同的词汇证素传递了同一个命题信息"她搬到了上海"。句 a 中的"猜"是认知动词，句 b 中的"应该是"是助动词，表明句子信息是说话人在特定视觉或转述证据的基础上所做出的主观判断或推理。在句 c 和句 b 中，"估计是"和"确实"是两个肯定程度不同的副词，表明所述命题信息源自说话人的推理。在句 e 中，语气词"吧"[①]传递了言据意义，表明说话人对命题信息并不完全确定。在句 f 和句 g 中，"说是"和"据我所知"是插入性结构，表明命题信息是源自第三方的转述信息。

3. 言据性和情态

在当前的语言学界，尤其是类型学领域，学者们关于不同语言中的言据性研究成果层出不穷，但是从言据性和情态这两个语言范畴之间的关系来看，这些研究主要朝着两个不同的方向发展：情态研究（Kratzer，1991；Izvorski，1997；Ehrich，2001；Garrett，2001；Faller，2006；Matthewson et al.，2007；McCready and Asher，2006；McCready and Ogata，2007；Waldie et al.，2009；Peterson，2009，2010，等等）和非情态研究（Faller，2002，2003；Chung，2005；Portner，2006；Davis et al.，2007；Murray，2009a，b；Peterson，2009，2010，等等）。言据性研究和情态研究之间互融或互斥的关系导致在实证研究中证素分类形式的多样化。言据性和情态系统之间是否存在着明显的分

---

① 在汉语中，的、呢、嘛、喽等语气词也可以被用作证素，传递说话人对所述信息的态度，一些学者认为这些证素比较接近语法化的证素，或者说这些证素正处于语法化的过程中。

界线？认知情态动词是否是证素，是否应该成为言据性研究的一部分？还是相反？根据言据性研究领域的文献显示，言据性和情态之间的关系依然是该领域的一个研究热点，而且到目前为止尚未达成共识。

英国语言学家约翰·莱昂斯（John Lyons）认为，情态是说话人"对句子传达的信息或信息描述的情况所持的观点和态度"[1]，同时牵扯到可能性与必然性。情态可以分为认知情态（epistemic modality）和责任情态（deontic modality），在言据性和情态系统的关系中，与言据性发生复杂关系、且引起学者们关注并形成热点的是认知情态。根据前面的论述，证素是言据意义的语言表征，主要编码了说话人对所述命题持有的证据和态度，而认知情态动词则是介绍对人类认识可能触及的世界进行量化后的结果。从概念上看，两者截然不同。但是，广义的言据性是将说话人对信息所负责任或所持态度和评估也考虑在内，而认知情态动词"关注知识的本质和来源"[2]，确定说话人对所述命题真值应付的责任，这与证素的属性和功能有相似之处，这样广义的言据性与认知情态动词就产生了关联。在回顾言据性研究时，丹德尔（Dendale）和塔斯墨斯基（Tasmowski）认为言据性和情态之间的关系可分为三类：分离（两者都是独立的概念，互不兼容）、交叉（两者的研究范围有所重叠）和包含（两者之间是主体与局部的关系，一方处于另一方的研究领域内）。[3]为了简化两者之间的复杂关系，更好地进行实证研究（这也是本书的关注点），言据性和认知情态之间的关系实际上可以分为：分离（exclusion）和互融（inclusion）。

一方面，有些学者认为认知情态应该从言据性研究中分离出来，因为严格来说，言据性和认知情态是两个不同的概念，分属不同的语义研究领域。哈德曼指出，证素"表明说话人是如何获取所述内容知识的"[4]，这与威利特提出

---

[1] John Lyons, *Semantics,* Cambridge: Cambridge University Press, 1977, p.452, 787.
[2] John Lyons, *Semantics,* Cambridge: Cambridge University Press, 1977, p.793.
[3] Patrick Dendale and Liliance Tasmowski, "Introduction: Evidentiality and related notions", *Journal of Pragmatics,* 2001, (33).
[4] Martha J. Hardman, "Data-Source Marking in the Jaqi Languages", Wallace Chafe and Johanna Nichols eds., *Evidentiality: The Linguistic Coding of Epistemology,* Norwood, New Jersey: Ablex, 1986, p.115.

的狭义言据性观点一致,即否认言据性和情态之间的显性关系。[1]Oswalt同样指出,认识论描述了说话人对现实世界和可能世界的认知,另一方面,证素根据说话人的信息来源对现实世界进行评估。[2] 美国学者费迪南德·德·哈恩(Ferdinand de Haan)认为,证素不是情态词,而是指示词,即"言据性主要是指说话人对自己发出的言论所持有的证据"[3],而"情态词评估说话人的言论并赋予一定的承诺值"[4]。由此可见,认为言据性和情态研究应该分离的学者们认为,言据性表述主要指明信息来源,并不一定与说话人对所述命题信息的态度和评价相关联。[5]

另一方面,语言学家们认为言据性和情态的关系是互融关系,即一方将另一方视为自己的子领域。就目前而言,学者们大多倾向于将言据性视为情态研究的一部分。英国语言学家罗伯特·帕尔默(Robert Palmer)就指出,"认识"这个词不应该只适用于关于可能性和必要性的情态系统,而是适用于任何指明

---

[1] Thomas Willett, "A Cross-Linguistic Survey of the Grammaticalization of Evidentiality", *Studies in Language,* 1988, (12).

[2] Robert L. Oswalt, "The Evidential System of Kashaya", Wallace Chafe and Johanna Nichols eds., *Evidentiality: The Linguistic Coding of Epistemology,* Norwood, New Jersey: Ablex, 1986, p.43.

[3] Ferdinand de Haan, "Evidentiality and Epistemic Modality: Setting Boundaries", *Southwest Journal of Linguistics,* 1999, (18); Ferdinand de Haan, "The Place of Inference Within the Evidential System", *International Journal of American Linguistics,* 2001, (67); Ferdinand de Haan, "Encoding speaker perspectives: evidentials", Z. Frajzyngier, A. Hodges and D. S. Rood eds., *Linguistic Diversity And Language Theories,* Amsterdam/ Philadelphia: John Benjamins Publishing Company, 2005.

[4] Ferdinand de Haan, "Evidentiality and Epistemic Modality: Setting Boundaries", *Southwest Journal of Linguistics,* 1999, (18).

[5] Gilbert Lazard, "On the grammaticalization of evidentiality", *Journal of Pragmatics,* 2001, (33); Alexandra Y. Aikhenvald, *Evidentiality,* Oxford: Oxford University Press, 2004; M. González-Vázquez, La modalidad epistémico subjetiva/objetiva y su interacción con la evidencialidad, J. Oliver-Frade, etal. eds., *Cien años de investigación semántica, de Michel Breal a la actualidad. Actas del Congreso Internacional de Semántica,* La Laguna: Universidad de La Laguna, 2000; M. González-Vázquez, *Las fuentes de la información. Tipología, semántica y pragmática de la evidencialidad,* Vigo: Servizo de Publicacións Universidade de Vigo, 2006.

说话人对所述内容应付责任的情态系统。① 由此可见，帕尔默是将认知情态视为表达说话人对命题真值态度的一个语义范畴。在他的书中，言据性标记从属于认知情态，而引用证素具有"情态特质"。② 威利特认为，"毫无疑问，言据性作为一个语义范畴，主要具有情态性"③。同样的，格罗内迈尔(Gronemeyer)将言据性定义为认知情态的一部分，表达了说话人对自身知识状态与命题确定程度之间关系的评估。④

然而，有些学者认为言据性和认知情态之间的关系恰好相反，认知情态是言据性研究的子领域。从广义上看，言据性表述指明了所述命题的信息来源和说话人责任。美国学者蒂妮·马特洛克(Teenie Matlock)在论述证素功能的过程中指出："证素是部分由认知情态组成的语言单位，编码了说话人的信息来源，以及对信息的肯定程度。"⑤ 根据上面的引文，编码"肯定程度"属于证素的语义功能之一，这也就意味着言据性是这两个范畴的上义范畴，由此可以进一步推导得出，认知情态从属于广义言据性。这个观点同样得到了许多学者的响应。⑥

---

① Frank. R. Palmer, *Mood and Modality,* Cambridge: Cambridge University Press, 1986, p.51.
② Frank. R. Palmer, *Mood and Modality,* Cambridge: Cambridge University Press, 1986, p.51.
③ Thomas Willett, "A Cross-Linguistic Survey of the Grammaticalization of Evidentiality", *Studies in Language,* 1988, (12).
④ Claire Gronemeyer, "The Syntactic Basis of Evidentiality in Lithuanian", Presented at Conference on Syntax and Semantics of Tense and Mood Selection, University of Bergamo, July 2-4, 1998, p.49.
⑤ Teenie Matlock, "Metaphor and the Grammaticalization of Evidentials", *Proceedings of the Annual Meeting of the Berkeley Linguistics Society,* 1989, (15), p.215.
⑥ Joan L. Bybee, R. Perkins and W. Pagliuca, *The Evolution of Grammar: Tense, Aspect and Mood in the Languages of the World,* Chicago: University of Chicago Press, 1994; Lloyd B. Anderson, "Evidentials, Paths of Change, and Mental Maps: Typologically Regular Asymmetries", Wallace Chafe and Johanna Nichols eds., *Evidentiality: The Linguistic Coding of Epistemology,* Norwood, New Jersey: Ablex, 1986; Patrick Dendale and Liliance Tasmowski, "Introduction: Evidentiality and related notions", Journal of Pragmatics, 2001, (33); Vladinir A. Plungian, "The Place of Evidentiality within the Universal Grammatical Space", *Journal of Pragmatics,* 2001, 33(3).

三、重新定义言据性研究

从前文的论述中,我们可以发现,虽然言据性研究在语言学界方兴未艾,但是学者们尚未就言据性的定义和研究范围达成共识。正如之前所述,学者们对这个语言范畴各执一词,在研究中各行其道。在这一节中,我们将就前文中提及的言据性研究中存在的四个方面分歧进行简单论述,并结合本书研究的侧重点对言据性重新定义,为后续章节的论述提供一个具有连贯性的理论认识基础。

首先,我们认为,言据性不是局限于少数具有形态证素的语言的语法范畴,而是一个语义范畴。世界上许多语言中都存在表达言据意义的需求,不同语言中语法系统的差异性并没有阻止言据性这个范畴进入各个语言体系中,并获得相应的表现形式。例如,从类型学视角来看,英语、汉语等一些语言中不存在形态证素,只能通过其他的方式,即副词、介词结构、情态动词等词汇证素来标识语言的言据性,也正是这个原因,关于这些语言的言据性研究相对比较零散,没有得到学者们应有的关注和重视,一直被排斥在言据性核心研究之外。而我们认为,这些语言同样是类型学研究地图中一个不可或缺的组成部分,正如艾亨瓦尔德所言,既然这些语言所占比重达到了四分之三,既然这些语言中存在着言据性表述的需求,那么其表述方式就应该引起学者们的注意,进行系统的研究、描述和归纳。

其次,本书所研究的言据性是广义上的言据性,即作为一个语义范畴,言据性在指明信息来源、标识所述命题信度的同时,也标记了说话人对信息来源的评估以及对命题的介入度。言据性与信息来源,和言据性与说话人态度这两种关系之间不是泾渭分明、非此即彼的,这是因为语言使用不是在真空中进行,人们无法依靠信息的客观性来完全割裂信息与说话人之间的主观关联。在获取信息的过程中,说话人先从外部世界获取客观信息,然后他会有目的或者无意识地对所获信息做出一定的判断,即在语言使用之前说话人的认知能力会被激活,而他的认识立场也会同时发挥作用。这样,说话人在言语中编码的信息,无论源自何处,必定受到说话人主观参与的影响和制约。信息来源的具体类型,以及信息是否有用、可靠、可信等因素自然而然成为说话人考虑的内容。更有甚者，在言据性编码的过程中，说话人的主观参与在一定程度上起着主要作用。言语在任何情况下都不可能像机器一样，仅仅是为了传递信息。如果将言据性研究层面再扩大一些，不是在句子中，而是放在语篇语境下研究时，我们会更清楚地看到，信息来源的标记不仅仅取决于语境，而且还是一个客观与主观、真实与可信之间的协调过程，而且这还是一个动态过程，与说话人对所述命题信息的态度、评价、责任等相互作用。综上所述，信息来源和说话人对命题的介入程度相互协作，共同促进了言据性表述的构建，以及言据意义的信度建立。虽然当言据性作为一个语法范畴，进行狭义研究时，信息来源的确定和说话人态度的标记存在区别，但是当言据性表述在具体语境中应用时，这种区别并不总是存在，即使是在世界上约四分之一、存在形态证素的语言中，这种区别也不总是那么显著。我们认为，鉴于两者与言据性之间的复杂关系，以及可能对证素分类造成的干扰，在本书中，我们选择从广义层面研究言据性，对两者不进行细分。

再次，本书主要讨论词汇证素，而不是语法化证素，原因主要有两方面。

一方面，在类型学研究领域中，语法化的证素因为形态变化与语法和语法化过程有着密切关联而成为学者们研究和关注的焦点。但是在本书中，我们主要研究英语中的言据性。众所周知，英语是一种缺乏形态证素、主要通过词汇证素来编码言据意义的语言，所以我们在研究中关注英语词汇证素在语篇中的表现。在言据性研究领域，多位学者坚持认为，只要一种语言可以从其语言系统中找到特定方式，通过一定单位、体系来表达言据意义，无论是语法的、语法的、还是句法的，这种方式或体系就可以进行言据性研究[①]，正如俄罗斯语言学家弗拉基米尔·帕拉基恩(Vladimir Plungian)所言："同一语义元素在一种语言中具有语法化的表现形式，可能在另外一种语言中具有词汇化的表现形

[①] Joan L. Bybee, Mophology: *A Study of the Relation between Meaning and Form,* Amsterdam/Philadelphia: John Benjamins Publishing, 1985；Vladinir A. Plungian, "The Place of Evidentiality within the Universal Grammatical Space", Journal of Pragmatics, 2001, 33(3)；M. González-Vázquez, *Las fuentes de la información. Tipología, semántica y pragmática de la evidencialidad,* Vigo: Servizo de Publicacións Universidade de Vigo, 2006.

式（甚至可能在一种语言中同时具有两种表现形式）。"① 事实上，许多研究证明言据意义可以在语篇中通过形态、词汇、句法、语音等语言单位来传递和表达。基于上文的引用和论述，我们认为，语言的表现形式不应该成为言据性这个语义范畴在更广泛的语言范围中进行深入研究的障碍，虽然英语不是言据性研究领域中的主流研究对象，但是研究英语中的词汇证素同样可以达到研究语篇言据性的目的。

另一方面，本书旨在探讨和研究语篇语境下说话人如何在认知、语用和交际互动等因素的影响和制约下编码信息来源和说话人态度，而纯粹语法化的言据性标记在实际应用过程中大多存在着证素和信息来源一对一的固定关系，因此从这个意义上而言不适合我们的分析和研究。

语篇不同于单一的语句或言语，不是由一个或几个脱离语境的命题组成，而是以完整主题的形式呈现了说话人的观点以及他们对语境各因素的考量和权衡，这也就意味着语篇中信息的可靠性和可信度不是语篇中所有命题或者语言单位信度的简单相加。换而言之，言据意义的编码实际上是一个复杂的过程，从某种程度上而言，这是一个由认知、语境、交际，甚至修辞等各种因素相互作用、相互协调的过程。然而，如果言据性标记仅仅被视为语法范畴，且在数量不多（世界上约四分之一）的语言中，仅有少数语法单位，例如动词词缀，可以起到标记信息来源的作用，这样虽然使得言据性表述在形式上简单、分类明确，不易与其他语法范畴发生混淆，但是这种范畴描述和归类形式过于笼统，不适合分析具体语境下的语言实际应用过程，也无助于深层描述言据性这个语言范畴。因此，我们认为很有必要将言据性研究扩大至所有具有特定语言体系来表达言据意义的语言，将语法化证素中概括归纳出的言据属性和功能推广至词汇证素，考察词汇证素有别于语法化证素的特质和功能，尤其是在语篇语境下的认知、语用和交互特性，丰富现有的言据性研究成果。

最后，前文中已经提到，我们将从广义的层面来研究言据性，尤其是英语语篇中的言据现象，而鉴于言据性和情态系统的复杂关联性，我们无意将认知

---

① Vladinir A. Plungian, "The Place of Evidentiality within the Universal Grammatical Space", *Journal of Pragmatics*, 2001, 33(3).

情态词类从证素中区分出来，我们关注的证素中也包括认知情态词类。根据前文中不同学者的论述，我们知道，指明信息来源的标记和说话人态度的标记之间无法进行非此即彼的区分，而且言据性标记和认知情态词类也存在着部分词汇重叠的现象，这在只能依靠词汇形式表达言据意义的语言中尤为明显。而且，这两类词汇标记之间的关联性和重叠现象至今没有达成统一的解释，也没有形成具有可操作性的区分标准。

西班牙学者玛丽亚·卡雷特罗(Maria Carretero)认为，说话人在表达认知情态意义或者言据意义时，对以下两个步骤有不同程度的关注：a. 接收到某一类型的证据；b. 基于此证据和基本常识进行推理。[①] 因此，从言据性表述到认知情态表述之间是一个连续的过程。关于卡雷特罗提出的言据性和认知情态反映了连续过程中两个不同步骤的观点，我们认为两个步骤的区分有待商榷：这种区分在语言实际使用过程中并没有像他所说的那么明确，尤其是这两个步骤很有可能在现实语言交际中最后只是用一个语言表征来表述。但是，言据性和认知情态之间有可能是一个认识发展的连续过程，即两者之间有可能存在某种特定的连接，反映了个体从认知获取到交际互动的动态过程。

综上所述，本书认为言据性和认知情态之间是互融关系，认知情态词类有助于我们对语篇言据性的分析和描述，因此应该包含在证素研究和分类中。

四、英语中的言据性

和其他范畴一样，言据性在语言中具有一定的普遍适用性，既关注特定论题在不同语言中的表现，同时也关注特定语言的言据意义表现形式。但是，许多欧洲和亚洲语言虽然也是语言类型学地图中的组成部分，但是因为缺少语法化形式来编码言据意义而被排斥在言据性研究的核心区域之外，英语就是其中之一。除了齐夫对英语口语和书面语中的言据现象的先导性研究和论述引起了

[①] Maria Carretero, "The role of evidentiality and epistemic modality in three English spoken texts from legal proceedings", Juana I. Marín-Arrese ed., *Perspectives on Evidentiality and Epistemic Modality*, Madrid: Editorial Complutense, 2004, p.27.

学者们的关注之外,其他关于英语言据性的研究相对而言还是比较零散。其实,英语虽然缺少语法化的言据性标记,但是英语中存在着多种多样的词汇形式来传递和表达言据意义,如名词、动词、情态动词、副词、插入语等。

1. 英语言据性的表现形式

在分析口语和书面语中的言据性时,齐夫率先研究了英语的言据性表述。在他的研究中,他注意到英语中几乎不存在语法化的言据性标记,所以他扩大了言据性的研究范围,将所有表达言据意义的非语法化形式包含在内:

> 英语中存在着丰富的言据性表述形式。尽管不具有加州印第安语言中那样完备的动词后缀体系,英语仍然可以通过情态助词、副词以及多种多样的习语形式来表达言据性。这些印第安语言和英语的区别不在于是否具有证素。两者的区别,一部分在于言据性是否通过语法化形式来表现,例如后缀、助词、副词,还是通过其他的形式来表现?一部分在于言据性最容易编码的信息类型,是可靠性程度,还是推理、感官证据、传闻?一部分还在于哪种言据性标记最常使用:不同的语言或多或少会在不同的时候关注不同的言据性标记。虽然英语有大量表达言据意义的方式,但是可能在使用比例上和其他语言不同。
>
> (English has a rich repertoire of evidential devices. It expresses evidentiality with modal auxiliaries, adverbs, and miscellaneous idiomatic phrases, although not, for example, with a coherent set of verb suffixes like those in some California Indian languages. The difference between these Indian languages and English is not a matter of evidentials vs. no evidentials. It is partly a question of how evidentiality is grammatically expressed: is it by suffixes, auxiliaries, adverbs, or what? It is partly a question of what kinds of evidentiality are expressed most readily: are degrees of reliability, or inference, or sensory evidence, or hearsay, for example, especially codable? And partly, too, it is a question of which evidentials are most often used: different languages focus on different kinds of evidentiality more or less of the time. Although English has a large variety of evidential possibilities, it may use them

in different proportions than some other languages do.) ①

同样，穆辛在分析盖丘亚语、玛卡语（Makah）和藏语（Tibetan）中的语法化言据性系统时指出，英语言据性缺少明晰的语法标记，但是英语通过其他易于辨识的方式弥补了这种缺失。② 她也认为，英语确实具有丰富的、表明"命题态度"的副词，例如 certainly、probably、obviously、possibly、undoubtedly 等，可以传递言据意义。而根据 Marín-Arrese 等人的观点，和其他语言相比，英语在表达情态意义和言据意义方面缺少语法化形式：

> 言据性主要标明包括即时感知在内的各种信息来源，包括下列词汇：see、hear、smell、feel、taste、look、sound。言据性中的传闻证素包括动词和非动词形式的表达式，如 say、tell、reportedly、allegedly。证素中还包括指明说话人知识和信仰的表达式，例如心理状态动词 know、think、believe、suppose、guess 和 doubt。间接推理信息可以通过动词形式来表达，例如 seem、appear、look、as if、sound like、gather、deduce，也可以通过非动词形式来表达，例如 apparently、seemingly、presumably、evidently、obviously。认知情态主要通过情态动词：may、could、must、will、should、would 和各种非动词形式的表达式：possibly、probably、certainly、undoubtedly 来表达。
>
> (Evidentials primarily indicating sources of knowledge involving immediate perception include the following: see, hear, smell, feel, taste, look, sound. The hearsay category of evidentiality includes verbal and non-verbal expressions such as: say, tell, reportedly, allegedly. Evidentials also include expressions indicating speaker/writer's knowledge and beliefs, such as mental

---

① Wallace Chafe, "Evidentiality in English conversation and academic writing", Wallace Chafe and Johanna Nichols eds., *Evidentiality: The Linguistic Coding of Epistemology,* Norwood, New Jersey: Ablex, 1986, p.261.

② Ilana Mushin, *Evidentiality and Epistemological Stance: Narrative Retelling,* Amsterdam/Philadelphia: John Benjamins Publishing Company, 2001, p.56.

state verbs – know, think, believe, suppose, guess and doubt. Indirect inferential sources are signalled by verbal elements, such as: seem, appear, look as if, sound like, gather, deduce, or non-verbal expressions, such as apparently, seemingly, presumably, evidently, obviously. Epistemic modality is expressed by modal verbs – may, might, could, must, will, should, would – and various non-verbal expressions: possibly, probably, certainly, undoubtedly.)[①]

根据前人的研究，我们发现：尽管英语中缺少语法化方式来表达言据性，但是英语仍然可以通过非语法化的显性标记来标识所述信息的来源和说话人对该命题信息应负的责任或持有的态度和评价。

2. 英语言据性的研究现状

目前，以英语为主要语言的言据性研究成果相对较少，研究方向也比较窄，多以跨语言对比研究、特定词类的言据功能探讨、不同语篇类型中的言据性表述研究等为主，而其他方面的研究相对较少。

在跨语言对比研究中，英语因其使用群体的广泛性，是学术探讨、论文发表的主要传播语言，所以不少研究者以英语为参照物，通过英语和其他一种或多种语言中言据性系统的对比分析，观察语言差异性对言据性不同表现形式的影响，例如：丹麦学者杰纳斯·莫滕森(Janus Mortensen)对比了英语和丹麦语中的认知性和言据性句子状语[②]；英国学者贝亚特·古拉耶克(Beata Gurajek)对比了英语和波兰语中的言据性等[③]。

在特定词类的言据功能探讨方面，研究者或以特定词类为主要研究对象，探讨和发掘该词类的言据功能，或以特定言据功能为出发点，探讨和研究该功能的主要表现词类。比利时语言学家安·玛丽·西蒙·凡德·伯根(Anne-

---

[①] Juana I. Marín-Arrese ed., *Perspectives on Evidentiality and Modality,* Madrid: Editorial Complutense, 2004, p.124.

[②] Janus Mortensen, *Epistemic and Evidential Sentence Adverbials in Danish and English: A Comparative Study,* Roskilde: Roskilde University, 2006.

[③] Beata Gurajek, *Evidentiality in English and Polish,* Edinburgh: the University of Edinburgh, 2010.

Marie Simon-Vandenbergen)和瑞典语言学家卡琳·艾默(Karin Aijmer)通过实证研究详细地描述了英语中表示肯定语义的情态副词在句法、语义和语用等方面的属性。在书中第三章,他们特别论述了情态副词在言据性和情态两个语义功能上的关联性,认为两者密切相关,都是用来指明说话人对所述命题"理想状态"的衍生形式的不同态度,而且表达言据意义的副词在使用中受到语境制约,具有主观性或交互主观性。[1]

在语篇研究方面,研究者侧重研究言据性在不同类型语篇中的具体表现,观察言据性与文体特征之间的关系。其中,学术语篇、新闻语篇和科技语篇这三类语篇研究成果较多。这三类语篇旨在向大众或特定群体传播最新信息、研究成果、原创观点等,因此信息来源和作者态度的标记与命题信度密切相关,同时对命题的传递和接受有重要影响,因此言据性标记在这些语篇中多以显性形式出现。学术语篇中的言据性研究始于齐夫,他对比了英语会话和学术写作中言据性使用情况,并列出了英语中的证素,为后面的研究提供了清晰的证素分类和丰富的研究语料,之后陆续有学者从事学术语篇的研究。[2]新闻语篇是语篇言据性研究的主要分析语料,例如英国学者卡洛琳·克拉克(Caroline Clark)从广义视角研究《时代周报》(*The Times*)和《卫报》(*Guardian*)两个大型新闻语篇语料库中1993至2005年间的新闻报道,通过统计分析这些新闻语篇中的证素表现后指出,在这个期间证素的使用呈上升趋势,且证素类型增多,报道者作为信息来源更多地出现在新闻语篇中,同时这种变化也带来了新闻语篇文体特征的变化,即新闻语篇趋向模糊(vague)和中立(neutral),同时发现新闻报道者隐性化处理自己对命题信息的态度,使信息显得更加客观。[3]美国学者盖尔·维克尼克(Gail Viechnicki)以科技语篇中的言据性为主题,

---

[1] Anne-Marie Simon-Vandenbergen and Karin Aijmer, *The semantic field of modal certainty. A corpus-based study of English adverbs,* Mouton de Gruyter, 2007, p.395.

[2] Wallace Chafe, "Evidentiality in English conversation and academic writing", Wallace Chafe and Johanna Nichols eds., *Evidentiality: The Linguistic Coding of Epistemology,* Norwood, New Jersey: Ablex, 1986, pp.261-272.

[3] Caroline Clark, "Evidence of evidentiality in the quality press 1993 and 2005", *Corpora,* 2010, 5(2).

结合科技语篇的文体特征和实际应用性来研究英语言据系统的语用属性。[①]他的研究表明,科技语篇的作者可以通过不同证素的选用表达信息的不同信度,并引导"理想"读者采用合适的认识立场来解读语篇,而充分利用证素规约含义和语境意义之间关系则有助于提升语篇的修辞表现。

五、小结

本章回顾了言据性的研究史和发展现状,介绍了言据性研究中已有的成果和研究趋势,重新定义了本书研究的言据性及其研究范围,探讨了研究英语言据性系统的可行性和必要性。

首先,通过列举和分析"evidentiality"和"evidential"这对术语在国内学术期刊、论文专著中出现的不同译名,探讨国内汉语言据性现象的研究历史。早在《马氏文通》里就有"传信"和"传疑"之说,以汉语言据性为主要研究对象的学者延续了这一传统,将其译为"传信范畴"和"传信语",而以英语等其他语言为研究对象的学者们则倾向于言据性的"证"和"据"功能,所以在翻译术语时无一例外地选用了这两个字。本书中使用的"言据性"和"证素"是取"言之有据"、"信而有征(通"证")"之意,比较符合英文原意。

其次,回顾言据性研究的发展历史。言据性研究在定义上存在着广义和狭义之分,在研究范围上存在着标明信息来源和指明说话人态度之分,在语言表征上存在着形态证素和词汇证素之分,在与情态等其他范畴的关系上存在着分离和互融之分。在这四个方面,学者们并未达成共识,认识界限模糊。通过梳理和分析学者们已有的成果,以及言据性研究近期的发展趋势,重新界定了本书所要研究的言据性:本书主要侧重研究言据性在具体语篇语境中的使用策略以及构建语篇信度的功能,因此齐夫对言据性的广义定义是主要理论依据,即本书的研究综合了言据性在明示信息来源和说话人态度两方面的功能,同时结合英语中词汇证素的言据和情态属性,研究语篇言据性的建构模式。

[①] Gail B. Viechnicki, *Evidentiality in Scientific Discourse,* Chicago, IL: The University of Chicago Press, 2002.

最后，简要地回顾了英语言据性研究的主要路向和成果。虽然因为缺乏语法化的言据性标记，英语被排斥在言据性核心研究领域之外，但是英语和其他具有形态证素的语言一样，需要传递命题信息来源和表达说话人对所述命题的态度，而且英语中有丰富多样的、非语法化的语言形式可以传递言据意义，所以英语中的言据性系统和言据策略同样有研究的必要。此外，言据性研究正逐渐地从传统的"旧世界证素分布带"向着更广泛的语言区拓展，在英语等不具备形态证素的欧洲、亚洲语言中进行言据性研究是当前的一种发展趋势，能在广度、深度上促进言据性研究不断发展，丰富其现有成果。

第三章　语篇言据性

言据性是语篇的一个重要特征，对语篇进行言据性分析是文体分析的一种重要手段，因为"有些证素超越了句子的界限，要进入语篇的领域才能理解，特别是以零形式隐含的证素与上下文有紧密联系。另一方面，不同语篇对证素的选择往往有不同的要求，因此对不同证素的分析，如证素使用的平均密度和对证素的择用，可以从一个侧面描写该语篇的文体特征"①。

语篇的言据性分析和言据策略研究除了可以为文体分析提供信息类型、信息来源等佐证语篇信度的语言表征和证据之外，还可以起到一个关键作用，即从语篇言据性的建构过程和模式来反向推导和判断说话人/作者的语篇构建意图、交际目的、语境考量等语篇中的认知语用因素及其作用，凸显主体在语篇中的能动作用，形成语篇建构的动态分析模式。语篇言据性分析首先要从言据性的语言表征——证素分析开始，包括证素的信度分析、语用策略、及其证素所体现的主观性和交互主观性。

一、证素

言据意义主要通过证素进行编码。证素就是"说话人标识知识来源和可信性的语言标记"②，"不是小句的主要谓语，而是用来明确所述命题的信

---

① 胡壮麟：《汉语的言据性和语篇分析》，《湖北大学学报》1995 年第 2 期。
② Wallace Chafe and Johanna Nichols eds., *Evidentiality: The Linguistic Coding of Epistemology,* Norwood, New Jersey: Ablex, 1986, p.viii；Ilana Mushin, *Evidentiality and Epistemological Stance: Narrative Retelling,* Amsterdam/Philadelphia: John Benjamins Publishing Company, 2001, p.24.

度"①，是人们对"知识来源和信度"的一种"自然认知"②。艾亨瓦尔德认为，证素就是指明命题信息证据的语言标记，包括明确指出该信息是有证据支持的和该证据类型。②

根据前文的论述，证素是指说话人/作者是如何以及在何种程度上表达所述命题真值的，即如何通过明示信息来源类型以及当前证据类型和明示程度来衡量和评估所述命题真值的。因此，证素的主要功能是指明信息的来源（Givón，1982；Bybee，1985；Chafe and Nichols，1986；Mithun，1986；Chafe，1986；Willett，1988；Mayer，1990）和说话人/作者对所述信息的确定程度（Derbyshire，1985；Givón，1982；Palmer，1986；Chafe，1986；Mayer，1990）。

1. 主要证素类型

从语法上看，证素可以分为形态证素和词汇证素（关于这两类证素的论述详见第二章）。艾亨瓦尔德③通过研究发现，世界上约有四分之一的语言具有语法化的形态标记来表达信息来源类型，而且必须在话语交际中明示信息来源类型，例如在玛卡语、盖丘亚语、塔里阿那语（Tariana）、艾马拉语（Aymara）等语言中，一句话中必须出现表达信息来源的标记，否则是不会被当地人接受的。如下所示：

塔里阿那语

a. Juse irida di-manika-ka

　　José football 3sgnf-play-REC.P.VIS

（约瑟踢了足球——我们亲眼看到的。）

---

① Lloyd B. Anderson, "Evidentials, Paths of Change, and Mental Maps: Typologically Regular Asymmetries", Wallace Chafe and Johanna Nichols eds., Evidentiality: *The Linguistic Coding of Epistemology,* Norwood, New Jersey: Ablex, 1986, p.274.

② Alexandra Y. Aikhenvald and Robert M. W. Dixon eds., *Studies in Evidentiality,* Amsterdam / Philadelphia: John Benjamins Publishing Company, 2003, p.1.

③ Alexandra Y. Aikhenvald, Evidentiality, Oxford: Oxford University Press, 2004, pp.1-3；Alexandra Y. Aikhenvald, "Information source and evidentiality: what can we conclude?", *Rivista di Linguistica,* 2007, 19(1).

b. Juse irida di-manika-mahka

José football 3sgnf-play-REC.P.NONVIS

(约瑟踢了足球——我们亲耳听到的。)

c. Juse irida di-manika-nihka

José football 3sgnf-play-REC.P.INFR

(约瑟踢了足球——我们是通过可视证据判断出来的。)

d. Juse irida di-manika-sika

José football 3sgnf-play-REC.P.ASSUM

(约瑟踢了足球——我们是根据已有知识推断出来的。)

e. Juse irida di-manika-pidaka

Jose football 3sgnf-play-REC.P.REP

(约瑟踢了足球——我们是听别人说的。)①

塔里阿纳语是巴西阿拉瓦克人的语言，共有五种形态标记来标识信息来源。在上面的例子中，句 a 表明说话人亲眼目睹了整个事件（约瑟踢了足球），是说话人的亲身感受和体验，属于直接信息类型；句 b 表明说话人没有目睹事件，但是通过自己的听觉系统获得了直接信息；句 c 也表明说话人没有目睹事件，但是从种种可见的证据，例如湿透了的球衣、拿在手中的足球等证据，可以合理地推导出这个结论；句 d 表明说话人也没有目睹事件的发生，但是可以根据已有的信息，例如说话人知道约瑟每天这个时间都会去踢球，推导出同样的结论；句 e 表明说话人同样没有目睹事件，但是从其他人那里获得了这一信息，属于传闻信息。

像塔里阿纳语一样，在话语中必须通过语法化的形态标记来标识命题信息来源的语言因为具有形态证素而成为言据性研究的重点。但是，这部分语言仅占一小部分，且大多集中在北美印第安语中，而大多数欧洲和亚洲语言并不具备语法化的形态证素。穆辛指出所有语言都具有表达说话者对信息认知方面的

---

① Alexandra Y. Aikhenvald, *Evidentiality*, Oxford: Oxford University Press, 2004, pp.2-3.

评估方式。①而艾亨瓦尔德在后续的研究中也指出，其实世界上所有的语言都具有表达信息来源的方式，而且形式多种多样，可以通过表达观点、陈述、报道的动词，也可以通过副词、插入语、介词短语、小品词等形式来明示所述命题的信息来源。这些非语法化的语言表达式、非形态标记同样可以编码信息来源，标识信息可靠性，被称为词汇证素。②

下面我们以英语和汉语这两种使用范围广泛的语言为例，来说明言据性中的词汇证素。如前文所述，英语的动词系统里没有形态证素，言据意义是通过 seem、reportedly、I think、as I have heard、as it appears、it is said 等词汇形式来表达的。和英语一样，汉语的言据性常常通过"我看到/听到/感到"、"猜"、"据说"等词汇形式表明信息来源和说话人态度，这些语言表述也都不是语法形式。由此可见，虽然英语和汉语都是言据性没有语法化的语言，但是都有丰富的词汇形式来编码信息来源，可以通过感知动词、情态动词、副词、插入语等多种形式表达说话人的信息来源及其说话人对信息所持的态度和评价，帮助听话人透过语言表征对接收的信息进行处理和分析，然后做出及时反馈，具体如表3-1所示：

表3-1 英语和汉语中的词汇证素

词类	言说动词		感官动词		情态动词		副词（形容词）	
语言	英语	汉语	英语	汉语	英语	汉语	英语	汉语
证素	speak say talk mention state report	说、讲、声称、回答、宣布、强调、透露、发誓、	see hear feel taste smell	看、看见、看到、观察、听见、闻到、尝、尝着、喝着、吃着、触、摸、摸到、感到、感觉到	would should could can might must will	能、会、要、敢、应该、应当、该、得(děi)	maybe perhaps presumably probably basically generally normally specifically	八成、大约、恐怕、想必、的确、显然、保不定
词类	语气助词（句尾）		句法结构		话语标记		插入语	

---

① Ilana Mushin, Evidentiality and *Epistemological Stance: Narrative Retelling,* Amsterdam/Philadelphia: John Benjamins Publishing Company, 2001, p.24.

② Aikhenvald（2007：209）在论述中认为这些非形态证素应该称为言据性策略，即 evidential strategies。

续表

语言	英语	汉语	英语	汉语	英语	汉语	英语	汉语
证素	/	的、吧、嘛、呗、呢、哩、喽、啰	中动句；反义疑问句；It is+言说动词/形容词+that；强调句；介词结构	中动句；附加疑问句；固化结构"说是"；看V；NP的VP；介词结构	I think I guess I suppose I mean In fact actually	我看、我觉得、不知道	as I have heard, as I see	按理说、据说等与"说"有关的；由此可见等与"看"有关的；看得出、据我所知

虽然同属于没有形态证素的语言，英语和汉语在语篇中表达言据意义的方式也不是完全相同对应的，在词汇形式、词类选择、同一语域内的词汇强弱度等方面均存在着差异。由此可见，世界上所有语言都具有表达命题信息来源和可靠性的语言标记，但是语言的个性和特殊性使其在表述形式上存在着差异。在本书中，非语法化的英语言据性系统和证素是我们关注的焦点。

综上所述，证素的主要表现形式有两种：形态证素和词汇证素。形态证素是指某些语言中动词的前后缀、附着词素、小品词等；词汇证素是指动词、情态助动词、形容词、副词、副词短语、插入语等。

2. 零证素现象

当然，在语言运用中，人们也可以选择不使用证素来标识信息来源和传达自己对信息的态度评价。对于话语中出现的证素缺席现象，不同学者给出了自己的解释以及相应的制约规则。雅各布森指出，对直接经验常用零标记。[①] 美国学者爱丽丝·斯利曲特（Alice Schlichter）认为证素用来指间接证据，当涉及直接证据时证素可以省略。两者都提及证据的直接性与证素使用之间的关联性，即零证素现象主要出现在直接证据或经验中。[②] 美国学者约翰·W.迪布瓦（John W. Du Bois）用"自证"这一概念来解释零证素现象："自证是指说话

[①] William H. Jacobsen, "The Heterogeneity of Evidentials in Makah", Wallace Chafe and Johanna Nichols eds., *Evidentiality: The Linguistic Coding of Epistemology,* Norwood, New Jersey: Ablex, 1986, p.9.

[②] Alice Schlichter, "The origins and deictic nature of Wintu evidentials", Wallace Chafe and Johanna Nichols eds., *Evidentiality: The Linguistic Coding of Epistemology,* Norwood, New Jersey: Ablex, 1986, p.54.

人不必把所述话语的证据说出来，因为任何一个有理智的人都会通过自己随时可行的直接观察得到同样的结论。"[1] 迪布瓦 (Du Bois) 对零证素现象的解释表明主体在证素使用中起主导作用。主体对信息来源的判断和评估，即该信息对听话人是否具有可及性和共享性，决定了是否有必要使用证素。根据上面的解释，我们可以知道零证素现象其实与主体作用密切相关，是受到主观性影响和制约的一种语言现象。

一些学者就零证素现象提出了一些适合条件和制约规则。安德森提出：当所宣称的事实是交际双方直接观察到的，证素很少使用（除非是为了制造强调或突然的效果）；当说话人已知"作为自愿的施动者或自觉的经验者"参与了某事件，有关该事件的知识通常被认为是直接知识，证素常被省略；证素只是在表述真实性事件中提供证据，对非真实性事件作陈述时无需使用证素。[2] 胡壮麟提出了证素隐含的四项规则：a. 如果一个陈述已被公认为事实或常识，易为听话人所理解并可验证，说话人可不使用证素标记；b. 当某人谈到自己正在进行的活动时，不论是体力的或心理的，证素是隐含的；c. 如果一个理由在上下文和社会生活中持之有理，人们在演绎部分可以省略这方面的证素；d. 当因为同样功能而反复使用同一证素时，说话人可以酌情省略一些证素。[3] 上述两位学者关于零证素现象的适合条件和规则都提及信息来源的可靠性和共享性是决定证素使用与否的关键因素。当说话人是命题信息或证据最为直接和权威的拥有者时，例如说话人是直接体验者和信息第一发布者时，信息或证据的信度赋予说话人以最大的证素使用自由度；当命题信息或证据在说话人和听话人双方之间具有共享性，是双方的即时体验或共有的经验知识（包括真理、常识、共享背景知识等）时，证素的使用与否取决于说话人在具体语境中的交际需求。

---

[1] John W. Du Bois, "Self evidence and ritual speech", Wallace Chafe and Johanna Nichols eds., *Evidentiality: The Linguistic Coding of Epistemology,* Norwood, New Jersey: Ablex, 1986, p.322.

[2] Lloyd B. Anderson, "Evidentials, Paths of Change, and Mental Maps: Typologically Regular Asymmetries", Wallace Chafe and Johanna Nichols eds., *Evidentiality: The Linguistic Coding of Epistemology,* Norwood, New Jersey: Ablex, 1986, p.275.

[3] 胡壮麟：《可证性，新闻报道和论辩语体》，《外语研究》1994 年第 2 期。

由此可见，零证素现象，即不使用证素或者省略证素，是说话人对所述事件有着最为直接的证据，无需通过言语标记向听话人明示信息来源时所采用的言据性表达，或者是话语交际双方对所述命题信息均具可及性，无需使用证素或者证素可以酌情省略的情况，但是在相同情况下，说话人也可以选择使用证素强化信息来源或者传递特定的交际意图。说话人的主观性影响和制约着语篇交际中的零证素现象。

二、证素分类与信息来源

证素作为语言标记，映射了命题的信息来源和说话人态度，同时向听话人提供衡量命题信度的标尺。但是一些证素在多个分类中出现，即证素分类中的词汇存在着重叠现象，同一证素对应一个或多个信息来源。例如，证素 seem 既可以表明所述信息来自说话人的直接体验，也可以来自说话人的主观推理等间接体验，甚至是源自第三方的传闻信息。同样，同一信息来源也可以通过不同的证素来表达。正是因为证素和信息来源之间并非一一对应的关系，许多学者在研究言据性时选择从证素所代表的知识类型或信息来源入手。

1. 基本分类模式

言据性研究在广义和狭义两个层面都关注信息或言语证据的来源和获取方式，并且从类型学、认知心理学和社会语言学视角提出了适合某一种语言或者适合多种语言的分类模式，并就各个分类的可靠性和合理性进行了详细论述。

首先，根据获取方式不同，信息可以分为直接信息（direct）和间接信息（indirect）。直接信息是指说话人通过视觉、听觉和嗅觉、味觉、触觉等其他感官获取的直接体验。说话人是这种活动的直接参与者，因而具有最直接、最深刻的感受，也是最有发言权的，旁人无法替代，只能凭借视觉证据和相似经历进行推理和判断。而间接信息是指说话人通过推理和传闻而获得的信息，其中推理信息表明说话人依据现有证据进行归纳、演绎、假设、猜测而得到的信息，而传闻信息表明信息是说话人从第三方获得，是他人的观点和知识。间接信息获取的过程其实是在客观事物和事件基础上的心理认知过程，而非单一的感官认知过程。

其次，根据获取信息的人不同，信息可以分为个人信息（personal）和非个人信息（impersonal）。就信息的可及性而言，如果信息只对说话人可及，包括听话人在内的其他话语参与者只可以通过说话人获取，这样的信息被归为个人信息，具体包括说话人的感官体验、心理期望、推理判断等；如果信息并非局限于说话人，对所有参与话语交际的人都具有可及性，这样的信息属于非个人信息，具体包括共享信息、转述信息等。对比上述两个分类，我们可以发现，个人信息包括了直接信息和间接信息中的推理信息，而间接信息中的信念和传闻等信息应该属于非个人信息。

上述两个分类标准只是将人们在话语交际中所可能接收到的信息进行了简单而泾渭分明的分类，对于说话人评估信息来源、编码言据性表述，以及听话人解码证素信息、判断信息可靠性具有一定的指引功能，但是无法在更深层次上、从更细化的角度来说明证素使用中的种种语用现象。例如，人们对于接收到的信息是否信任？又在多大程度上相信？这种相信程度，对于说话人和听话人是否相同？其实，信息获取方式与最后获得的信息和人们的信仰状态之间可能并非完全对应，因为言据性的语言表征还与非语言表征的、调控信息来源的能力密切相关，但是总的来说，信息来源会影响人们的判断，决定了他们对信息的信任程度。例如，对于同一件事，亲眼目睹和从别人那儿听说有很大差异，人们更倾向于相信自己亲眼目睹、有直接感官体验的信息，而不是从第三方获取的二手信息。从这个意义上说，直接信息的信度优于间接信息，个人信息的信度高于非个人信息。但是，当谈论同一问题时，说话人表达自我观点比转述他人观点更具说服力，因为人们更信任经过个人思考归纳后得出的理性结论。在这里，自我观点和传闻信息同属于间接信息，但是存在着信度差异。所以，同一分类中的不同信息来源会存在不等程度的信度。在一些语言中，例如卡沙亚语（Kashaya），视觉和听觉与其他感官的可靠性不同，所以在语言表述中采用不同的证素。在汉语中，情况大致相同。听觉信息的信度不如视觉信息，所以"听"这个汉字在演化过程中，出现了由直接证素向传闻证素演变的趋势。

由此可见，信息来源的简单分类无法充分解释证素使用和信息来源之间的关联性以及具体语境中的迥异表现，因此信息来源分类有必要进一步深入和细分,并且在单类分析的基础上形成一定的信度等级。

2. 经典分类模式

言据性的信息来源存在着多种分类模式。雅各布森认为言据性的信息来源可以分为四类:引用(传闻证据)、梦境、猜测(假定)和已有经验(记忆)。[①] 霍夫(Hoff)区分了内部证据(即通过推理获取的信息)和外部证据(文化证据)。[②] 帕尔默发现至少有四种方式来陈述观点或事实:推测、演绎、传闻和感官表述。[③] 巴恩斯(Barns)将信息来源类型分为:视觉型、非视觉型(感官感知)、外显型、二手型和假设型。[④] 安德森还尝试为言据意义描述一副完整的心理空间图。[⑤] 学者们的这些分类尝试和构想充分表明,关于言据性信息来源的分类尚未形成统一的模式,仍然存在着研究空间。

(1)齐夫模式

1986年,第一次国际言据性研究大会召开后,齐夫和尼科尔斯编辑出版了《言据性:认知的语言编码》。书中,齐夫针对英语言据性表述提出的证素分类模式具有先驱性。

齐夫根据说话人态度对英语言据性系统中的证素提出了分类模式。[⑥] 齐夫认为,说话人通过主观评估对知识建立了一定程度的信任,这也是对言据性进行语义和语用分析的一个主要动因。他的模式在知识来源(实证、语言和假设)

---

① Roman Jakobson, *Shifters, verbal categories and the Russian verb,* Department of Slavic Languages and Literatures, Harvard University, 1957. Reprinted in Roman Jakobson ed., *Selectied writings 2: Word and language,* Hague and Paris: Mouton, 1971.

② B. J. Hoff, "Evidentiality in Carib Particles: Affixes, and a Variant of Wackernagel's Law", *Lingua,* 1986, (69).

③ Frank. R. Palmer, *Mood and Modality,* Cambridge: Cambridge University Press, 1986.

④ Janet Barnes, "Evidentials in the Tuyuca Verb", *International Journal of American Linguistics,* 1984, (50).

⑤ Lloyd B. Anderson, "Evidentials, Paths of Change, and Mental Maps: Typologically Regular Asymmetries", Wallace Chafe and Johanna Nichols eds., *Evidentiality: The Linguistic Coding of Epistemology,* Norwood, New Jersey: Ablex, 1986.

⑥ Wallace Chafe, "Evidentiality in English conversation and academic writing", Wallace Chafe and Johanna Nichols eds., *Evidentiality: The Linguistic Coding of Epistemology,* Norwood, New Jersey: Ablex, 1986.

和知识类型（信念、归纳、传闻和演绎）之间建立了内在联系，并从知识来源、认知方式、信度和与知识相匹配的因素等四个维度整体构建了人类知识的认知转化框架，具体如图3-1所示：

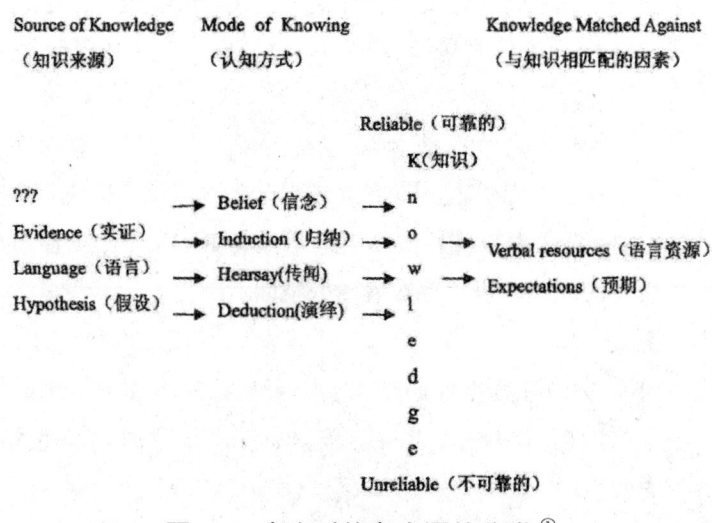

图3-1 齐夫对信息来源的分类[①]

齐夫研究的言据性是广义的，即言据性表述既指明了信息来源，又体现了说话人对所述命题信息可靠性的评价和态度，而且证素也超越了形态证素的范畴，将词汇证素包含在内。他的分类模式是针对所有体现说话人对命题态度或者知识状态的语言表述，并不局限于言语证据本身。

齐夫的分类模式从具体经验到抽象概念，可以横向推导，也可以纵向递进，为信息来源和证素编码提供了分析雏形。此外，齐夫的贡献还在于以下两个方面：一是齐夫指出证素可能有一个或多个言据意义，可以表达多种信息来源，所以信息来源分类中的成员不是固定的、泾渭分明的，同一证素可以隶属于一个或多个子类；二是证素不但可以指明信息来源，还可以指明从

[①] Wallace Chafe, "Evidentiality in English conversation and academic writing", Wallace Chafe and Johanna Nichols eds., *Evidentiality: The Linguistic Coding of Epistemology,* Norwood, New Jersey: Ablex, 1986, p.263.

这些信息来源中获取的知识类型,言据意义不仅仅是关于客观世界的事实,这就意味着在信息获取和人们谈论知识状态的方式之间存在着认知和语用调节空间。

但是,齐夫的分类模式也存在着一些问题。首先,在齐夫的模式中,信念被归在认知方式中,且信度最高,所以说话人用信念证素来表达所述命题信息来源时,命题信息的信度在说话人认知域中是最可靠的知识。但是齐夫并没有详细定义信念产生的证据,只是用"???"来表明信念的产生是模糊的、不可知的,这样,信念和证据之间的联系就很弱。齐夫认为"信念是一种认知方式,不强调其证据","说话人的信念可能会有证据支持,但是更多时候,信念并非完全建立在证据之上,还有其他的因素"。①这样的解释并没有真正回答信念产生的缘由,反而引起诸多猜测。胡壮麟将其解释为"文化证据","说话人可以参考他过去的经验,特别是在一定文化条件下的经验,这种经验可以来自个体的或机构的,社会的或文化的"。②既然信念的信息来源不是完全确定的、客观的,命题真值在交际双方认知域中的信度就有可能出现不一致的情况,所以齐夫的知识信度排列模式主要侧重说话人的视角,如果考虑到言语交际的互动性,信息来源的认知方式会更加复杂。

其次,一些信息类型的解释和定义不明。例如有学者指出,齐夫所指的归纳推理其实应该是演绎推理,而演绎推理应该是溯因推理。根据齐夫的解释,认知方式中的归纳(induction)是指说话人对其所述命题拥有一定的证据,但是该证据无需明示,可以是能够直接观察到的证据,也可以是间接证据;演绎(deduction)是指建立在假设之上的知识来源,"这种推理是一种直觉,说话人从可以推导出结论的假设入手"。③帕尔默认为,演绎推理应该是从事实到结论

---

① Wallace Chafe, "Evidentiality in English conversation and academic writing", Wallace Chafe and Johanna Nichols eds., *Evidentiality: The Linguistic Coding of Epistemology,* Norwood, New Jersey: Ablex, 1986, p.266.

② 胡壮麟:《语言的可证性》,《外语教学与研究》1994 年第 1 期。

③ Wallace Chafe, "Evidentiality in English conversation and academic writing", Wallace Chafe and Johanna Nichols eds., *Evidentiality: The Linguistic Coding of Epistemology,* Norwood, New Jersey: Ablex, 1986, p.269.

的推理,所以齐夫模式中的"归纳"属于演绎推理。①安德森认为,"溯因推理是从一个可以观察到的结果开始,根据一定的规则推导出可能发生的情况"②,由此可见,齐夫模式中的"演绎"应该与溯因推理更加相符。

总之,齐夫的分类模式对言据性的信息类型和获取方式进行了初步而详细的描述,是对证素使用的静态全景描述,但是他没有从动态的视角描述证素使用形式与其传递的言据意义之间的关系,即在言据意义编码过程中出现的认知语用现象。

(2)威利特模式

威利特认为根据来源类型将信息分为直接信息和间接信息无法充分反映证素的多样性和使用差异。于是,他根据信息的直接性和可靠性,在原先二分法的基础上又进一步细分。直接信息包括视觉型、听觉型和其他感官型等可以直接证实的信息来源,所以又称为证实的信息;而间接信息被细分为转述信息和推论信息两大类,转述信息是指传闻型和民间传说型等转述得来的信息,推论信息是指通过观察到的证据推理所得的结果,或者通过逻辑推理、主观推测等方式获得的信息。③ 具体如图3-2所示。

威利特的分类模式建立在38种语言研究的基础上,在信息来源与证素关系研究中比较具有代表性,但是威利特主要研究具有语法化言据性标记的语言,他的分类完全依据信息来源类型进行,排除了说话人态度等其他因素。其实,在语言的实际使用中,信息来源和说话人对信息的态度之间不是那么泾渭分明,存在着许多交叉重叠部分,所以总的来说,威利特的分类模式是狭义的。后来的学者在论述言据性的信息来源时,对威利特分类模式中的一些分支类型提出了不同的理解和解释。

---

① Frank. R. Palmer, Mood and Modality, Cambridge: Cambridge University Press, 1986, p.64; Karin Aijmer, *The Semantic Field of Modal Certainty: A Corpus-Based Study of English Adverbs,* Berlin, DEU: Mouton de Gruyter, 2008, p.26.

② Henning Andersen, "Abductive and deductive change", Language, 1973, (49), p.775; Karin Aijmer, *The Semantic Field of Modal Certainty: A Corpus-Based Study of English Adverbs,* Berlin, DEU: Mouton de Gruyter, 2008, p.26.

③ Thomas Willett, "A Cross-Linguistic Survey of the Grammaticalization of Evidentiality", *Studies in Language,* 1988, (12).

第三章　语篇言据性

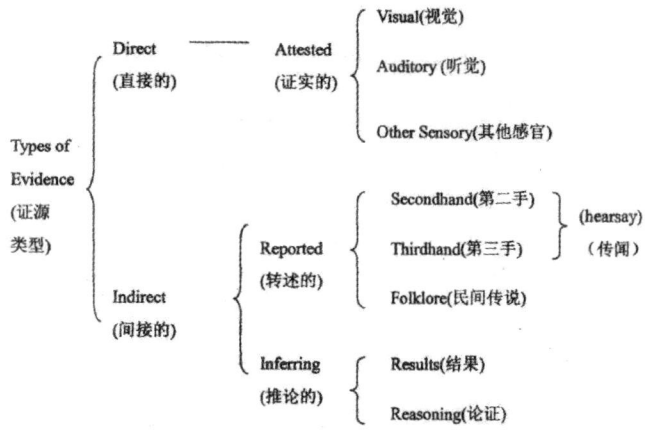

图3-2　威利特对信息来源的分类①

帕拉基恩认为威利特将转述信息独立分为一类有很大的问题，这是因为转述信息其实也是推论信息的一部分。推论信息主要来自可视证据或其他间接感受，而间接证据可分为：与说话人话语同时发生的即时证据、从事后结果得知的相关证据和说话人的某些先验证据。从类型学上看，先验证据与其他两类间接证据存在明显差异。② 他改进后的信息来源分类模式如图 3-3 所示：

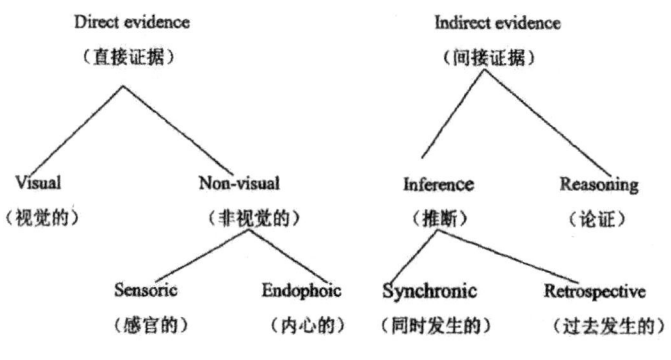

图3-3　帕拉基恩对信息来源的分类

---

① Thomas Willett, "A Cross-Linguistic Survey of the Grammaticalization of Evidentiality", *Studies in Language,* 1988, (12).
② Vladinir A. Plungian, "The Place of Evidentiality within the Universal Grammatical Space", *Journal of Pragmatics,* 2001, 33(3).

在帕拉基恩的分类中，他并没有将听觉信息从其他感官信息中分离出来，而是将直接信息分为视觉型和非视觉型，而非视觉型又进一步分为感官型和内心型。但是在一些语言中，听觉与其他感官的信度不同，所以听觉信息不能简单地归到非视觉信息中去。

3. 本书中的分类模式

齐夫从广义的研究视角出发，威利特从狭义的研究视角出发，各自提出了言据性的信息来源分类模式，虽然他们出发点、研究重点、研究范围不同，但是还是存在着不少相同之处，为证素研究提供了基本理论框架。但是，在他们的分类模式中，说话人的主观性在信息类型和证素选用中的作用并没有得到重视，同时听话人只是作为话语交际的背景，没有获得与说话人相应的主体地位。我们认为，说话人在获取知识、评估信息、选用证素和编码言据意义的过程中不是完全中立客观的，而是具有主观性诉求的。此外，听话人也是具有主观性的个体，他们积极参与话语交际，对说话人评估信息和选用证素也会产生重要影响。在言据性信息来源分类中，我们应该将语言的主观指示性和言语交际的互动性考虑在内。结合齐夫和威利特的分类模式中存在的相同之处，同时考虑到所述命题信息在说话人和听话人认知域所处的位置，我们可以将个体所可能持有的知识或信息分为三类，即说话人和听话人共同拥有的信息、一方拥有的信息和两者之外的第三方拥有的信息，具体的分类模式如图 3-4 所示：

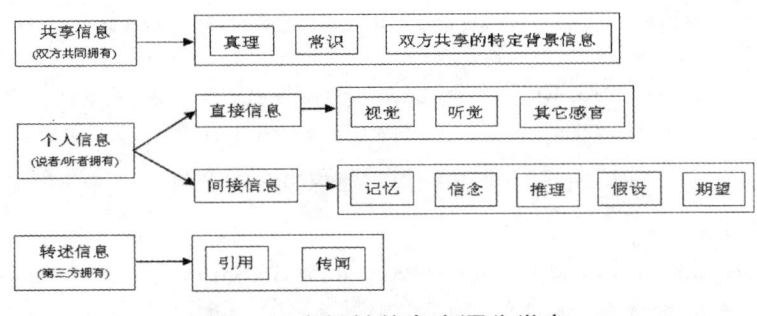

图 3-4　言据性信息来源分类表

（1）共享信息

在图 3-4 中，共享信息是说话人和听话人共同享有的信息，并且在一定程度上已经或者极有可能达成一致认识的信息，对双方而言都具主观介入性和可及性。共享信息是交际双方都熟悉的信息，可以是人们在学习过程中习得，并且不断强化的自然、社会、科学等知识，也可以是人们在生活交往中逐渐积累起来，并且在后续生活实践中不断得到验证的道德、生活、人际等认知，也可以是交际双方通过彼此之间的日常交往和互相了解而获得的共同背景知识，或者说是交际双方通过多次交际互动而在各自认知域中形成的关于自我的影像。上述这些信息因为经过实践验证已经具有很高的信度，是交际双方共有的背景信息。这些信息的普遍熟悉性和广泛接受性使信息来源和获取方式成为交际双方彼此之间都清楚的明示信息，在言语交际过程中无需特别交代。说话人在处理这些信息时，通常会采用省略证素的方式来编码言据意义，通过零证素形式来特殊标记该命题信息的高信度。

共享信息主要可以分为真理、常识和双方共享的特定背景信息三大类。真理和常识源自双方共同的生活世界，是对自然规律、百科知识、事物发展定律、既定事实等知识的普遍认识和共同信念，不以个人意志为转移，命题真值可以得到有效保障，且不容轻易驳斥和推翻。真理性信息表明所述命题信度不容置疑，有翔实的理论知识、实践经验和实证数据支持，命题真值为大众普遍接受。常识性信息表明所述命题信息源自生活实践，经过多人、多次、长时间的实践体验而形成，通常是指可以重复出现的事实和发展态势，或者是在特定文化环境里普遍接受的观点和事实。双方共享的特定背景知识与说话人和听话人的认知语境密切相关，源自双方共同的生活经历、认知体验，或者是双方共同认可、共同关注的特定信息，对第三方而言是陌生信息或者不具可及性。

共享信息在交际双方之间具有高信度，但是当它们出现在具体语篇中，处于特定语境，被交际双方从不同视角诠释和解读时，可能会与命题原值产生一定的偏差。让我们来看下面几个例子：

a. Everybody's getting a fair shot and everybody's getting a fair share. Everybody's doing a fair share and everybody's playing by the same rules.

b. At Cleveland Clinic, one of the best health care systems in the world, they provide great care cheaper than average.

c. With the Arab Spring, came a great deal of hope that there would be a change towards more moderation and opportunity for greater participation on the part of women in public life and in economic life in the Middle East.

在上例中，句 a 陈述了客观事实，通常情况下，多数人在现实生活中持有这样的想法，而且也是这么做的。说话人通过零证素来表述这种想法和做法，表明他认为该命题信息是客观现状，是听话人在同等语境下、以相同方式可以得出的结论和判断，所以信息来源可以省略。说话人在句 b 中提到了克利夫兰诊所①的医疗服务，在句 c 中提到了"阿拉伯之春②"及其影响，这些背景知识是国家管理者、从政人员以及关心国际国内事务的人才会拥有的特定知识，受众面较窄，但是在这里，说话人没有使用任何证素，直接切入正题，因为他知道，听话人和自己从事相同的职业，关注与职业相关的任何重大事件，所以这些信息属于双方共享的特定背景信息，无需通过证素表明命题信息来源，命题信息本身在交际双方之间就具有高信度。

（2）个人信息

个人信息是说话人或者听话人作为个体单独享有的知识，可以源自人体的不同感官体验，也可以是个体的认知、思维、心理等间接体验。个人的直接信息是指个体通过视觉、听觉和其他身体感官直接获取的信息，对信息主体而言具有最大可及性，而对其他人不具直接可及性。例如，在命题"我感到头晕"中，因为说话人"我"和信息的距离最近，信息源自"我"的身体感官，"我"是第一感受人，所以"我"对这个信息最有发言权，其他人只能通过一些外部可视证据，如"我"苍白的脸色、低垂的眼帘、摇摇欲坠的身体等，还有通过

---

① 克利夫兰诊所是美国最大的心血管疾病及心脏外科中心，提倡以患者为本，被称为"能够拯救美国医疗保健的医院"。

② "阿拉伯之春"是指 2010 年底一直延续到现在，在北非和西亚的阿拉伯国家以及其他地区的一些国家发生的一系列以"民主"和"经济"为议题的社会运动，该运动以公开示威游行和网络串联的方式展开。

对"我"的行动意图的推断,如"我"急欲找个扶手的地方、企图通过晃动脑袋来摆脱晕眩感等,间接获得相同的信息——"我"感到头晕,但是在与信息的距离、获取信息的时间、信息的准确性等方面明显不及说话人"我"。如果个体通过视觉、听觉等感官获取的直接信息来自信息接收方也能接触到的公共空间,信息接收方也能以同样的感官感知,那么这类信息因为共享性和可及性应该归为交际双方的共享信息,而不是单个个体独有的个人直接信息。

间接信息是个体基于一定的外部和内部证据,通过回忆、推理、假设等不同思维方式推导得出的信息,这种信息在形成过程中受到主体认识立场和交际意图的影响,反映了主体的意识。记忆是人类对过去活动、感受、经验的印象积累,是个体根据语境和交际需求,在特定语言触发器的作用下从自己的认知域中主动调用相关信息,主观性作用相对较少。信念是指在个体记忆的基础上,由于外部条件和主体意识的作用,信息在个体认知域中不断强化,且信度在这个过程中不断提升,逐渐形成牢固深刻的印象,成为个体的行为指引和行动规则。推理就是从已有的信息,包括外部可视证据和个体认知域内的积累信息,去得到未知信息,特别是得到不可能通过感觉经验掌握的未知信息。推理可分为演绎推理和归纳推理,前者是从一般规律出发得出特殊事实应该遵循的规律,即从一般到特殊,而后者是从多个单独事物中概括出一般性原则、概念或结论,即从特殊到一般。在获得推理信息的过程中,个体的主观性大量介入,对推理的前提设定、过程推导和结论输出会产生指引性影响。假设是指个体根据已有的信息,遵循事物发展的规律和逻辑思维模式,来预测事件的发展态势和可能结果,提出假设性命题信息。假设信息与客观事实相符的可能性要低于推理信息。期望是指个体对人和事物的未来发展抱有较大希望和期许,强烈希望最后的结果符合自己的预期。个体在已有信息的基础上,在前面推理、假设等认知思维方式的基础上,根据事物最终发展与客观事实相符合的程度,提出期望信息,从这个意义上看,个体的主观介入在期望信息中最多。

说话人根据个人信息的不同分类选用相应的证素来编码言据意义。编码直接信息的证素主要是与获取信息方式相对应的感官动词,以及一些模糊词,而间接信息通过动词、副词和表达式等证素来标识信息类别,具体如表3-2所示:

表3-2 英语中的个人信息证素

信息来源		英语中的证素	
直接信息	视觉	感官及物动词：see, hear, feel, taste, smell 模糊词：sort of, kind of, about, seem等	
	听觉		
	触觉/嗅觉/味觉		
间接信息	记忆	1.动词：remember, recall, know等 2.表达式：I know, I remember, I am reminded, as far as I know, as far as I remember等	
	信念	1.动词：believe, think, know, insist, maintain, claim, announce, declare等 2.表达式：I think, I believe, I hold the view that, I insist that等	
	推理	归纳/溯因	5.情态动词：must, must have 6.副词：certainly, undoubtedly, surely, obviously, evidently, clearly, consequently等 7.表达式：it's obvious, it's clear, it's evident, it's apparent, make it clear, there is no doubt that, I gather, as I collect, prove to be, 等等	1.感官及物动词：see, hear, feel, taste, smell（带有that引导的从句） 2.感官不及物动词：look,, sound, feel, smell, taste（后跟形容词，或者是like+名词词组/限定从句） 3.动词：seem(it seems), appear(as it appears), turn out, deduce等 4.连词：given、considering等
		演绎	5.情态动词：would, should, could, can, might等 6.副词：maybe, perhaps, presumably, probably, basically, essentially, generally, normally, particularly, primarily, specifically等	
	假设	1.动词：seem, appear 2.情态动词：will 3.表达式：I think, I guess, I suppose等 4.连词：if, if only, even if, suppose, provided there's no opposition等	
	期望	1.动词：hope, expect等 2.副词：actually, even, only, but, however, nevertheless, conversely, notwithstanding等 3.表达式：oddly enough, of course, in fact, at least等	

具体示例如下：

a. I <u>see</u> a study that came out today that said you're going to raise taxes by $3,000 to $4,000 on middle-income families.

b. And I remember, as a governor, when this idea was floated by Tommy Thompson, the governors—Republican and Democrats—said, please let us do that.

c. But I also believe that government has the capacity, the federal government has the capacity to help open up opportunity and create ladders of opportunity and to create frameworks where the American people can succeed.

d. You obviously studied up on my plan.

e. And in the process, in case you haven't noticed, we have strong disagreements, but you probably detected my frustration with their attitude about the American people.

f. And the fact is that if you are lowering the rates the way you described…

在上例的句 a 中，第一人称和感官动词 see 组合构成了视觉证素，表明命题信息是说话人亲眼目睹的直接体验，是个人知识中的直接信息。在句 b 中，第一人称和动词 remember 组合构成了记忆证素，表明所述命题信息是源自说话人的记忆，当前的语篇语境触发了说话人之前储存在认知域中的相关信息，说话人调用这个信息以印证或者反驳听话人的观点和想法。在句 c 中，第一人称和信念动词 believe 共同构成了信念证素，表明所述命题信息是在说话人认知域中具有很高信度的信息，当说话人以信念证素表达自己观点时，不但显示了自己对该信息的坚信不疑，更希望听话人能够在最大程度上接受该信息，具有强烈的主观性和交互主观性诉求。在句 d 中，副词 obviously 属于间接信息中的归纳证素，表明所述命题信息是说话人基于多种证据推导得出的结论。在这里，说话人通过听话人在前语篇语境中或者前几个话轮中的观点表述和反驳证据，得出了当前命题中的判断。在句 e 中，副词 probably 和动词 detect 都属于间接信息中的演绎证素，表明所述命题信息是说话人根据事物发展的一般规律而得出的推论。在这里，说话人依据人类基本的观察能力和语言理解力得出了当前命题中的判断。在句 f 中，名词 fact 属于期望证素，表明说话人接下来的命题是关于现实的阐述，这个现实与预期之间存在着一定的落差，说话人通过期望证素反映了现实和预期之间的符合程度，从而达到一定的交际目的。在同一句中，说话人还使用了假设证素 if，表明后续命题信息是说话人在既定事实基础上预设了事件的未来状态，假设信息是建立在客观事实基础上的虚拟情景。在句 f 中，说话人同时使用了期望证素和假设证素，期望信息建立在假设信息的基础上，原本应该阐述现实状态，而该现实状态却又带有部分的虚拟成分，以这种方式编码的信息信度会低于期望证素的单独使用。

个体会因获取信息方式的不同而对个人信息产生信任差异，有时会倾向于信任某些信息，所以个人信息根据获取方式和个体认可程度具有不同信度。此外，作为信息的传递者和接收者，说话人和听话人会因信息的可及性和主观参与程度不同对同一信息产生不同的认知解读和信度评估，从而导致同一信息在交际双方的认知域中处于不同的信度位置。

（3）转述信息

转述信息是指说话人将第三方拥有的信息通过一定方式传递给听话人，从而达到特定的语用目的。转述信息因为源自第三方，对说话人和听话人而言都是间接可及，主体对信息的参与度最低。说话人明示第三方身份的信息被称为引用，因为引用信息有明确的出处，所以说话人对此类信息比较信任。说话人没有明示第三方身份，而是用一个笼统模糊的概念来代替信息出处，这样的信息被称为传闻。传闻信息没有明确的来源，表明说话人对信息来源不确定，或者存在质疑，所以在语言表层无法或者不愿意明示，仅以笼统概念代替，因此这类信息的信度要低于引用信息，主要指向未经核实、无法确证的传说、神话、闲谈、谣言等。引用信息和传闻信息都可以通过直接引语和间接引语形式来传递。直接引语形式的转述信息是指说话人不改变信息的原有状态，完整转述自己从第三方获取的信息，信息相对而言比较完整，说话人会在信息前后标注信息来源或者获取方式，而间接引语形式的转述信息表明说话人不是引用第三方信息的原文，而是经过自己认知识解后再进行转述，信息内容会有部分改变，主要体现在人称、时态、语态、空间等指示词以及语气等方面，说话人也会在信息前后标注信息来源或者获取方式。说话人在编码转述信息时，通常会采用转述证素，根据转述形式的不同可以分为引用证素和传闻证素。引用证素包括引号和引用标记，常用的引用标记为言说类动词和表达式，传闻证素主要包括引号和传闻标记，常用的传闻标记包括副词和表达式，详见表3-3：

表3-3 英语中的转述信息证素

信息来源		英语中的证素
转述	引用	1.感官及物动词：see, hear, feel, taste, smell（第三人称主语） 2.感官不及物动词：look, sound, feel, smell, taste（过去式） 3.动词：say, tell, speak, talk, claim, state, announce, declare, mention, maintain, suggest, indicate, show等 4.间接引语（指向证据的具体来源）：X told / tells me, X describes to me, they say, according to, by definition, I've quoted from, quote等
	传闻	1.动词：seem, appear等 2.间接引语（不指出证据的具体来源）：I've heard, I've been told, have been said to, He/She is said to be, it is said that, it is supposed to be the case that, it seems that, as I have heard, he is said, he is reputed, as the saying/proverb goes, people say, God would be my witness, 等 3.副词：reportedly, supposedly, allegedly等

具体示例如下：

a. His main strategy during the Republican primary was to say, "We're going to encourage self-deportation.

b. Part of the Arizona law said that law enforcement officers could stop folks because they suspected they might be undocumented workers and check their papers.

c. It is reported that this disease attacks the central nervous system.

在上例的句 a 中，说话人使用了直接引语，以引号＋第三方信息原文的形式转述信息，并且在转述信息的前面明确标注了信息来源，所以该信息属于引用信息。在句 b 中，说话人使用了间接引语，以假设形式转述了亚利桑那州法律中的一个相关条款，部分改变了原文内容和表达方式，但是说话人在信息前部明确标注了信息来源，所以该信息仍然属于引用信息。在句 c 中，说话人同样采用了间接引语，没有改变原文内容，但是没有明确标注信息出处，只是以 it is reported that 形式的无施事被动态笼统地说明信息获取方式，所以该信息属于传闻信息。

三、言据性的信度层级

　　齐夫和威利特的模式虽然对信息来源或者信息获取方式进行了分类，但是两者都没有继续探讨这些信息的信度差异和层级问题，以及信息来源与证素之间的对应关系。例如，齐夫的分类模式虽然将认知方式按照一定的信度等级排列，但是他又特地声明四种认知方式的排列并不意味着"信念更为可信，演绎与其他相比不那么可信。每一种认知方式均可在信度的阶上下移动"[①]。由此可见，齐夫虽然承认信息获取方式存在着差异，从而导致与其对应的知识存在着信度差异，但是这个差异有多大，是否可以形成一定的信度等级，这些问题不是他关注的焦点。

　　其实，不同语言区的人们因为受到民族文化传统和特定认知习惯的影响，对于信息来源的信度有不同理解，因而在选用证素时会呈现出不同倾向。例如，卡沙亚语中存在五种类型的证素，分别是施为句、事实—视觉型、听觉型、推论型和引语型。在威利特的信息来源分类模式中，视觉、听觉型以外的、依靠人体其他感官获取的信息被归为其他感官信息，但是根据奥斯华尔特(Oswalt)对卡沙亚语言据性的研究发现，这些其他感官信息并没有被归为直接信息，而是属于间接信息中的推论型信息。[②] 这样，由于这些其他感官信息从直接信息的属类调整到了间接信息的属类，我们可以知道，卡沙亚语的使用者认为嗅觉、触觉等其他感官的可信度无法与视觉、听觉相比拟，但是与个人推理的可靠性一致。这一点与威利特研究的三十八种语言明显不同，同样也与英语等许多不具有形态证素的语言不同。此外，根据巴恩斯对吐优卡语（Tuyuca）言据性的研究，听觉型信息与其他感官信息信度是位于同一等级的，

[①] Wallace Chafe, "Evidentiality in English conversation and academic writing", Wallace Chafe and Johanna Nichols eds., *Evidentiality: The Linguistic Coding of Epistemology,* Norwood, New Jersey: Ablex, 1986, p.266.

[②] Robert L. Oswalt, "The Evidential System of Kashaya", Wallace Chafe and Johanna Nichols eds., *Evidentiality: The Linguistic Coding of Epistemology,* Norwood, New Jersey: Ablex, 1986.

所以在吐优卡语中，听觉型信息没有被单独归为一类，而是与其他感官信息一起被归类为"非视觉型信息"，而在卡沙亚语中，听觉型信息则自成一类。①

即使是在同一语言中，来源不同的信息或知识也呈现出不同的信度层级，而且处于同一层级的信息也存在着信度差异。通过不同学者对多种语言的言据性研究，尤其是针对信息来源和证素信度的研究，我们可以推导出适合单一语言语篇言据性研究的信度层级。

1. 信度层级研究简述

在语义学和语用学研究中，层级系统是有效的分类工具。在类型学中，层级系统被认为是对蕴涵共性的排列，用于预测语言系统中的各种可能和不可能现象，以及语言共时变化态势。② 层级系统在语义、语用研究中通常被称为语言等级，是指对属于同一语法范畴的一系列语言表述的排列，具体顺序取决于信息量或语义强度。③ 证素是信息来源在语义层面的表征。从语用角度来看，证素根据信息来源的不同形成了一定的层级差异，最基本的信度区分就是：如果一个命题建立在源自直接证据的信息上，那么这个命题信度要高于建立在间接信息基础上的命题。④ 这是在之前的研究中大多数学者达成的共识，但是关于直接信息和间接信息下的不同信息支类之间的信度高低和排列方式，学界并没有形成统一的观点。例如，关于推理信息和传闻信息的信度等级排列，德哈恩(de Haan)等学者认为推理信息比传闻信息更可靠，而威利特等学者则持相反观点。更有甚者，法乐认为两者无法形成固定的信度等级排列，因为虽然说话人通过传闻获得了信息，但是不能完全排除他通过推理方式获得信息的可能

---

① Janet Barnes, "Evidentials in the Tuyuca Verb", *International Journal of American Linguistics,* 1984, (50).
② William Croft, Typology and Universals. Cambridge : Cambridge University Press, 1990, pp.124-125；Simon Dik and Kees Hengeveld, "The hierarchical structure of the clause and the typology of perception verb complements", *Linguistics,* 1991, (29), p.232.
③ Stephen C. Levinson, *Pragmatics,* Cambridge: Cambridge University Press, 1983.
④ Thomas Willett, "A Cross-Linguistic Survey of the Grammaticalization of Evidentiality", Studies in Language, 1988, (12)；Ferdinand de Haan, *The catergory of videntiality,* University of New Mexico, 1998；Anna Papafragou, Peggy Li, Youngon Choi and CHung-hye Han, "Evidentiality in language and cognition", *Cognition,* 2007, (103).

性。①因此，从理论上讲，德哈恩和威利特等人对推理信息和传闻信息的信度排列不可能是唯一的、固定的，信息的信度高低受到语境等语用因素的影响和制约。虽然由于语言文化的差异性和认知模式的个性化，证素，或者更准确的说，信息来源在类型学研究范围内无法形成统一的、具有普遍适用性的信度层级系统，但是德哈恩、法乐等学者们通过对特定语言的证素研究，基于特定信度排列依据②，提出了适合一定语言文化的言据性信度层级系统。

巴恩斯提出了吐优卡语中的证素层级系统（如图3-5所示）。③根据巴恩斯的观点，在吐优卡语中，人们对视觉型等特定信息的偏好可以起到特殊的表达效果：假如该命题允许说话人使用视觉型信息，说话人则会使用更加间接的命题信息。④

视觉型 〉 非视觉型 〉 外显型 〉 二手型 〉 假设型
(visual) (nonvisual) (apparent) (secondhand) (assumed)

图3-5 巴恩斯提出的吐优卡语证素层级系统

奥斯华尔特提出了卡沙亚语中的证素层级系统（如图3-6所示）。⑤不过他只是简单讨论了人们对信息类型的偏好：当说话人通过各种信息渠道获取信息时，人们会选择何种证素来表达同一命题信息。他认为说话人对特定信息

---

① Martina Faller, "Remarks on evidential hierarchies", I. David, Beaver, L. D. C. MartÃnez, B. Z. Clark and S. Kaufmann eds., *The Construction of Meaning,* Stanford: CSLI Publications, 2002b.
② 多数学者以说话人的个人"偏好"作为排列层级的依据，但是隐藏在"偏好"之下的概念依据却不尽相同，Willett 是以信息的直接性和可靠性作为"偏好"的概念依据，而 de Haan 以信息的直接性和说话人参与程度作为"偏好"的概念依据。
③ Janet Barnes, "Evidentials in the Tuyuca Verb", *International Journal of American Linguistics,* 1984, (50).
④ Martina Faller, "Remarks on evidential hierarchies", I. David, Beaver, L. D. C. MartÃnez, B. Z. Clark and S. Kaufmann eds., *The Construction of Meaning, Stanford:* CSLI Publications, 2002b, p.42.
⑤ Robert L. Oswalt, "The Evidential System of Kashaya", Wallace Chafe and Johanna Nichols eds., *Evidentiality: The Linguistic Coding of Epistemology,* Norwood, New Jersey: Ablex, 1986.

来源的偏好是一种本能行为,但是他没有进一步解释为什么说话人会有这样的偏好。

```
施为句        >  事实型—视觉型    >  听觉型      >  推论型        >  引语型
(performative)   (factual-visual)     (auditory)    (inferential)   (quotative)
```

图3-6　奥斯华尔特提出的卡沙亚语证素层级系统

而德哈恩的目标非常明确,就是建立一个适合于类型学分析的言据性层级系统。他通过对三十二种语言中言据性系统的分析,论证了言据性不但可以根据信息来源划分出不同的证素类型,而且证素还可以依据信息的直接性和说话人介入程度形成一定的层级,特定证素在层级线上的位置与其信度相对应。他并没有提出言据性信度层级的原型,只是针对特定语言提出了类似巴恩斯、奥斯华尔特等人的层级系统[1],例如图3-7中的a适合吐优卡语,b适合卡沙亚语。德哈恩虽然没有提出具有普遍适用性的言据性信度层级系统,但是他指出,"假如一种语言中存在某种证素类型,那么这种语言中也必然存在着证素信度层级系统中低于该证素类型的其他所有证素类型"[2]。

```
a. 视觉型   >  非视觉型   >  推论型        >  引语型
   (visual)    (nonvisual)   (inferential)    (quotative)
b. 视觉型   >  听觉型     >  推论型        >  引语型
   (visual)    (auditory)    (inferential)    (quotative)
```

图3-7　德哈恩提出的特定语言证素层级系统

法乐在此基础上继续论述了言据性的信度层级。不同于之前的学者,他认为言据性的信度层级其实是针对证素的编码基础,即信息来源或者获取方式的

---

[1] Ferdinand de Haan, *The catergory of videntiality,* University of New Mexico, 1998.

[2] Ferdinand de Haan, *The catergory of videntiality,* University of New Mexico, 1998；Martina Faller, "Remarks on evidential hierarchies", I. David, Beaver, L. D. C. MartÃnez, B. Z. Clark and S. Kaufmann eds., *The Construction of Meaning,* Stanford: CSLI Publications, 2002b.

信度评估，因此他提出了言据性信息来源的信度层级系统，并指出："我们可以假设，只有在层级上，且连续覆盖一段区域，才有可能是言据性表达。"① 法乐推导出了下面的信度层级系统：

视觉型 〉听觉型 〉其它感官型 〉推论型 〉 二手型 〉 三手型 〉假设型
(visual)　(auditory) (other sensory) (inferential) (secondhand) (thirdhand)　(assumed)

图3-8　法乐提出的证素层级系统

同时，经过进一步的论证，他认为信息来源的信度层级系统不应该是线性的，而是非线性的，如图 3-9 所示：

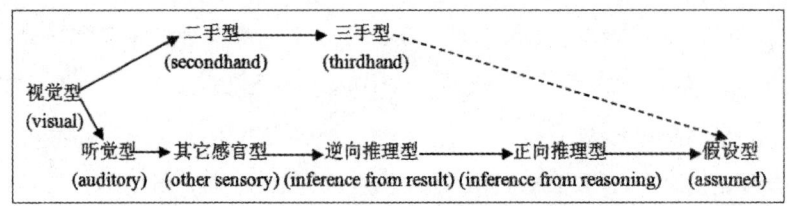

图3-9　法乐提出的非线性证素层级系统

在上述各类言据性信度层级系统中，层级 x > y，与说话人对于信息信度的认知密切相关，例如：在可能情况下，比起 y 型信息，说话人认为 x 型信息更可靠，即信度更高。通过使用低层级的证素，说话人暗示：他/她不能使用高层级的证素，因此间接地否定了他/她持有较高层级的信息。② 但是法乐指出：由于信度差异，说话人可能有时更偏好推论型信息，有时候偏好转述型信息，有时候不偏好任何一类。③ 进而言之，说话人对某种信息类型因其信度

---

① Martina Faller, *Semantics and Pragmatics of evidentials in Cuzco Quechua,* Stanford University, 2002a, p.50.。

② Ferdinand de Haan, *The catergory of videntiality,* University of New Mexico, 1998.

③ Martina Faller, "Remarks on evidential hierarchies", I. David, Beaver, L. D. C. MartÃnez, B. Z. Clark and S. Kaufmann eds., *The Construction of Meaning,* Stanford: CSLI Publications, 2002b, p.68.

而有所偏好，而这个"偏好"之下的概念依据与说话人在话语交际中的作用直接相关，即说话人的主观性对于信息信度的排列以及随后证素的选用起着关键作用。

2. 基本信度层级系统

纵观多位学者的研究成果，我们可以发现：首先，所谓的言据性信度，主要是人们对证素所编码的信息来源或者获取方式可靠程度的一种主观评估。信息来源不同，或者人们获取信息的方式不同，导致人们对获取的成果即信息，有不同程度的信赖。证素只是当说话人在语言交际中展示这些信息并交代信息形式时所使用的语言标记。同一信息来源可以用多种证素表述，而同一证素也可以对应不同的信息来源（这一点在前面的论述中已经提及）。由此可见，我们现在讨论的言据性信度层级，不是证素信度层级，而是指信息来源或者获取方式的可靠程度及其对应的层级位置。其次，信息来源的可靠性因为受到个体和群体的社会、文化、认知、心理因素的影响和制约，会呈现出差异性，所以现有的言据性信度层级主要是从说话人的视角出发，推断和预测听话人对所接收信息的评估和反馈，即从主体的认知域来预测其他主体的可能性反应。说话人和听话人是两个不同的主体，不同信息在各个主体认知域中会有不同的信度层级，而在主体之间会出现不对应现象。因此，我们现在讨论的言据性信度层级系统是以说话人的主体认知域为主要考量，参考听话人等其他主体的认知域，形成关于信息来源的基本信度层级系统：

> 共享信息　　＞　　个人信息　　＞　　转述信息
> （真理、常识、背景信息）　（直接信息、间接信息）　（引用、传闻）

图3-10　信息来源的基本信度层级系统

关于这个信息来源的基本信度层级系统，我们首先要指出的是：陈述事实的客观状态，以保真形式将信息传递给听话人，这是语言言据性的基本功能。言据性就是说话人向听话人和其他话语参与者明示所述命题信息的来源和获取方式，为后者解码和评估所接收信息提供帮助，从而为两者间的交际产生积极影响。在所有信息类型中，最能为听话人所接受和信赖的应该是对双方都具可及性,且信度具有一定稳定性的信息,因此共享性和稳定性是衡量信息信度的重要标准。

共享信息是人们对外部客观世界的基本认识,或者是双方共同持有的有效背景知识,因而在说话人和听话人之间有着最大的共享性,是双方的共享语境,所以在诸多信息类型中具有最高的信息可及性、可靠性和保真度。在说话人的认知域中,真理、常识等共享信息位于信度最高层级,已经获得了说话人主观上的承认和认可,而且相对其他信息而言,这些信息的信度层级具有稳定性,不会轻易改变;至于双方共享的背景信息,说话人主观上认为听话人已经掌握该信息,所以在话语交际过程中无需过多交代信息来源和获取途径,只需提及信息内容,听话人就应该明了,所以这样的信息因为双方的共享性而具有可靠性,位于信度层级的高位。而在听话人的认知域中,当这些信息被接收并进行认知解读时,听话人会因为信息的共享性和稳定性,首先认可这些信息,而且一般情况下会省略信度分析环节。这也是我们将其列为高信度信息的原因。

个人信息是说话人作为个体单独享有的知识,可以源自人体不同感官的直接体验信息,也可以是个体的认知、思维、心理等间接体验信息。在说话人的认知域中,这些信息是源自自身最直接、深刻的身体或认知体验,是客观世界在自己主体域内的反映,主体自身对信息起主导作用。由于说话人对这些信息具有最大可及性,所以这些信息在说话人的认知域内信度较高,但是由于这些信息信度的稳定性不及共享信息,所以其信度也低于共享信息。在听话人的认知域中,听话人是从说话人的语言表述中接收这些源自说话人主体认知域的直接或间接信息,而不是源自听话人的亲身感受或主观认知,在信息的可及性方面不及说话人,因而会产生不同于说话人的信度评估结果。由于个人信息在说话人和听话人之间具有不同的可及性,从而影响最终的信度层级评估结果,且个人信息的信度稳定性也会随着语境、交际者等语用因素的变化而出现改变或波动,因此个人信息的信度低于共享信息,在言据性信度层级系统中排列在共享信息之后。

转述信息是说话人将第三方拥有的信息引入自己的观点,通过一定方式传递给听话人,借助第三方的信息信度来提升自己观点的信度。转述信息源自交际双方之外的第三方,因而对于说话人和听话人而言,都是间接可及,但是在可及程度上存在着差异,说话人转述了第三方信息,而听话人是被动接收该信息,因此说话人比听话人更接近信息源。其次,转述信息的信度取决于第三方的个人信誉和权威性,以及信息的真实性和公信力,还涉及信息交流的具体情境等多种因素,因而其信度的稳定性要低于前两种信息。转述信息在信息的可及性和信度稳定性方面明显低于共享信息和个人信息,所以位于言据性信度层级系统的尾端,信度最低。

除此之外,在个人信息中,直接信息和间接信息的各个分支也存在着一定的信度级差。虽然因为说话人的个人偏好、认知解读不同而存在个体差异,无法精确地进行层级区分,但是综合 de Haan、Faller 以及其他学者们之前的跨语言研究,我们可以进一步推导得出更加具体的言据性信度层级系统。相比于间接信息,直接信息源自说话人对客观世界的直接感知,在一定程度上减少了说话人的认知、思维、心理、情感等主观影响,而且听话人在适合的条件和情境下可以获得相似的信息,因而这类信息的可及性和信度稳定性要高于间接信息。据此,我们进一步细分前文中的言据性信度层级系统,列出了直接信息和间接信息的信度层级,如图 3-11 所示。这个言据性信度层级系统是我们在后文论述中用以评判证素信度高低的依据。

共享信息 > 直接信息 > 间接信息 > 转述信息
(真理、常识)(视觉、听觉、其它感官)(记忆、信念、推理、假设、期望)(引用、传闻)

图3-11 扩展的信息来源基本信度层级系统

四、言据性的语用特质

在语篇中,说话人通过证素编码信息来源,但是证素使用和实际信息来源之间并非总是一一对应的关系,因为从信息来源的确定到具体证素的使用整个过程中,除了言据性准则在发挥基本作用之外,语用推理和说话人的主观调控也都在发挥作用。在这一节,我们首先来具体分析一下言据性的语用特性以及影响证素使用的语用因素。

1. 言据性准则

美国学者克里斯多夫·戴维斯 (Christopher Davis) 等人认为，证素是说话人使用的一种会话策略，与其所述话语的肯定程度密切相关。① 根据格莱斯的会话原则②，说话人所述话语应该符合所要求的，发生在适当的阶段，符合谈话的目的或方向，但是说话人有时会有意地违反合作原则中的某一准则，实则利用了这个准则传递言外之意。同理，说话人在特定语境中通过证素来提升或者降低所持信息信度等级的这种情况，其实也是说话人在遵循合作原则的基本前提下，通过证素触发了特定类型的语境对比，从而改变了原有语境，这样证素就在命题之外传递了特殊的会话含义，具有言外之力。在这种情况下，听话人便会根据交际语境提供的线索，越过说话人话语的表面意义去分析、推测和领会其会话含义。由此可见，说话人对于言据性信度等级的调节不是任意的，而是遵循一定会话准则的合作行为。

法乐通过综合格莱斯 (Grice) 合作原则中的数量和质量准则，推导得出了一条言据性准则：将你的陈述建立在所能得到的最有力证据之上。③ 这条准则的一个合适性条件就是，说话人拥有两个或两个以上具有可比性的信息来源。但是，当信息来源只有一个时，这条准则就无法适用。美国学者克拉夫奇克 (Krawczyk) 重新定义了这条准则：使你的证素与你所可能得到的信息信度相符。这样就提高了言据性准则的适用性。④ 言据性准则是说话人使用证素编码信息时必然遵循的一条准则，用以保证所述命题的真实性。

---

① Christopher Davis, Christopher Potts and Margaret Speas, "The Pragmatic Values of Evidential Sentences", M. Gibson and T. Friedman eds, *Proceedings of SALT XVII*, CLC Publications, 2007, p.9.

② Herbert Paul Grice, Logic and conversation, P. Cole and J. L. Morgan eds., *Syntax and Semantics, Vol. 3: Speech Acts*, New York: Academic Press, 1975, p.45.

③ Martina Faller, "Remarks on evidential hierarchies", I. David, Beaver, L. D. C. MartÃnez, B. Z. Clark and S. Kaufmann eds., *The Construction of Meaning*, Stanford: CSLI Publications, 2002b, p.76.

④ E. Krawczyk, "Do you have evidence for that evidential?", C. Hutchinson and E. Krawczyk eds., *Georgetown University Working Papers in Theoretical Linguistics, Vol. VII*, http://www8.georgetown.edu/ departments/linguistics/ tlwp/volumes.html. 2009, p.9.

2. 证素使用中的语用现象

在交际中，说话人为了达到特定交际目的，如增强可信性、避免解释、减轻责任等原因，对所得到的信息进行信度评估，然后在同一信息的多个来源中进行选择，用最有说服力的那种证素进行陈述。由此可见，证素不仅仅编码了说话人的信息来源，而且还传递了说话人对所述信息的信度评价，这些命题之外的信息表明证素的使用具有语用特质。

在语言交际中，说话人首先对接收到的客观信息进行认知解读，根据信息来源确定其在信度层级上的相应位置，然后结合交际意图、语用目的、交际情境等因素选择最合适的证素来表达所述信息的言据性，将主观性极强的个人观点通过话语传递到听话人的认知域，并且能最大程度地对应听话人知识域中的信度层级，达到既定交际目的。换言之，说话人通过言据性，使经过自己主观处理后的客观信息向听话人呈现出可及性，从而能够顺利地进入听话人的认知域。在一定情况下，说话人会在信度合理的范围内调节证素的使用。

（1）在多个信息来源中，选择最有利于己方的证素编码信息。例如，关于推理信息和转述信息信度的相对排序，德哈恩 (de Haan) 指出：推理信息比传闻信息更接近个人直接信息，因为使用转述证素表明说话者完全依赖于来自第三方的证据，而当说话人自己同证据达到某种程度的关联时，就会使用推理证素。[①]说话者在特定证据的基础上做出推理，而这种证据是说话人收集的，这使得他／她在接收信息时起到了更主动的作用而并非是被动接收。但是在侧重语篇客观性的文体中，说话人倾向于使用传闻信息，而非个人感官或者推理信息，以减少语篇的主观性，而且在现实生活中，人们也认为一件事如果得到多个人证实，那它远比一个人的感官体验或者直觉推理更具可信性。

原有信息：A 听说过，同时自己也认为这种药可以治疗胃病。
　　　　　（传闻、信念）
A 的表述：据说这种药可以治疗胃病。（传闻）

---

① Ferdinand de Haan, *The catergory of videntiality,* University of New Mexico, 1998.

B的解读：这种药对胃病应该有一定的疗效，因为有些人（包括A）都认为可以。

同一信息在不同交际者认知域中的信度并不相同，有时甚至相差很大，例如信念信息。对说话人而言，信念是由社会文化、传闻转述、亲身经验等多种方式得来的信息经由个人的认知推理论证转化而成，因而信度等级最高，但是对听话人而言，说话人的信念可以是客观事实，也可能是主观臆断，信度层级因语境而变化。在上例中，A如果选择以信念证素来表述信息"我认为这种药可以治疗胃病"，B可能会认为这只是A的个人主观臆断，可信度比较低。A调整了证素，采用传闻证素来表达自己的观点，在语言表层降低了自己对信息的信度评估，但是却增加了同一信息在B认知域中的信度，使B对信息的认可度向着有利于自己的方向靠近和提升，同时规避了一些责任和风险。

说话人在多个信息来源中选择最适合自己交际目的的证素来表述同一信息，符合语用原则和社会交际原则，同时也符合社会个体的礼貌需求和表达。

（2）当信息来源只有一个时，说话人也会因势选用信度更高或更低的证素来编码信息。例如，当说话人所述信息是直接经验所得，但是为了减少自己与事件的关联性，提高所述信息的客观性，说话人会选择传闻证素编码信息，又或者是为了增加可信性，减少不必要的解释和误解，说话人会用直接信息型证素替代传闻证素。

原有信息：A看见John在家里。（直接信息）
A的表述：John应该在家里吧。（推测）
B的解读：A对John在家这件事并不是很确定，可能只是一种推测。

在上例中，A通过推测证素"应该"和语气词"吧"，将直接信息变为推测，而对信息的态度也由确定变为不确定，这就改变了所述信息在听话人认知域中的信度，目的是为了减少自己的责任，同时也传达出A对事物当前发展状态的不肯定，避免个人主观认识对信息传递可能造成的负面影响，即信息缺失或者附加。

当然，A 也可能在特定情况下选择使用直接信息型证素和肯定语气，甚至通过情态动词和副词的使用进一步强调已知事实，凸显自己与事实的关联性，提升所述信息在听话人认知域中的信度。

A 的表述：John 现在肯定在家的，我看见了。（直接信息）
B 的解读：A 对 John 在家这件事非常肯定，而且他通过亲眼目睹确定了这一事实。

当面对直接信息时，作者拥有真实信息，但是由于交际双方社会地位、亲密度、事情的重要性等多种因素的影响，作者会因势调整证素，在特定交际情境中选择最有利的证素来传递言据性。

（3）说话人在信息来源和证素都不变的情况下，也会通过情态动词或副词调节语气，改变或者缓和自己与所述信息的关联性。

原有信息：转基因食品会影响健康。（常识）
A 的表述：转基因食品应该是对健康有影响的。（推测）
B 的解读：转基因食品会影响健康，但是 A 对此了解有限。

在上例中，A 从过去的经验中获取了"转基因食品会影响健康"这个信息，而且这个传闻信息由于新闻报道和口口相传，已经具有较高的信度，其实已经转化成了常识。当 A 向 B 传递这一信息时，他没有使用"据说"、"据报道"、"科学证明"等常见的传闻证素，避免使原有信息从常识转化为传闻信息，从而造成所述信息的信度降幅过大，而是通过"应该"这个情态副词改变了原有的肯定语气，将信息信度调整至推理型，从而回避了断言性表述所附加的责任和关联性，同时也可以免去自己对事实原因的阐述和解释。

（4）零证素的非规约性使用凸显了说话人在证素选择中的语用调节。在使用零证素编码信息时，说话人应该将信息的类型、来源、功能、交际者之间的社会语用关系等多种因素考虑在内。

原有信息：A认为背诵式教学法可以提高学生的英语学习效率。
　　　　（推理）
A的表述：背诵式教学法可以提高学生的英语学习效率。（常识）
B的解读："背诵式教学法可以提高学生的英语学习效率"是一个常识，是在一定范围内被广泛接受的事实，而并非只是A的个人观点。

零证素表明信息对双方而言是不言而喻的，无需通过语言标记显性标注。同一信息在不同交际者中存在着信度差异，说话人倾向于确定，而听话人倾向于确定和不确定的中间态，但是总体上还是比较接近。在这种情况下，说话人会采用零证素的策略，将个人推理提升为常识，扩大信息的可及性，促使信度提高，甚至在两者之间达成了一致性。在上例中，A通过零证素将自己的客观推理表述为断言，当B接收到A的信息后，会将其解读为常识，具有高信度。说话人通过零证素策略提升所述信息的信度，避免不必要的解释和误解，有效地推动交际行为顺畅进行，但是风险也是存在的。

在零证素的情况下，说话人有时也会选择使用特定证素传递同一信息。共享信息在诸多信息类型中具有最高的信息可及性、可靠性和保真度，因此说话人通常会选择零证素来表述信息。但是在特定的交际情境中，说话人也会通过证素的非规约性使用来凸显所述信息的重要性，或者为话题的转折和观点的提出做好铺垫。

原有信息：吸烟有害健康。（常识）
A的表述：话说吸烟有害健康。（传闻）
B的解读：A知道吸烟有害健康，但是他主观上对这一观点有不同看法。

"吸烟有害健康"本来是一个常识，零证素表述是最保真的信息传递模式，但是A选择用"话说"这个传闻证素，降低了原有信息的信度，表明A对所述命题有不同的看法，所以"吸烟有害健康"这个基本事实并不是A关注的重点，而只是为他后续的论述提供了一个切入点，是必要的铺垫。

五、语篇言据性的建构

在语篇中,作者出于特定交际目的,如强化观点、突出主题、前后对比等原因,会突出证素的使用,通过言据性的语篇功能优化语篇的修辞效果。本节将结合实例分析具体阐释言据性在语篇中的实际运用,初步展示作者在语篇可信性建构过程中的语用策略。

1. 语篇言据性的认知构建过程

语篇建构与言据性有着密切的联系。语篇建构过程中涉及说话人/作者对命题的情感认知以及所持的认识立场和评价态度,是说话人/作者对客观因素和事实经验的重新建构,因而在语篇建构中包含了说话人/作者与听话人/读者以及说话人/作者与语篇中介对所述命题信息的沟通、协商和顺应等一系列动态交互过程。而作为语言范畴,言据性是应用于"预示说话人设想某事物有理由是真实的,但是不能以自己直接观察的经验保证的语言范畴"[①]。综上所述,我们可以推导出:言据性在语篇中出现其实是基于说话人/作者和听话人/读者之间的一种隐性约定,即双方都预设了语篇信息的真实可靠,并且均可以通过言据性这一语言范畴来编码和解码信息来源和态度评价。

在规约情况下,说话人/作者有义务在语篇中提供具有一定信度的信息,并且对所述命题信息的可信性负责,必要时可以通过一定的语言形式反映出信息来源及自己所持的态度;而听话人/读者基于这种默认的约定关系,认为说话人/作者提供的命题信息具有一定信度,并且可以从证素等语言层面的标记判断出命题信息的类型、来源、信度及其说话人/作者态度,在自己的认识域中触发相应的认知识解,然后对此做出合理而恰当的回应。因此,在一定程度上,言据性是语篇建构的基石之一,没有说话人/作者在证实命题信息可靠性

---

① William H. Jacobsen, "The Heterogeneity of Evidentials in Makah", Wallace Chafe and Johanna Nichols eds., *Evidentiality: The Linguistic Coding of Epistemology,* Norwood, New Jersey: Ablex, 1986, p.3.

上所做的努力,没有听话人/读者对于命题信息可靠性的认可,语篇建构就无法顺利展开。一旦听话人/读者质疑语篇的可信性,甚至只是质疑其中一部分信息的信度,语篇整体效果也会受到影响,严重时可以危及听话人/读者对语篇整体的认可。

语篇信度在说话人/作者和听话人/读者的认知系统之间构建的整个过程如图3-12所示:

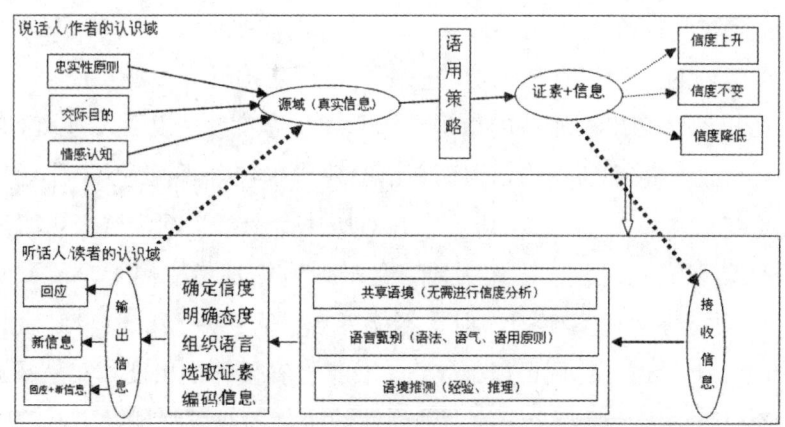

图3-12　语篇可信性的认知建构过程

说话人/作者在信息忠实性原则和语篇人际意义之间协调,通过语用策略选择编码信息信度的证素,构建或者调节语篇的信息域,通过提升、降低或者维持原有信度来保证交际意图的顺利传递和达成;而听话人/读者对于所接收的信息具有能动性,综合多种语言分析元素,例如语法、语气、语用原则、交际原则等,同时结合语篇文体、功能等因素进行分析,通过经验、推理等多种认知识解方式对言据性作出判断,激发相应的认知域,并且据此得出认识和作出回应。因此,语篇信度是在说话人/作者对语篇言据性的语用控制和听话人/读者认知识解之间博弈所构建的认知空间中游移,而同一证素在说话人/作者和听话人/读者认知域中所激发的不同知识域的重叠部分,即信度吻合度,是影响语篇信度的权重因子。

2. 实例分析语篇信度建构过程

关于语篇中的证素分布情况和言据性的语用策略对于构建语篇整体信度所起到的作用,我们可以通过下面几个例子简单说明证素在具体语篇语境中的实际表现。

温总理<u>说过</u>,现在的教育确实存在许多问题:一是教育行政化的倾向需要改变;二是让教育家办学。<u>毋庸讳言</u>,我国大学不缺校长,缺的是真正懂教育的教育家。一个教育家,必能把教授当作学校的主体,摆正自己的位置,梅贻琦<u>就是一例</u>。

在上例中,语篇的言据性通过"说过"、"毋庸讳言"和"就是一例"等证素显性标记。

温总理<u>说过</u>:表明所述命题是转述信息,而转述信息的信度取决于信息来源,即信息的最初发布者,发布者的可信性决定了该信息的信度。毋庸置疑,作者引用了国家领导人的公开讲话,信度很高,对读者而言也具有可及性,这就为作者后面的论述奠定了可信的基调。

<u>毋庸讳言</u>:表明所述命题是作者的基本期望,是个人判断和他人观点的综合阐述,属于传闻信息转化而成的推理信息,作者在传递信息时,可以选择用传闻证素或者推理证素来表述言据性。为了语篇信度整体推进的需要,作者没有选择信度相对较低的传闻证素,而是选用期望证素,提高了所述命题的信度,进而对读者认知解读该信息产生影响。

梅贻琦<u>就是一例</u>:是对同一句话中前半部分命题的例证,表明前面所述命题是作者的推论,不属于共享信息,但是这是作者在前文转述信息和推理信息基础上逐层推导得出的结论,而该结论还有具体的实证,所以结论真实可信。

作者在这个语篇中,通过转述信息奠定语篇可信性的坚实基础,然后通过证素调节将传闻信息转化为期望信息,而且是源自前文高信度转述信息的客观期望,提升了命题信度,为自己个人观点的得出做好铺垫,最后水到渠成地推导得出自己的观点,并且通过"梅贻琦就是一例"这一附加证素,避免了断言式结论的突兀和主观性,整个语篇的可信性也因此构建。

Everyone knows women wait far longer than men because they take longer—2.3 times longer according to international studies. So by rights, the queue for the women's bathrooms should also be 2.3 times longer. In fact, queuing theory reveals that its length increases by at least the square of 2.3—ensuring women wait on average at least five times longer than men.

在上例中，语篇通过"know"、"according to"、"so by rights"和"in fact"等证素传递言据性。

Everyone knows：表明作者所述命题是一个众所周知的常识，不需要进行信度的认知解读就可以为读者接受，作者还在后面附加了理由。同时为了进一步明确解释原因时所谈及的细节，作者通过证素"according to"引入第三方信息来强调其命题的准确性和可靠性，为后面的论点推导做好铺垫。

So by rights：表明所述命题是推理信息，在上一命题的合理性基础上推导得出的新命题，两者的合理性和信度是密切联系的。作者通过一般事实或规则来推理特定事例所得出的结论属于演绎推理，在推理信息中具有较高的信度。

In fact：表明所述命题是期望信息，作者将客观事实与主观预期进行对比，通过两者的相符程度确立信息信度。

这样通过证素的使用，作者从无需信度分析的常识中引导出自己的推理观点，又进一步将个人观点转化为可以和读者共享的期望信息，增加了所述命题的信度和读者接受度。

As the quote from Barnes above suggests, the important factor here is firsthand vs. secondhand, or in de Haan's (1998) terms, speaker involvement. Thus, we are in fact dealing with two different kinds of preference. One is captured by the hierarchy, the second, firsthand over secondhand, is not. Thus, it is important to state clearly, what the motivation behind the preference relation for the hierarchy is.

在上例中，语篇通过"as the quote from"、"in ... terms"、"thus"、"in fact"和"it is important to state clearly"等证素构建整体信度。

as the quote from Barnes above 和 in de Haan's (1998) terms：这两个证素表明所述命题是转述信息，作者主要是通过引述该研究领域著名学者的观点来为自己的观点阐述提供理论铺垫，而这两位学者的知名度和研究成就是所述命题信度的有力保证。

thus：表明所述命题是作者根据前文推导得出的结论，属于推论信息。例子中作者通过两个"thus"引出了两个结论，前者为后者的前提，后者是前者的深层结论。此外，前一个推论信息中出现了"in fact"这个表述作者期望的证素，即作者基于高信度转述信息的推论和自己的期望在该信息中出现了交集；后一个推论信息中出现了插入语"it is important to state clearly"，这个证素进一步强调了作者依据前文信息得出的结论与自己的个人观点一致，所以作者在语篇中表述的观点不是主观臆断，而是有真实根据的客观推理，命题信度应该位于言据性信度层级系统的推理信息区间段，同时作者也通过证素的运用构建了个人信念的高信度性，为整个语篇的信度奠定了良好基础。

六、小结

本章首先回顾了言据性在语篇中的表现形式，即证素的国内外研究现状。世界上约有四分之一的语言存在着语法化的证素，可以通过添加词缀来标识命题信息的来源，而这些具有形态证素的语言也是类型学领域中言据性研究的重点。但是，我们的研究关注那些数量更多的、没有形态证素的语言，主要是英语中的证素。证素除了有形态证素、词汇证素之外，还存在着零证素现象，即说话人在提供命题信息时并没有附加语言结构或成分来标明信息的来源或者说话人的态度评价等言据意义，这是因为说话人对所述事情有着最为直接的证据，无需通过言语标记向听话人明示信息来源，或者话语交际双方对所述命题信息享有同等的可及性，无需使用证素或者证素可以酌情省略。零证素现象是一种语言标记现象，引起了许多学者们的关注，我们认为零证素现象与说话人在语言使用中的主观性和语用调控有着密切的联系。面对可以使用零证素编码的信息时，说话人是否使用零证素，以及使用证素时的人称变化，受到说话人主体意识的影响和制约，同时也受到交际情境、语境的影响，因此这种现象具有显著的语用特质，是后文言据性主观性和交互主观性研究的一个重要方面。

通过梳理英语中的证素及其分类，我们发现，证素分类中的词汇存在着重叠现象，同一证素对应一个或多个信息来源，或者情况相反。语言表征无法成为区分言据意义不同的标记，分析语篇言据性必须从信息来源入手。在言据性研究文献中，学者们提出了各种分类模式和信度层级，有的针对证素类型，有的针对信息来源类型，我们认为证素只是言据意义的语言表征，分类以及信度层级应该与体现言据意义的信息来源相关联。从最基本的分类（直接信息和间接信息，个人信息和非个人信息等）到齐夫和威利特等人提出的经典分类模式，学者们根据自己的研究侧重点和理解提出了信息来源的不同分类。我们从说话人视角出发来关注交际双方在语篇言据性构建语篇信度过程中的主观活动，因此在信息共享性和可及性的基础上，结合各个分类模式，提出了适合本书的信息来源分类模式，将个体所可能持有的知识或信息分为三类，即说话人和听话人共同拥有的信息、一方拥有的信息和两者之外的第三方拥有的信息。同时在德哈恩、法乐等人研究的基础上，对改进后的信息来源分类模式提出了基本和扩展的信度层级系统，为后文的论述和语料研究提供了基本的信度等级区分依据。

在语篇中，证素使用和实际信息来源存在着不对应的现象，这就是言据性的语用属性。从信息来源的确定到具体证素的使用过程中，说话人对于言据性信度层级的调节不是任意的，而是遵循一定的会话准则的。言据性准则是法乐在格莱斯合作原则的基础上提出的，克拉夫奇克随后进行了修正。言据性准则是说话人使用证素编码信息时必然遵循的一条准则，用以保证所述命题的真实性。在遵守言据性准则的基础上，说话人还会在信度合理的范围内调节证素的使用，选择最合适的证素表达所述信息的言据性，将主观性极强的个人观点通过话语传递到听话人的认知域，并最大程度地对应听话人知识域中的相应信度层级，达到既定交际目的。

在语篇中，作者出于特定的交际目的，会突出证素的使用，通过言据性的语篇功能优化修辞效果，从而达到语篇交际目的。本章在最后一部分结合实例分析初步阐释了言据性在语篇中的实际运用，体现了作者在语篇信度建构过程中的语用策略。

第四章 言据性的主观性和交互主观性

一、语言的主观性

一直以来，源自语言哲学的主观性研究因为概念抽象、界定模糊、缺乏可操作性而被列在语言研究核心议题之外，没有引起足够的重视和深入研究。但是近年来，伴随着功能语言学、语用学、认知语言学、话语分析等相关学科和分支的不断兴起和持续发展，主观性研究也逐渐成为语言学研究的热点问题，并且在语言的各个层面展开。学者们主要从说话人视角、情感和认识三个方面来关注语言主观性在意义建构和解读中所起的重要作用，以及主观性的表现形式和结构。主观性研究主要包括以下几个方面：情态动词和助动词（Langacker，1990，1997，1998，1999，2002；Traugott，1989，1995，2002；Carey，1995；Sanders and Spooren，1996，1997，等等）；介词、连词和语篇标记（Langacker，1990，1997，1998，1999，2002；Traugott，1989，1995，2002）；倒装和词序（kemmer，1995；Stein and Wright，1995）；句法（Verhagen，1995，2001，2005）；条件从句（Akatsuka，1997；Nikiforidou and Katis，2000），等等。

1. 主观性研究概述

在英语中，"subjectivity"这个术语可以分别译为"主体性"和"主观性"，而这两种译法代表了两个不同的概念，虽然这两个概念都与"主体"相关，但是两者间还是存在着细微差异：一方面，主体性是主体之所以成为主体的决定性属性，而主观性则是主体的属性，从属于主体；另一方面，主体性不同于主观性。主体是精神与物质的统一，因而主体性包括物质与精神能动性两部分，但是主观性只包括精神能动性，因此主体性的范围要大于主观性，主体性包括主观性。语言是人类有意识、能动性的创造性实践活动，是主体的精神能动性，体现了主体在人际交流活动中的参与程度，因而兼具主体性和主观性。在国内语言学界，学者们普遍采用"主观性"一词，而"主体性"被归到哲学研究中。在本书中，我们主要研究主体如何通过语言这个物质来体现"自我"意识，即主体映射在语言中的主观能动性才是我们关注的焦点，所以我们遵照学界的普遍做法，采用"主观性"一词作为"subjectivity"的汉语对应词，来研究语言中的主观性表述。

（1）语言的主观性和客观性

从广义上看，主观性是与客观性相对应的一个概念。在西方思想史上，学者们认为现实的概念化建立在主观与客观二元对立统一的基础上。西方实证主义者们认为，客观性就是人们以中立态度不带偏见地描述外部世界的能力，而与此对应的主观性则与个人的观点、信仰、态度等抽象、多变、具有个体差异性的情感特质密切相关。在语言表征的选择上，客观性主要通过不带个人感情色彩的陈述性断言来体现，不选用带有明显主观性的语言成分，如时空指示语、体态、情态等。但是，后来的学者们在研究中逐渐意识到，在描述客观世界的情况和事件时，语言使用者是不可能完全中立、机械地利用客观的规约性语言结构来传递信息和表达命题，语言表述中或多或少地传递了他们对所述命题信息的态度和评价，如同莱昂斯的观点："主观性是语言的一种特性，即话语中总是或多或少地包含了说话人'自我'的表现成分。换而言之，在说话的同时，说话人也传达了自己对所述话语的态度、感情和认识立场，从而在话语中留下了'自我'印记。"[1]

当人们使用语言时，个人的视角、情感和认识这三个方面与所述话语之间存在着一定的联系，直接或间接地影响着话语结构和表述形式，即主体必然会参与到反映客观世界的认识过程中并产生带有主体特质的认识结果。但是主观性中也包含着客观因素：语言描述的对象、客观事实、事物发展规律等。虽然

---

[1] John Lyons, *Semantics*, Cambridge: Cambridge University Press, 1977, p.793；沈家煊：《语言的"主观性"和"主观化"》，《外语教学与研究》2001年第4期。

不同个体会对同一客观因素有不同的概念化识解和语言表述，但是不会改变该客观因素的存在本质。由此可见，语言的客观性是相对的、有条件的，而语言的主观性却是必然的、客观存在的。语言的主观性并不否认客观性的存在，只是在程度上，两者存在着明显的差异。两者孰强孰弱这个问题也成为语言学研究不同学派和分支的一个分歧点：结构语言学和形式语言学认为语言的功能就是"客观地"表达命题；而功能语言学和认知语法认为语言在客观表达命题的达意功能之外，还具有表情功能，表达了主体的认识、情感和态度，主客观之间并不是泾渭分明的；语言形式和言语主体之间的关系必须纳入语言研究的范畴，成为连接语义和语用研究，并构建两者之间共同研究界面的基石。

我们的研究侧重于从说话人/作者的认知域来解读语言的主观性，因此说话人/作者主观识解后所得的信息、观点、知识或信仰是客观因素在主体认知域中的投射，或者说是一种影像，所以这些客观因素的"客观性"也可能同时被投射到主体的认知域，形成了"强主观性"（关于这一点我们会在后一节详细阐述）。

（2）语言的主观性研究

语言主观性体现了语言使用者在语言产出中所起的作用。当英美语言学派仍然秉持"语言仅仅是表达命题思想的一种工具"的偏见时，欧洲大陆学派的语言学家们开始关注语言的主观性，关注使用者在语言产出中的"自我"表现。

法国语言学家米歇尔·布雷亚(Michel Bréal)是最早指出语言主观性属性的语言学家。他认为，在话语中，说话人"既是观察者又是事件作者"，承认和凸显说话人/作者的言语主体地位为之后的主观性研究奠定了基础。[①] 此外，语言交际中说话人/作者和听话人/读者之间的关系也非常重要。

德国语言学家卡尔·布勒(Karl Bühler)提出了语言使用的三分模式，即语言符号与说话人、听话人、对象之间形成了各自对应的关系。[②] 他认为，语言除了具有表达功能之外，还具有主观性：在话语情境中，说话人和听话人各司

[①] Michel Bréal, *Semantics: studies in the science of meaning(second edition)*, William Heinemann, 1964, pp.229-238.

[②] Karl Bühler, *Theory of Language: The Representational Function of Language*, Amsterdam/Philadelphia: John Benjamins Publishing, 1934.

第四章 言据性的主观性和交互主观性

其职,相互配合;说话人是言语行为的主体,通过使用语言符号来提高听话人解读命题信息的能力,从而达到语言交际的目的;语言符号可以对听话人产生影响,这样听话人也被纳入语言研究的范围。布勒的这个模式凸显了语言的表情功能(即说话人和语言符号之间的关系),这也是语言主观性研究的侧重点。

本伍尼斯特将主观性视为语言的一种普遍属性。在《普通语言学问题》一书中,他从语言角度明确界定了主观性这一概念:

> 我们所谈及的"主观性"是说话人将自己视为"主体"的一种能力。它不是每个人对自身存在的感知(这种感知即使能被注意到,也仅仅是一种反思),而是心灵的统一,可以超越所有实际经验,形成持久意识。无论是在现象学还是心理学中,这种主观性也只是语言基本属性的体现。"自我"就是说出"自我"的这个人。这就是我们所看到的"主观性"基础,而这个基础取决于"人"的语言身份。
>
> (The subjectivity we are discussing here is the capacity of the speaker to posit himself as 'subject'. It is defined not by the feeling which everyone expereinces of being himself [this feeling, to the degree that it can be taken note of, is only a reflection] but as the psychic unity that transcends the totality of the actual experiences it assembles and that makes the permanence of the consciousness. This 'subjectivity,' whether it is placed in phenomenology or in psychology, is only the emergence in the being of a fundamental property of language. 'Ego' is he who says 'ego'. That is where we see the foundation of 'subjectivity,' which is determined by the linguistic status of 'person') [①]

此外,他还进一步区分了语法主语(syntactic subject)和言说主语(speaking subject),即明示的语法主语和隐性的话语主体。这样,在本伍尼斯特的概念中,语言不是"工具",而是个体在现实世界中构建身份和实现自我的"存在

---

① Émile Benveniste, *Problems in General Linguistics*, Coral Gables, FL: University of Miami Press, 1971, p.224.

家园";主观性是个体将自己视为主体的一种能力。

和本伍尼斯特不同,莱昂斯认为主观性是主体的属性。他从语言角度进一步明确了主观性的定义:"'主观性'一词是指说话人通过自然语言结构和其常规手段表达自我及说话人态度、信念的方式。"① 主观性是指"意识(认知、情感和感知)主体或行为主体(施事者)的属性(或系列属性)"②,这是关于主观性的一般概念。莱昂斯强调关注语言使用中的主观性,认为语义学和语用学研究中如果摒弃对主观性的关注,那么其方法本身是有缺陷的,他认为语言学家应该关注"更为具体的'言内主观性',即话语的主观性。我们可以这么说,言内主观性是言内主体(说话人、作者或者发话人)在言语行为中的自我表述。简而言之,言内主观性就是语言使用中的自我表达"③。莱昂斯关于主观性的定义在语言学界被普遍采用,而他的观点也突破了传统形式语言学研究范式,将主观性研究引入了语义研究范畴。

美国语言学家爱德华·法恩根(Edward Finegan)认为,在语言分析中,主观性对意义的建构和识解起着至关重要的作用,因此受到越来越多语言学家的关注。④ 他指出:"主观性是一个与客观性相对的概念,主要涉及话语中说话人的自我表达以及说话人的看法、观点的体现,或称之为说话人的自我印记。"⑤

这样,经过语言学家和学者们的多年研究,语言主观性逐渐确定了其基本概念和研究范畴:语言主观性是指说话人/作者通过显性语言形式表达自我观点、情感、态度和信仰的一种方式。语言主观性研究侧重描述语言使用者在言语使用过程中自我表现的意识和能力,是语言使用者作为主体存在的一种属

---

① John Lyons, "Deixis and subjectivity: Loquor, ergo sum?", R. J. Jarvella and W. Klein eds., *Speech, Place, and Action: Studies in Deixis and Related Topics,* Chiester and New York: John Wiley, 1982, p.102.

② John Lyons, *Linguistic Semantics: An Introduction,* Cambridge: Cambridge University Press, 1995, p.337.

③ John Lyons, *Linguistic Semantics: An Introduction,* Cambridge: Cambridge University Press, 1995, p.13.

④ Edward Finegan, *Language: its Structure and Use,* Sydney: Harcourt Brace, 1992.

⑤ Edward Finegan, "Subjectivity and subjectivisation: An introduction", D. Stein and S. Wright eds., *Subjectivity and Subjectivisation: Linguistic Perspectives,*

性。同时，语言的主观性凸显了语言使用者对存在世界的具体识解、语义生成过程中的认知加工、语言输出中的语用调节等能力。通过语言主观性研究可以深刻揭示言语主体在话语中的"参与程度"，以及这种"参与"对话语表层结构的显性和隐性影响。

2. 语言主观性的实例分析

作为符号表征，语言具有表情功能，是语言使用者作为"言语主体"的一种"自我"表达，传递"自我"立场、态度、情感或评价等主观信息。在语篇中，说话人/作者主要通过情态结构、主动语态、时间和空间指示语以及语篇标记语等语法或词汇手段进行"自我"展现，传递语言的主观性。除此之外，说话人/作者还可以通过特定的句法结构间接地传递自己的主观认识立场，在维护听话人/读者面子的同时，向其提供进行推理的空间和可能性。关于语言的主观性特征可以通过下面的实例分析来具体展示。

详见下面的例子（在2012年美国总统大选的第一场电视辩论赛中，奥巴马指出罗姆尼税收政策中存在的问题，并且通过一系列的假设性条件进一步指出该政策的不现实，罗姆尼在接下来的话轮中将重新阐释和明晰自己的税收政策）：

a. So—so if—if the tax plan he described were a tax plan I was asked to support, I'd say absolutely not.
b. It's not my tax plan.

其中，句 a 和句 b 两个话语同样可以表达说话人罗姆尼的观点：之前奥巴马所驳斥的税收政策根本不是他所倡导的税收政策。然而，句子 a 和 b 在话语标记、句子结构、话语信息承载量等方面存在差异。句 b 的句子结构简洁明了，信息量少且集中，语气短促有力；而在句 a 中，句子结构冗长繁复，信息分散，附加了许多主题之外的信息和话语标记。在现场辩论过程中，尽管论述时间有限，但是罗姆尼还是舍弃了简洁有力的句 b，选用了冗长繁琐的句 a，其中的原因我们可以透过句 a 中话语标记、句子结构、词汇选用、言据性表述等语言表征的分析找到答案。

(1) 在句 a 的一开始,罗姆尼采用了 so 这个原本是承接上文表示因果关系的连词,但是通过语气的延长,这个词同时起到了话语标记的作用,用以延长后续命题出现的时间,给说话人以足够的时间思考和组织后续话语。同样,表示假设条件的连词 if 后面也出现了延长音。说话人罗姆尼通过延长 so 和 if 两个连词的语音,为后续话题的推进做好了充分的准备。同理,这两个连词在为说话人服务,起到话语标记作用的同时,也传达出说话人的主观情态:关于奥巴马的驳斥,罗姆尼在心理上虽然有所准备,但是可能不够充分,所以他需要在有限时间内找到最有效且令人印象深刻的反击形式,句 a 就是他的选择。相对于奥巴马利用溯因推理模式逐一击溃自己推行的税收政策,罗姆尼如果选用平淡无奇的句 b 作为反击的开始,其效果是可想而知的。

(2) 在句 a 中,罗姆尼采用了相对比较复杂的句式结构:if 引导的虚拟条件状语从句,尤其是在表示假设条件的从句部分先后出现了两个定语从句 he described 和 I was asked to support 分别对先行词 the tax plan 和 a tax plan 进行限定,而且在定语从句中特意采用了 I was asked to 这样的被动语态。根据 Grice 合作原则中的方式准则——说话要清楚明了[①],说话人如果在会话中遵循这一准则,那么他的话语应该避免晦涩,尽量简洁,句 b 应该成为首选,但是罗姆尼出于特定目的和需求,故意违反了这一准则,采用句 a 的复杂结构。句 a 的标记性结构表明说话人的认识立场和交际目的:罗姆尼不但要驳斥奥巴马的观点,即阐明奥巴马之前描述和驳斥的税收政策与他的真实政策不相符,而且还要达到另一个交际目的,即扭转辩论局势。因为之前奥巴马的驳斥,使得自己的税收政策被贬低,现在他需要通过话语来为自己正名。同时,出于礼貌原则的考量,他不可能直指奥巴马的故意歪曲,所以他通过 I was asked to support 这样委屈的语言表述和迂回曲折的句子结构来表达自己的认识立场,把揣测和推理留给现场和其他收看辩论的观众们。

(3) 而且在句 a 中,冠词和副词的使用也进一步明示了说话人罗姆尼的认知情态、心理状态和交际意图。关于两个 tax plan,罗姆尼分别用定冠词 the

---

[①] Herbert Paul Grice, *Logic and Conversation,* Unpublished manuscript of the William James Lectures, Harvard University, 1967.

和不定冠词 a 来限定，用以区分两个概念意义上的税收政策，前者是奥巴马驳斥的、不具可行性的税收政策，后者是自己被迫接受的任一税收政策，两个税收政策之间通过表示虚拟状态的系动词 were 连接，凸显了罗姆尼对所述命题的主观评价，即两个政策仅存在于抽象空间，即便两者同一，也都不是真实的，这为后续命题的出现提供了充分的铺垫。在后一命题中，罗姆尼用副词 absolutely 来辅助 not 表达否定语气，absolutely 表达了强烈的肯定性，与 not 连用增强了整个命题的否定语气，充分表明前两个概念意义上的税收政策均不是罗姆尼真正推行的政策，前句的迂回曲折在后句得到了强有力的回复。相比之下，句 b 就显得过于直白。

（4）此外，从言据性角度来看，句 a 中的 if 是假设证素，表明命题信息源自说话人的主观假设，而后文中的 absolutely 是推理证素，表明命题信息源自说话人归纳推理得出。句 b 中没有出现任何证素，即处于零证素状态，表明命题信息是会话双方共同享有的真理、常识、基本事实等。鉴于这段话语发生的情境是面对广大选民的电视直播，说话人不交代信息源，采用零证素编码信息或知识，存在被质疑的风险，因此罗姆尼舍弃了简洁表述，而是借助明示推理这种更易为大众接受的形式来表达自己的观点和态度，将被质疑、误解的风险降到最低。

综上所述，在实际会话过程中，话语体现了语言使用者、命题信息、语境情况之间的相互关系以及使用者在这张关系网中的主观能动性，这也为听话人理解话语及说话人交际意图和主观态度提供了线索和依据。因此，语言主观性在话语产出和理解过程中起着重要的作用。

二、强主观性

1. 兰盖克关于主观性的论述

从单个句子来看，语句是对客观世界的描述，主观性和客观性是同时并存的，但是双方在程度上存在着差异，主客观只是这个表达式中具体成分被识解的方式，由语言使用者的视角、情感和认识决定。兰盖克围绕概念识解来阐述主观性①，他主张从认知出发，观察说话人如何根据表达需要，从特定视角出发来识解客观情景。在他的认知语法体系中，主观性就是将客观实体之间的关系从客观轴调整到主观轴。以眼镜为例，当眼镜被拿在手里，作为一个被观察对象时，它只是一个客观实体，具有客观性，但是当眼镜被戴着用来看其他事物时，眼镜就成为了观察主体的一部分，具有了主观性，即观察主体通过佩戴眼镜，将其视为发挥眼睛功能的一个辅助物，主观上赋予了眼镜部分主体功能。如果整个场景是一个"舞台"，当眼镜作为被观察对象时，它出现在舞台上，是关注的焦点，虽然视角、情感、认识会影响最后的识解产物，但是眼镜的客观性不会因此改变；但是当眼镜成为观察主体一部分时，它出现在舞台下，观察主体的个人视角、情感和认识必然会影响其本身的客观性，因而带上了主观性色彩。

兰盖克以观察设置（viewing arrangement）的形式来图解主客观关系，通过考察感知情境中观察者和被观察实体之间的不对称性来解释主客观性，"当观察者与被观察实体之间的不对称性达到最大时，观察者的主观性程度最大"②。参看图 4-1。

从这个基本观察设置示意图可以看出，当一个实体作为概念主体，隐藏于"台下"（offstage）时，这个实体本身的客观性会受到主体视角、情感等因素的影响，那么对这个实体的识解就带有明显的主观性，但是当它作为被观察的概念客体，出现在"台上"（onstage）时，它是关注的焦点，虽然对它的识解

---

① Ronald W. Langacker, "Observations and speculations on subjectivity", J. Hamian ed., *Iconicity in Syntax*, Amsterdam: Benjamins, 1985；Ronald W. Langacker, "Subjectification", *Cognitive Linguistics,* 1990, (1)；Ronald W. Langacker, "The contextual basis of cognitive semantics", J. Nuyts and E. Pederson eds., *Language and Conceptualization, Cambridge:* Cambridge University Press, 1997；Ronald W. Langacker, "Losing control: Grammaticalization, subjectification, and transparency", A. Blank and P. Koch eds., *Historical Semantics and Cognition,* Berlin and New York: Mouton de Gruyter, 1999；Ronald W. Langacker, "Subjectification, grammaticization, and conceptual archetypes", A. Athanasiadou, C. Canakis and B. Cornillie eds., *Subjectification: Various Paths to Subjectivity,* Berlin, DEU: Mouton de Gruyter, 2006.

② Ronald W. Langacker, "Observations and speculations on subjectivity", J. Hamian ed., *Iconicity in Syntax,* Amsterdam: Benjamins, 1985, p.107.

第四章 言据性的主观性和交互主观性

也会受到主观影响,但是与前者相比,客观性明显。

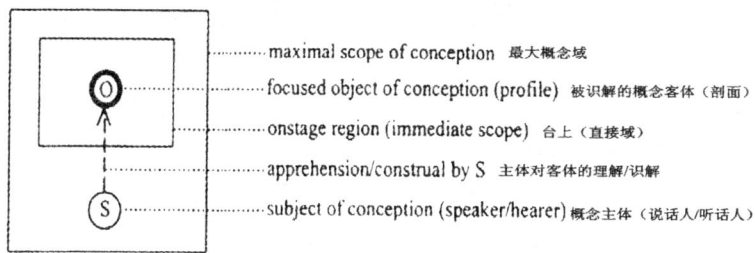

图4-1 兰盖克的观察设置示意图①

兰盖克指出,一个表达式的语义中主观和客观识解成分并存。从根本上来说,主观识解成分指向处于"台下"的说话人和听话人,他们是识解该表达式的概念建构者,而客观识解成分指向表达式的剖面,即在"台上"出现的概念内容。② 对于这一概念表述,他通过一系列句子来例证单个句子中主客观性的强弱变化。

    a. Vanessa jumped across the table.
    (Vanessa 跳过桌子。)
    b. Vanessa is sitting across the table from Veronica.
    (Vanessa 坐在 Veronica 对面。)
    c. Vanessa is sitting across the table from me.
    (Vanessa 坐在我对面。)
    d. Vanessa is sitting across the table.
    (Vanessa 坐在桌子对面。)③

---

① Ronald W. Langacker, "Subjectification, grammaticization, and conceptual archetypes", A. Athanasiadou, C. Canakis and B. Cornillie eds., *Subjectification: Various Paths to Subjectivity*, Berlin, DEU: Mouton de Gruyter, 2006, p.19.

② Ronald W. Langacker, "Subjectification, grammaticization, and conceptual archetypes", A. Athanasiadou, C. Canakis and B. Cornillie eds., *Subjectification: Various Paths to Subjectivity*, Berlin, DEU: Mouton de Gruyter, 2006, p.18.

③ Ronald W. Langacker, "Subjectification", *Cognitive Linguistics*, 1990, (1).

在上面的例子中，四个句子逐渐由客观性向主观性递增。在句 a 中，说话人用过去时描述了发生在过去的一个言语事件，在描述的过程中并未提及说话人或听话人，也没有设置特定的参照点，因而整句话的客观性最强。句 b 仍然是对言语事件的客观描述，说话人没有把"自我"投射到句子中，但是将 Veronica 设置为一个参照点，从概念空间上定位 Vanessa，虽然没有直接将客观轴调整到主观轴，但是主观轴已然对客观轴产生了影响，从主观上提供了一个参照点。这样，相比于句 a，句 b 的客观性中带有一定的主观性成分。句 c 比句 b 的主观性更强，这是因为在句 c 中，说话人的"自我"被投射到句子命题中，以"me"的形式出现在"台上"，充当参照点，为 Vanessa 定位，所以句 c 虽然仍属于客观性为主的句子，但是其句子成分中的主观性在逐渐增强。在句 d 中，用以确定 Vanessa 在桌子边的具体空间位置的参照点出现了空缺，但是听话人可以推理得出：这个空缺的参照点仍为说话人"me"。说话人将标示"自我"的语言成分从句子中隐去，即"自我"隐藏于"台下"，表明参照点已经成为概念主体的一部分，这样句 d 的主观性在四个句子中最强。由此可见，从句 a 到句 d，Vanessa 和说话人之间的关系已经逐渐从客观轴调整到主观轴，四个句子的主观性依次增强。

　　在上例中，兰盖克通过具体的语言表达式来展示了他总结出的两种观察设置：最佳式（optimal viewing arrangement）和自我中心式（egocentric viewing arrangement）。在最佳观察设置中，概念主体处于感知域外，注意力集中于客体，这时语言表达式带有最大程度的主观性，以句 d 为例；在自我中心式观察设置中，概念主体进入了感知域，成为被感知对象的一部分，或者是显性参照点，这时的语言表达式具有客观性，以句 c 为例。

　　兰盖克通过眼镜、舞台等比喻生动地描述了他概念中的语言主观性和主观化过程：语句的主观性高低或主观化程度与语言编码形式的多少成反比，语言的主观性越强，观察对象越是脱离舞台，逐渐与观察主体融为一体，从而使语言表述中出现的"自我"成分相应减少。

2. 主观性范畴中的强主观性

　　通过解读兰盖克的观察设置，我们可以了解到：兰盖克的主观性其实是一

第四章 言据性的主观性和交互主观性

种与客观识解相对应的识解维度,而两者最主要的区分在于"言者"是否被显性表述,即通过概念主体处于"台下"还是"台上"来区分主观识解和客观识解。但是,我们从上例中可以发现:四个句子都涉及参照点。句 a 中的时态为过去时,应该是以说话人/概念主体说话时的时间为基本参照点,这里出现了隐性的时间参照点。句 b、句 c 和句 d 中均出现了空间位置参照点,句 b 以另一客体 Veronica 为参照点,句 c 和句 d 以概念主体"me"为参照点。句 b 的参照点虽然是一个客体,但是这个客体在概念主体视域范围内,是服务于主体进行空间定位的客体参照点。句 c 和句 d 的参照点则直接以概念主体为参照点,虽然表现方式不同,前者以显性方式出现在"台上",后者以隐性方式出现在"台下"。因此,按照主观性的常规含义——"以言者为中心"来看,兰盖克所列举的四个句子其实都属于主观性范畴,是以言者的视角、时空感受为基本出发点的主观性表述。由此可见,兰盖克对于主观性的界定是狭义的,他的研究其实是对广义主观性概念的进一步细分:在广义的主观性表述中,如果概念主体在语句中"自我"投入较少,以显性形式参与语句,那么这类主观性表述更加倾向于客观性识解,与之相反的是,如果概念主体在语句中抽离自我,完全关注客体,以隐性形式参与语句,那么这类主观性表述具有最强主观性。具体关系如下图所示:

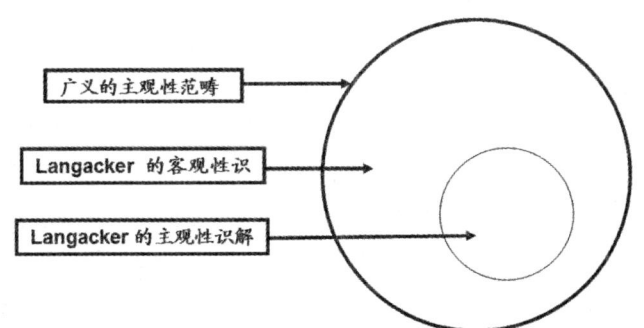

图4-2 兰盖克的主观性概念与广义主观性概念的关系示意图

通过上图,我们可以推导得出,语言表达式是使用者认知识解、加工改造后的产物,主观性是其必然属性,而当表达式中的概念主体隐身时,表明话语参照点已经和概念主体同一，所以该表达式具有相对于其他表达式更加强烈的主观性，我们将其定义为"强主观性"表述。

（1）从主体认知域看强主观性

关于强主观性的认识，我们必须从主观性所依附的主体谈起。主体就是与客体相对应的存在，是指对客体有认识和实践能力的人，是客体存在意义的决定者。在主体范畴研究初期，人和主体并不是同一的，主体是包括人在内的所有实体。直到近代哲学认识论的出现，人和主体才实现了同一。哲学家们认为，人是有意识的认知主体，具有实践能动性，人的意识活动、认识立场和认知识解使主体呈现出个体差异，具有不同的主观性及其实现路径。语言是人类进行沟通交流的重要工具。因为其符号特质，语言成为主体传递信息、表达思想、进行沟通的最佳载体。

在言语交流中，说话人/作者是言语的发起者，是言语主体。客观世界中的信息和知识及其他客观因素通过主体有意识、有目的、有选择的收集、整理、归纳，进入主体的认知域，成为主体认知域中待用的认知知识。当主体进入言语事件中，身处特定语境，面对言语事件的其余参与者，包括听话人和旁观者时，主体成为了言语主体，需要调动认知域中的相关信息、知识，借助语言的常规结构，根据认识立场、交际目的、语用意图、具体语境、交际对象不断调整语言的表层结构，达到顺畅交际的目的，推动言语事件有序进行。在整个言语事件过程中，主体都是有意识地通过语言表征发挥自己的主观能动性，是言语活动的积极参与者，而言语也时刻传递着主体的主观性。

在上述的言语事件中存在着两次投射：第一次投射就是外部世界中各类具有客观属性的实体、知识、信息等通过主体的意识活动投射在主体的认知域中，形成这类客观实体的主观影像，即以信仰、概念、知识、记忆等形式储存在主体认知域中；第二次投射则是主体将自己认知域中储存的信息、知识和其他客观因素投射到语言表征中去，以言语的形式传递给言语事件的其余参与者。在言语事件中，第一次投射可能发生在事件当时，也可能发生在事件之前，是主体根据言语事件的需要随机调用的，第二次投射发生在事件当时，是主体的即时反应。经过主体两次有意识的投射活动，客观世界中存在的实体、知识、信息与言语事件其余参与者接收到的知识、信息会存在差异，带有主体意识，具有主观性，即使两者相符，后者必然带有主体的交际意图和目的。从这个意义上说，主观性是语言表达式的必然属性。

这里需要指出的一点是，本书中所讨论的主体、言语主体都是指具有差异性的个体，不是整体概念。同理，我们研究的主观性也是指单个言语主体的主观性，主体认知域也存在个体差异。既然言语主体的言语必然存在主观性，而主观性会因为主体的个体差异、单个语言表达式所处的特定语境而表现不同，那么主观性就会有强弱之分，形成一个主观性程度渐进线，这条渐进线的两端分别是强主观性和弱主观性。兰盖克在论述中只是说明特定语言表达式在整个言语事件中所处的位置（即台上或台下），并没有提及该语言表达式的主观性程度，但是结合他的观察设置、主观性识解和客观性识解等概念，以及与广义主观性概念的关联性，我们可以推导得出：强主观性是言语主体将自己和参照点合二为一，"自我"完全隐于台下，但是根据语用推理可以从语言表层结构推理出言语主体的存在，与兰盖克的主观性识解相符。前例中兰盖克所列举的四个主客观性依次递增的句子也相应地例证了我们所讨论的主观性程度渐进线，具体如图4-3所示：

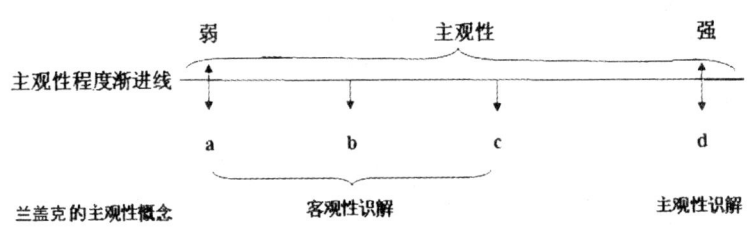

图4-3 主观性程度渐进线

在图 4-3 中，我们通过主观性程度渐进线简单区分了兰盖克用来阐明主客观性差异的四个例句的主观性程度。前例中，句 a、句 b 和句 c 因为与主体的认知参照关系而带有主观性，但是语言表述的差异又使得这些句子带有不同程度的客观性，而句 d 中的主体将自己与参照点合为一体，以隐于"台下"的观察者身份来传递命题意义，这样就使得句子呈现出比前面三个例句更加强烈的主观性，位于主观性程度渐进线的强端。

根据前文的论述，不同的语言表达式传递和表达了言语主体内在的观点和想法，带有不同程度的主观性，有的相对比较弱，在语言表征上呈现出一定的客观性，而有的主观性色彩明显，在语言表征上出现了显性的主观性标记，还有的则具有强烈的主观性，但是在语言表征上却表现出主体缺席的现象。这些语言表达式因主观性程度的差异位于主观性程度渐进线的不同位置，而那些位于渐进线强端的语言表达式被归为"强主观性"表述，它们在具体语境中表现不一，交际双方对于同一个"强主观性"表述也会产生不同的认知识解。

（2）从语篇视角看强主观性

关于语篇，形式语言学派和功能语言学派给出了不同的定义。形式语言学派认为，就结构而言，语篇是由一个以上的语段或句子组成的语言整体，是大于句子的语言单位；而功能语言学派认为，就功能而言，语篇是一个语义单位，是语言使用者根据一定语境所要表达的完整意思，只要句子意义表达完整、相关，无论是单个句子还是多个句子、段落均可构成语篇。形式语言学派关注语言结构的生成和繁衍，研究对象以抽离语境的句子为主，而功能语言学派则侧重研究自然语言的实际应用，在研究中将语法研究和语义、语用结合在一起，研究的范围也从单一的句子扩展至语篇，从语篇整体来研究语言现象。语言的主观性是主体在具体语境中的"自我"反映，虽然脱离了语境的单一句子可以解释和佐证部分主观性现象，但离开了语言使用的核心——语言使用者，即主体，就无法完整地呈现主观性研究。从这个意义上而言，功能语言学派关于语篇的概念更适合我们当前的研究。我们认为，语篇是实际使用的语言单位，是交流过程中一系列连续语段或句子所构成的语言整体，所以从语言层面来看，语篇中各成分之间在形式上是衔接的，在语义上是连贯的；从功能上来说，语篇其实相当于一种交际行为，离不开语言参与者、语境等因素的影响和制约。

语篇不同于单一的句子，也不是句子与句子的简单结合，而是句子之间，或者说命题之间，为了表达语言使用者在特定语境中的完整意义和思想而通过一定的语言结构、衔接手段、连贯形式结合在一起的逻辑整体，因此语篇具有意义完整性、语义连贯性、语境合适性等特征。语篇既然是表达语言使用者思想和意义的语言单位之一，语言使用者的主观性必然贯穿其中，分散于组成语篇的单个命题之中。前文我们已经提到，主观性会因为单个语言表达式所处的特定语境而表现不同，即主观性会有强弱之分。在语篇中，虽然命题的主观性是一个有机整体，但是不同命题的主观性会因为语篇语境和主体构建语篇的特定需求而在程度上有所不同，呈现出明显的强弱差异。当言者主体将"自我"完全隐于台下，去除语篇中的"自我"印记，以一种近乎客观的形式来直陈事实时，主体其实是将该命题的主观性推至主观性程度渐进线的最强端，因为根据我们之前对强主观性做出的解释，如果概念主体在语句中抽离自我，完全关注客体，以隐性形式参与语句，那么这类主观性表述具有最强的主观性。首先，言语是言语主体将生活世界中的客观事实和因素以两次投射的形式传递到语言表层的表现形式，而语篇是这些表现形式的有机组合，所以语篇中出现的客观性或客观形式也只是投射后仍然与其原始形态保持同一的一种情况，两次投射已经使其带有主体的情感、态度、评价、考量等主观性因素的影响。其次，语篇中的每个命题都不是孤立存在的个体，而且相互间密切结合的统一整体，因此命题的主观性也是相互呼应，共同服务于语篇的整体主观性。具有客观形式的语言表达式其实表达了主体的主观观点，是主体为了特定目的而采用的语篇策略，如提升命题的信度和可及性、减弱语言表达式过于主观对命题可接受性所可能产生的影响、减轻自己对命题的责任等。

综上所述，语篇中的强主观性是说话人/作者在语篇主观性整体建构过程中，通过去除显性主观性标记，以相对客观的形式表达主观观点，将听话人/读者的关注点引向命题本身的一种语篇交际策略。

3. 强弱主观性的对比分析

根据我们前文的分析，语篇中的语言表述必然带有主观性，但是不同的语言表述因其在语篇整体主观性中所处的位置和所起的作用不同而存在着程度差异，分布在主观性程度渐进线的不同位置。在特定语境中，说话人/作者在不同命题中会有不同的主观性诉求和安排，示例如下：

a. I know Donald Trump doesn't like to think of himself as small anything.
b. Donald Trump doesn't like to think of himself as small anything.

例子中说话人就同一命题"唐纳德·特朗普并不喜欢别人把他当作小人物"在句 a 和句 b 中使用了不同程度的主观性表述。在句 a 中，说话人在命题之前加上了显性的主观性标记"I know"，表明所述命题源自说话人的个人知识、记忆，或依据认知域内信息所作出的判断或评价。在句 b 中，说话人没有使用主观性标记，只是简单陈述了这一命题，但是从命题内容可以判断出说话人作为言语主体的存在。这是因为句中的"doesn't like"表明该命题涉及句子主语个人的喜好，之后出现的"think of himself"进一步表明这是句子主语对自己的评价和态度，句子主语是该命题的直接信息源，句子主语之外的其他人只能通过外部相关信息或知识做出类似判断，所以这样的命题必然源自说话人的认知域。这里，说话人在命题中去除主观性标记，借助句子主语个人判断的形式来表达自己对句子主语的观点和态度，使"自我"隐于台下，将听话人的关注聚焦于命题，从而使命题具有比句 a 更强的主观性。

通常情况下，以客观形式出现的话语会使命题显得中立、不带个人色彩，从而提升命题在听话人认知域中的信度，所以人们在公开表达自我观点过程中常常会采用这种方式，但是在语言的实际应用中，情况并非总是如此。其实，这种"去我质"的语言表述用语言表征的客观性表达了主体的个人观点，如果命题涉及到他人的个人观点和态度时，因为信息来源的特殊性，强主观性色彩会增加命题真值被听话人质疑的风险，所以在论辩语篇中，说话人对这种表述形式的采用也是非常谨慎的，例如在实际辩论过程中，说话人就选用了主观性相对较弱的句 a，以"I know"标记了命题信息来源和责任归属。

三、语言的交互主观性

交互主观性是在主观性的基础上产生的。交互主观性研究源自哲学领域的现象学研究。从哲学层面来看，生活世界是交互主观性的基础，而反映生活世界的语言是体现交互主观性的物质媒介。我的自我只有在与他人的自我的联系中才能得以理解。从语言分析的角度来说，"我"（第一人称）与"你"（第二人称）和"他"或"她"（第三人称）是不同的。只有当主体（言语主体）意识到除我之外的其他主体的存在，并予以一定关注时，言语交际的交互主观性研究就从主观性研究中分离出来了。而语言的交互主观性回溯到哲学研究中，就是说话人/作者对听话人/读者的态度和评价，体现了说话人/作者自身的意识和态度，言语主体通过与其他主体的意识及意识相关物的同感，在言语交际中发生交互关系，进而区别出自我，从更深的程度上凸显自我。

1. 语言交互主观性的主要研究

1958年，本伍尼斯特（Benveniste）在《语言的主观性》中，首次将"交互主观性"概念从"主观性"中区分出来，他认为语言的交互主观性是说话人/作者与听话人/读者之间的一种关系，也是语言精华所在，只有当说话人/作者意识到自己是"I"，而听话人/读者是"You"的时候，语言交际才可能进行。说话人/作者与听话人/读者之间的关系不仅是语言交际的基础，也体现了交互主观性，"在交际过程中，话语'参与者'作为'言者主语'也应该同时意识到其他参与者的'言者主语'的地位"[①]。

近年来，交互主观性研究逐渐与话语接受者对话语的理解研究联系在一起。美国学者狄波拉·希夫林（Deborah Schiffrin）指出："主观性和交互主观性就是话语事件中动作者的活动（它包括动作者期望达到的感知效果以及预期之外的感知结果）和听话人对所有可接收信息的理解之间的相互作用。"[②] 由此可见，交互主观性包括说话人/作者对听话人/读者的关注，以及后者对前者话语的理解和反应。

特劳戈特（Traugott）从语言历时演变的角度来考察语义和语用的主观化演变过程，强调意义变得越来越依赖于说话人对命题内容的主观信念和态度。[③]

---

① Elizabeth Closs Traugott and Richard B. Dasher, *Regularity in Semantic Change*, Cambridge: Cambridge University Press, 2002, p.20；Elizabeth Closs Traugott, "From Subjectification to Intersubjectification", R. Hickey ed., *Motives for Language Change*, Cambridge: Cambridge University Press, 2003, p.128.

② Deborah Schiffrin, "The Principle of Intersubjectivity in Communication and Conversation", Semiotica, 1990, (80).

③ Elizabeth Closs Traugott, "On the rise of epistemic meanings in English: An example of subjectification in semantic change", Language, 1989, (65)；Elizabeth Closs Traugott, "Subjectivization in grammaticalization", D. Stein and S. Wright eds., *Subjectivity and Subjectivisation: Linguistic Perspectives*, Cambridge: Cambridge University Press, 1995.

在交互主观性的研究中,他也采用了动态发展的研究模式,关注带有主观性和交互主观性的话语标记及其演变过程。他认为,主观性和交互主观性的表达是语义和语用意义的焦点,主观性表达了说话人的态度和观点,而交互主观性则体现了说话人对听话人的"自我"关注,体现出前者对后者的认同和关注。[1] 主观性产生于交互主观性之前,交互主观性蕴涵于主观性之中,因为根据特劳戈特的观点,(在意义变化过程中)虽然有时判定一个新出现的意义是否确实带有主观性很困难,但交互主观性出现在主观性之前从假设上来说不具可能性,因为意义是由说话人/作者根据交际目的来把握。[2]

根据莱昂斯的主观性定义,特劳戈特就交互主观性给出了一个相似的定义:"交互主观性"一词是指说话人通过自然语言结构及其常规手段表达自己对听话人态度、信念的方式,尤其是对他们的"面子"或"自我形象"的关注。[3] 相比于主观性,交互主观性表达具有以下特点:a. 有明确的社会指示语;b. 有明确的标记语表明说话人/作者对听话人/读者的关注;c. 从合作原则上看,关联准则起主导作用,即言语表述隐含更多言外之意。[4] 从历时的角度看,交互主观性是在交互主观化过程中产生的,是一个动态变化过程。在这个过程中,话语意义逐渐聚焦于听话人/读者,即听话人/读者从原本从属于说话人/作者、游离于语言研究中心之外的地位逐渐上升,越来越得到说话人/作者的关注。特劳戈特 (Traugott) 的交互主观性观点突出了说话人/作者对听话人/读者情感、社会需求的关注,是为了增进双方之间情感认同和认知

---

[1] Elizabeth Closs Traugott and Richard B. Dasher, *Regularity in Semantic Change,* Cambridge: Cambridge University Press, 2002;Elizabeth Closs Traugott, "From Subjectification to Intersubjectification", R. Hickey ed., *Motives for Language Change,* Cambridge: Cambridge University Press, 2003.

[2] Elizabeth Closs Traugott, "From Subjectification to Intersubjectification", R. Hickey ed., *Motives for Language Change,* Cambridge: Cambridge University Press, 2003, p.134.

[3] Elizabeth Closs Traugott, "From Subjectification to Intersubjectification", R. Hickey ed., *Motives for Language Change,* Cambridge: Cambridge University Press, 2003, p.33.

[4] Elizabeth Closs Traugott and Richard B. Dasher, *Regularity in Semantic Change,* Cambridge: Cambridge University Press, 2002, p.23;王敏、杨坤:《交互主观性及其在话语中的体现》,《外语学刊》2010年第1期。

感受，从而促进话语交际顺畅进行而采取的一种礼貌行为，而这些体现交互主观性的话语标记随着说话人在话语交际中的持续、反复使用，出现了交互主观化的趋势。

　　吴福祥同样指出，交互主观性指的是说话人/作者用明确的语言形式表达对听话人/读者"自我关注"，这种关注可以体现在认识意识上，但更多的是体现在社会意义上，即听话人/读者的"面子"。① 他的观点比较倾向于社会语言学研究路向，符合英国语言学家杰弗里·利奇(Geoffrey Leech)倡导的礼貌原则，即为了遵循礼貌原则，满足对方主体的"面子"需求，言语主体通过调整语言符号的主观性，使其在言语交际中呈现出交互性，达到顺畅交际的目的。

　　弗尔哈亨对主观性的阐释是基于主体和主体间，他从主观性研究走向了交互主观性研究。他认为语言的主观性有两层含义：一方面，主观性指的是主体（认知者）对客观世界的感知不同于被感知的客体，即个人的想法和信仰不是对世界的直接反映，两者因主体的认知识解而存在着差异；另一方面，主观性反映了不同主体的自我思想和观点，即是个人的而不是共享的。② 这样，在弗尔哈亨的主观性含义中，前一层含义突出强调主体在语言使用中的主观能动性，侧重主体视角，而后一层含义凸显的是主体间视角，反映了不同主体认知系统相互协作的关系，是交互主观性的基础。

　　弗尔哈亨认为，语言使用与人们的基本认知协作能力密切相关，交互主观性是交际双方的这种认知协作能力在语言交际中的反映，交际中话语意义的成功表达和理解从很大程度上应体现为说话人/作者与听话人/读者两者心理空间的交互认知协作，主要是前者对后者的关注并试图对后者施加影响。③ 这样，弗尔哈亨的关注点从对主体的认知识解转向对主体间的认知识解，强调言语主体通过对听话人/读者认知活动的了解和语用推导来实施语言的交互主观性，

---

① 吴福祥：《近年来语法化研究的进展》，《外语教学与研究》2004 年第 1 期。
② Arie Verhagen, *Constructions of Intersubjectivity: Discourse, Syntax, and Cognition*, Oxford: Oxford University Press, 2005, pp.4-5.
③ Arie Verhagen, *Constructions of Intersubjectivity: Discourse, Syntax, and Cognition*, Oxford: Oxford University Press, 2005.

影响和引导后者朝着自己的既定交际目标推进。

2. 交互主观性研究中的其他研究路向

在语言交互主观性研究的过程中,也有不少学者另辟蹊径,以多维度、多层面识解的形式推动该领域的研究不断向纵深发展。

莱昂斯根据本伍尼斯特的交互主观性概念和研究思路,提出带有"自我"印记的语言表达式拥有复杂的动态特质,即这些语言表达式既是言内主观性的产物,又体现了言内主观性产生的过程:"……在带有'自我'印记的语言表达式中,被表达的自我和自我表达没有明显区别……没有单一的、在所有经历中都保持恒定的,尤其是在和他人的所有接触中都保持恒定的自我,而只有自我的群体——不是一个人,而是一群人——他们中的每一个个体都是与他人以往接触经验的产物,这些以往的接触包括对话、言际、会话接触……总而言之,言内主观性其实就是言际主观性,因此主观性,至少是体现在语言中的主观性……就是交互主观性。"①

根据上文,我们可以知道,在莱昂斯的言内主观性识解中,主观性就是交互主观性,两者具有同一性。在交际中,言语所表达的主观性并非唯一中心的、前后一致的,而是多重的,即带有"自我"印记的语言表达式的主观性来源不是单一的,存在着多个主体,表达复合主观性。在语言中,自我通过话语和交际得以建立,而从本质上讲,这样的自我只是话语和交际在某一语境、某一时刻的临时性产物,随着话语和交际的进行以及语境的变换,自我会不断产生,而且前一自我与后一自我并非总是同一的,这样就构成了一个自我群。莱昂斯将本伍尼斯特概念中的"他者",即听话人/读者,纳入自己的主体范畴中,通过主体群概念将本伍尼斯特的言际交互主观性识解成了具有多重性的言内主观性,这样就为研究交互式语言交际中的主观性和带有"自我"印记的语言表达式拓展了研究思路和方法。

比利时学者扬·纳兹(Jan Nuyts)采用了完全不同于本伍尼斯特、特劳戈

---

① John Lyons, "Subjecthood and subjectivity", M. Yaguello ed., *Subjecthood and subjectivity: proceedings of the colloquium, the status of the subject in linguistic theory,* Paris: Ophrys, 1993, p.14.

特的标准来区分主观性和交互主观性。他指出，如果一个话语的发出者完全根据自我进行评价，那么这样的评价就是主观的；如果话语发出者暗示他/她将与更多的人（可能包括听话人）分享评价的时候，这样的评价就具有交互主观性。① 通常需要指明的是，观点是个体单独持有，还是有共享人（主观性或交互主观性），是中立的，还是带有主观倾向性的个人评价（主观性或客观性）。② 因此，纳兹的交互主观性是与客观性相关联的。他首先根据个体做出某一观点时的态度中立与否区分了主观性和客观性，然后根据该观点的共享范围进一步区分了主观性和交互主观性，如果个人的主观性观点和评价能够让更多的人分享，在一个更大的范围内得到认可，那么这样的观点就具有了交互主观性。由此可见，纳兹的交互主观性是建立在主体观点的受众面上，以主体的主观能动性为主导，话语交际中的其余主体，包括听话人/读者，仍然处于从属地位，以无个性区分的客体形式存在于言语交际过程中。从这个意义上说，纳兹的交互主观性中并不存在真正具有同等地位的交互主体，仍然是传统的主客体关系，这也就失去了语言交互研究的意义。

3. 语言交互主观性研究小结

语言是社会产物，是主体与生活世界中的其他主体进行思想交流、传递信息、进行实践活动的物质工具。从语言学视角来看，言语交际中的言语主体是以在客体或客观性中发现"自我"、表达"自我"为基本出发点，然后伴随着主体意识的日趋成熟和完善，逐渐形成了与自然语言常规结构不断融合的主观性语言表达式或语言标记，同时也推动了主观性研究向更加纵深的方向发展。

随着主观性研究的深入，言语主体从"自我"中区分出"他者"，意识到言语交际中其他主体的存在。在表达"自我"的阶段，言语主体完全关注自己的感受、思想、态度，语言亦服务于主体"自我"表达的需要，其他主体虽然存在，但是游离于言语主体关注的焦点之外，没有得到应有的重视。进入实际

---

① Jan Nuyts, "Modality: Overview and Linguistic Issues", W. Frawley ed., *The Expression of Modality.* Berlin, DEU: Mouton de Gruyter, 2005, p.14.

② Jan. Nuyts, "Modality: Overview and Linguistic Issues", W. Frawley ed., *The Expression of Modality.* Berlin, DEU: Mouton de Gruyter, 2005, p.18.

言语交际后，言语主体意识到"自我"的表达和传递需要有接收的对象，"自我"之外必须存在有异于"自我"的"他者"。这个"他者"不是与"自我"同一的个体，而是与主体存在相似性，主体可以由此获得同感的其他主体。

"他者"进入主体视域，在言语交际中获得了与主体相对应的地位，言语主体也相应地从"自我"中脱离出来，重新审视两者间的关系，从主体间关系的角度重新考量言语交际的实质，这样语言的交互主观性研究就从主观性研究中分离出来，形成新的语言研究路向。

本伍尼斯特将"I"和"You"区分开，将主观性和交互主观性分离，为交互主观性研究在语言学研究领域的起步奠定了基础。莱昂斯试图通过主体群的概念将交互主观性重新引回主观性研究的轨道上，却在同时拓展了语篇、话语中多主体、即时主体的概念。特劳戈特、希夫林、吴福祥等人的研究都是从听话人/读者的认知感受和社会需求切入，以满足听话人/读者的"面子"或"自我形象"为基本考量来考察语言结构或者话语标记在言语交际中的作用和功能转变。特劳戈特立足于语言历时演变，从主观性和主观化研究走向交互主观性和交互主观化研究，但是满足听话人/读者的社会需求、将听话人/读者的认知识解和意义理解纳入主体考虑的范畴，这并不是主体从"自我"中区分出"他者"的全部目的，主体需要更进一步通过这些语用参数、通过对其他主体意识的同感来尝试影响和引导后者的感知、认知和情感向着自己的既定方向和目标前进，交互主观性研究的实质就是通过语言表征变化来观察和研究主体在这方面的主观性努力。从这个意义上讲，纳兹的研究仅仅是从观点和评价的共享程度来区分主观性和交互主观性就将问题简单化了，无法深入地解释语言表征在主观性和交互主观性间切换的原因。而费尔哈亨的研究与这个实质相符，他以语法、句法这些语言的根本为切入点，从语言形式上探讨语言的交互主观性，用实例论证了语言的交互主观性不仅仅存在于主体理念中，不仅仅是主体的意向性，而是具体体现在语言表征中，交互主观性可以从哲学领域的纯粹思辨走向语言学领域的实证研究，这也引导着我们选择从语篇视角研究语言的交互主观性，进一步论证交互主观性存在的合理性和必要性。

4. 交互主观性标记与实例分析

交互主观性是指说话人/作者将关注的重点从自身转向听话人/读者，

目的是触发听话人/读者认知域中相应的关注和理解，使其参与话语事件中，建立起相互之间的认知协作关系。通常，交互主观性在语言中主要通过显性的社交指示语（主要包括人称代词）、礼貌标记（主要包括敬语、模糊限制语和情态动词）及话语策略（主要包括插入语、话语标记、评价副词）的使用来实现。

（1）社交指示语

在社交指示语中，人称代词的使用和变换对于语言的主观性和交互主观性有直接的影响。第一人称单数在话语中出现，表明言者主体以显性的方式参与话语中，即出现在"台上"。言语主体通过人称将自己定位为当前话语的出发点，直接表达自己对当前话题的情感、认知、态度、评价等个体主观感受，这样的言语表述带有主观性色彩，属于主观性标记。第一人称复数在话语中出现，替代第一人称单数，表明言者主体将说话人/读者引入同一言语事件中，和自己同处于"台上"，成为关注的焦点，虽然主体不再是关注的唯一焦点，但是主体仍然在话语中保留了"自我"的位置。同一话语中，交际双方都以显性的形式出现，在言语事件中形成了对话场景，因而这样的语言表述具有明显的交互主观性，例如：

a. I said that I would cut taxes for middle-class families and that's exactly what I did.

b. I also believe that we've got to look at the energy source of the future, like wind and solar and bio-fuels, and make those investments.

c. We've got 23 million people out of work or stop looking for work in this country.

在例子的句a中，主体以"I"的形式出现，阐述自己的承诺及其兑现情况。当前话语涉及主体责任，与主体密切相关时，需要以显性"自我"来向听话人表明自己的立场和责任感，所以主体选用了体现主观性的第一人称单数。在句b中，句子由主句和宾语从句构成，在主句部分，主语人称选用了"I"，而在宾语从句部分，主语人称选用了"we"。主句阐述了主体的信仰，属于主体认知域的核心知识，主体选用第一人称单数，表明自己对后面命题真值的强烈信心，具有主观性。而在从句部分，主体将第一人称从单数替换成了复数，将听话人和其他参与者引入言语事件，与自己处在同一场景，主要是希望听话人和其他参与者能够从自己的视角、以自己的立场来识解整个言语事件，其次是表明自己所述的信息具有共享性。这样，说话人通过从句部分的交互主观性标记提升主句部分主观性的信度。在句 c 中，说话人以 "we" 的形式来表现交互主观性。句 c 主要阐述了目前国内不景气的就业情况，如果使用主观性标记，容易拉近说话人和事件责任之间的距离，形成主体应对就业不景气负责的不利印象。通过第一人称复数形式，主体拉近与听话人的社会距离，使听话人和自己站在了同一认识立场上，通过 "移情" 使其感同身受。

第二人称在话语中通常指向听话人/读者，是言语主体的交际对象，如果以显性的形式出现，表明言语主体对听话人/读者的关注，并且在言语事件中形成双方直接对话的虚拟场景，这样有助于拉近交际主体间的距离，增进彼此间的人际关系，因此第二人称具有交互主观性特征。例如：

And it's actually an accounting treatment, as you know, that's been in place for a hundred years.

句子中出现了第二人称。这个例句出自 2012 年美国总统大选的第一场电视辩论赛，双方就税收政策展开了激烈的辩论。随着讨论接近尾声，双方已经完全投入辩论中，由最初的各自展示观点到驳斥和指出对方政策中存在的问题和漏洞，言语也随之由主观阐述为主逐渐向主体间交流为主，交互主观性标记和表述不断增多。相比于第一人称单数，第二人称在语篇中出现较少，多见于口头话语。说话人借助第二人称，使 "自我" 隐于台下，凸显听话人，使之成为话语关注的焦点，一方面可以体现出对听话人在话语中所处地位的尊重，拉近双方之间的距离，另一方面说话人为自己构建了一个新的视角，即说话人从听话人的认知域出发来表达自己的态度和观点，从主观上引导听话人向自己的认知域靠近。在上例中，罗姆尼对美国能源部当前对石油企业的税收政策提出了质疑，认为并没有真正得到有效实施，as you know 将奥巴马直接引入当前的言语事件，触发奥巴马对认知域中相关事件的认知感受，从而使其在自觉的情况下做出罗姆尼想要得到的回答。奥巴马随后插入话语：It's time to end it（是该结束它的时候了），表明在主观上接受了罗姆尼的引导。

（2）礼貌标记及话语策略

交互主观性指的是说话人/作者用明确的语言形式表达对听话人/读者"自我关注"，这种关注可以体现在对听话人/读者的"面子"的关注上。① 说话人/作者关注听话人/读者的"面子"，或"个人形象"，主要通过语言层面的礼貌标记以及话语策略来体现。从语言角度来看，礼貌标记及话语策略是指通过称谓、话语标记、模糊限制语、情态动词、委婉语、评价副词等语法单位和语言结构的调节和变换来表达语言使用者对话语对象尊重的语言表征。在下面的例子中，说话人遵循语言交际中的礼貌原则，通过各类礼貌标记及话语策略来维护听话人的"面子"，从而使交际具有明显的交互主观性。

a. <u>Mr. President</u>, all of the increase in natural gas and oil has happened on private land, not on government land.

b. And, <u>you know</u>, <u>Governor Romney</u>, I'm glad that you agree that we have been successful in going after Al Qaida.

c. Energy is critical, and the president pointed out <u>correctly</u> that production of oil and gas in the U.S. is up.

d. <u>My</u> friend and the governor say it's based on conditions.

在句 a 中，说话人通过句首的尊称"Mr. President"，一方面向听话人表达自己的敬意，同时引起听话人对自己接下来的话题的关注。在日常交流中，言语交际要表达的许多意义往往可以通过称呼表达出来的。在听到对方对自己的不同称呼或不用称呼时，听话人会推测说话人的意图和目的，从而在心理上做好进一步交谈的思想准备。这里，说话人将听话人的注意力引向自己的论点，让听话人从主体的视角来解读和理解自己的观点。在句 b 中，话语标记"you

---

① 吴福祥：《近年来语法化研究的进展》，《外语教学与研究》2004 年第 1 期。

know"和尊称"Governor Romney"功能相似，目的是在表达礼貌之外，同时指明后面的命题信息是交际双方共享的。在这句话中，主要证素"I'm glad"指明命题信息是源自说话人认知域，具有明显的主观性，但是"you know"和后面的证素"you agree"相互照应，表明信息是听话人之前的公开表态，对双方具有同等可及性，即信息具有交互主观性，这样证素"I'm glad"的主观性建立在前后话语标记和称谓的交互主观性基础上，提升了主观性观点的信度。在句 c 中，说话人用限制语/评价副词"correctly"来修饰证素"the president pointed out"，证素的主语是听话人，而"correctly"却是说话人的态度评价，这样通过同一个证素，听话人和说话人共同参与编码了后面的命题信息，其交互主观性不言而喻。从上下文判断，句 d 中的"my friend"应该是指向听话人，这是一种维护两者"形象"的委婉说法，因为这个词汇所代表的关系与两者之间的实际关系恰恰相反。说话人没有使用规约性的称谓和人称代词，而是选用了一个表明两者之间关系的委婉语，主要是为了缓和后续话题的攻击性。

四、交互主观性倾向

1. 示例

根据前文，我们已经对语言的主观性和交互主观性进行了区分：主观性是言语主体在语言中的"自我"印记，表达了说话人/作者对所述命题的主观诉求；交互主观性是言语主体对其他主体的认同和关注，表达了说话人/作者通过对听话人/读者情感认知、社会需求、识解过程的了解和关注，来影响和引导其参与当前话语事件，以期达到既定的交际目的或者实现说话人/作者的意向性。主观性是交互主观性的基础，交互主观性是主观性在话语交际中的延伸。两者虽然在意向上是同一的，但是在实现的方式和途径上存在在差异，表现在语言表征上尤为明显。例如，人称代词的使用和变换可以使两者出现明显的界限。第一人称单数是具有强烈主观性的话语标记，而第一人称复数和第二人称属于具有明显交互主观性的话语标记。可是人称代词中的第三人称是否是说话人用以陈述客观事实、体现命题客观性的话语标记？还是具有指示功能的主观性标记？让我们来看下面的例子。

a. Under the president's policies, middle-income Americans have been buries. They are just being crushed.

b. I was in Dayton, Ohio, and a woman grabbed my arm, and she said, I've been out of work since May. Can you help me?

句 a 中使用了第三人称复数"they",句 b 中出现了第三人称单数"she"。两者是否同属于客观性标记呢?在句 a 中,说话人使用第三人称,表明命题的参照点是说话人,是从说话人的视角来阐述命题,即命题信息源自说话人的认知域,这是客观事实经过两次投射后表现在语言层面上,所以仍然具有主观性色彩。说话人去掉了主观性标记以凸显命题信息与客观事实的同一,从而增强所述命题的客观性,提升命题在听话人认知域中的信度。从这个意义上说,句 a 中的"they"不属于客观性标记,而是具有客观性倾向的主观性标记,在前面我们所论述的主观性程度渐进线中位于弱主观性的位置。

在句 b 中,说话人同样使用了第三人称,与句 a 中的"they"一样具有主观性属性。但是两者又不是完全相同。这里,说话人通过"she said"的使用,转述了这个妇女当时说的一番话。说话人在话语交际的过程中,通过转述将属于第三方的信息或知识传递给听话人,同时在转述中使用第三人称,将"自我"印记从语言表征上去除,以增强命题的客观性。这样的语言表述具有去"我"质特征,在最大限度内减少了命题的主观性,转向更加客观中立的表达形式。但是转述内容的选择和表达仍然源自说话人的认知域,说话人可以根据具体需要来进行裁剪、调节和控制,所以主观性是基本属性。同时,说话人将第三方引入言语事件,可以通过第三方的知识、态度、评价等为自己观点提供支持,从而影响听话人;或者通过转述第三方的话语间接表达自己的观点和态度,拉远自己和命题的距离,减少直接责任;或者通过第三方高信度的话语更加准确恰当地表达自己的想法和评价,提升整体观点被听话人接受的可能性,等等。由此可见,转述话语中的第三人称是具有交互主观性意向,但是以去"我"质形式呈现的语言标记,应该属于主观性和交互主观性的中间态,我们称其为"交互主观性倾向"的话语标记。

2. 定义和表现形式

交互主观性倾向是介于主观性和交互主观性之间的一种语言属性。从语言表征上看，在具有交互主观性倾向的语言表达式中去除了显性的"自我"印记。从本质上看，言语主体因语言表现形式的不同而具有不同程度的主观性，或者起着命题参照点的作用，即兰盖克所说的客观性识解，或者起着从整体上操纵和调控命题的作用，即我们在前文中提到的强主观性。无论是两种情况中的哪一种，交互主观性倾向必然位于主观性程度渐进线上，属于主观性范畴。从形式上看，在当前的言语事件中，说话人/作者与听话人/读者仍然保持沟通状态，只是沟通的方式发生了改变。主体通过转述和引用第三方所拥有的知识、观点、态度和评价等，将自己的观点和评价置于一个接受范围更广的平台上，从而对听话人/读者产生更大的影响，更好地引导听话人/读者向自己的认知域靠近。形象地说就是，当说话人/作者和听话人/读者在话语交际中处于势均力敌状态时，第三方的加入必然会打破原有的力量均势，向着某一方倾斜，而作为言语主体，说话人/作者更希望向着己方倾斜。总而言之，交互主观性倾向是具有交互意向的主观性，位于主观性域内，但是与交互主观性非常接近。

交互主观性倾向主要表现为转述话语，包括直接转述和间接转述，在语言中主要通过具有转述性质的副词、句子结构、插入语等来体现。例如：

a. That's explicitly prohibited in the law.
b. That's why independent studies looking at this said that the only way to meet Governor Romney's pledge of not reducing the deficit or not adding to the deficit is by burdening middle-class families.
c. In fact, it's estimated that by repealing "Obamacare", you're looking at 50 million people losing health insurance at a time when it's virtually important.
d. But, as Abraham Lincoln understood, there are also some things we do better together.

句 a 中的"explicitly"、句 b 中的"independent studies looking at this said"、

句 c 中的"it's estimated that"和句 d 中的"as Abraham Lincoln understood"四个证素均属于具有交互主观性倾向的话语标记。其中，句 a 中的"explicitly"是表示状态的副词，意为"清楚的、明晰的、显而易见的"。从单个词义来看，这个词并未交代命题信息来源，只是一个笼统、模糊的概念，但是在句 a 中，联系句内语境和整个语篇语境，我们可以推断出"explicitly"指向后文中的"law"，即后者是前者隐含的信息来源，而前者对后者的属性特征进行概括并前置提示。因为是对主体主观性活动的概括，提示主体转述了信息源中的部分内容或属性，所以"explicitly"是具有转述属性的副词，表达了说话人的交互主观性倾向，同类词汇还包括：accordingly、exclusively、inclusively、reportedly、famously，等等。

句 b 中出现的"independent studies looking at this said"是交互主观性倾向标记的典型结构，即转述结构：第三方信息源＋转述谓语动词＋转述信息内容。在句 b 中，说话人采用了间接转述，在一些情况下，说话人也会采用直接转述，即通过引用原封不动地传递第三方信息。两种转述形式的区别不在于是否具有主观性和客观性上，而在于主观性表现程度上的差异。和直接转述相比，间接转述因为语言表征在人称、时态、语态、方位等指示词上发生了变动，主观性特征会表现得更加明显具体。

句 c 中出现的"it's estimated that"是交互主观性倾向标记的一个变形结构，句中没有明确交代后续命题的信息来源，拥有该信息的第三方是模糊的、笼统的，这样的信息可能源自说话人的主观推理和猜测，也可能源自说话人认为双方都应该知道的第三方，也可能是源自前文中已经出现过的第三方。言语交际中，隐含或者不交代第三方信息源也是转述话语中的常见现象，说话人通过这样的言语策略可以回避命题责任的追究，将听话人关注的焦点引向命题本身。类似结构还包括 it is reported that、it is said that 等。

句 d 中的"as Abraham Lincoln understood"属于句中的插入语，用以交代后一命题的信息来源，表明命题并非源自说话人，而是转述自第三方，说话人通过引用第三方的观点向听话人辅证自己观点的信度和可接受性，因此这样的结构也是交互主观性倾向标记。拥有同样属性和功能的结构还包括：according to X、as X says、in one's words、under one's interpretation 等。有时，说话人会隐含信息来源，采用以下转述结构：as an old saying goes、as a famous man says、as is know to all 等。上述结构以插入语或者状语形式出现在句中的不同位置。

五、主观性和交互主观性连续统

在话语中，语言使用者通过采用一定的认识立场来合理调整自己与客体、其他主体、外部世界的关系。根据上文的分析，这个认识立场主要包括主观性和交互主观性两个方面。语言的主观性表明说话人/作者对命题的观点和评价仍然停留在说话人/作者的主体域，而交互主观性则表明说话人/作者已将视角转向听话人/读者，在识解和评述命题的过程中已经将对方的认知和理解包含在内，逐渐进入听话人/读者的认知域，形成了主体间关系。语言使用者在语言表述中所体现的主观性和交互主观性构成了一个连续统，其各个分类之间的关系如下图所示：

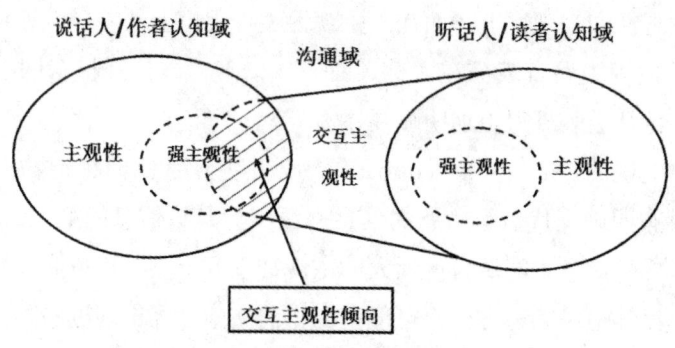

图4-4 主观性和交互主观性连续统

在图 4-4 中，说话人/作者和听话人/读者拥有独立的认知域。在各自的认知域中，外部世界的客观事物、事件及其他因素通过主体的认知识解被投射到内部的认知域中，成为主体主观性认识的一部分。同时，这些主观性认识因为信息来源、获取方式、与主体意向符合度的不同而存在着信度差异，因此主体对它们的接受和信赖程度也不同。这些主观性认识分布在信度层级系统的不同位置，信度最高、与主体意向最为符合的那部分认识成为主体认知域中的强主观性认识，即在主体认知中最接近客观性的认识。但是因为不同主体认知域中的信息信度层级系统并不是完全相符的，存在个体差异，所以强主观性认识也具有个体差异，在内容、范围、程度等方面都有可能不同。同时，在交际双方各自的认知域之间，由于交互主观性还形成了一个沟通域，在特定语境中不同语言表达式的交互主观性各异，它们分布在沟通域的不同位置，与听话人／读者的认知域无限接近。除此之外，在说话人／作者的主体域与这个沟通域交界处还存在着一个模糊地带，即图中的阴影部分。处于这个地带的语言表达式以言语主体的认知域为主要参照点，因而具有主观性，但是语言表达式中言语主体出现了缺席情况或者处于受事地位，目的是通过新的沟通方式与听话人／读者继续进行观点交流，所以它们又带有交互主观性趋向，即具有交互倾向的主观性表述。

六、言据性的主观性和交互主观性

1. 人称代词与言据性的主观性和交互主观性

言据性与句子中人称的选用有密切的联系，因为言据性是通过证素向听话人或者其余话语参与者明示信息来源，即所述信息是源自双方共享的背景信息，还是源自说话人或听话人的个人感官感受或认知心理体验，还是源自第三方，这样，在信息的所有者和话语主语之间必然产生一定的关联性，说话人在传递言据意义时必须使两者具有一致性。

不少学者在研究中提及并讨论了这一现象。艾亨瓦尔德在著作《言据性》一书用第七章整章篇幅系统地讨论了具有形态证素的语言中证素使用与人称的关联性。[①] 她指出，在拥有形态证素的语言中人称的使用受到了限制，例如在波莫（Pomo）的东部，句子中不能出现没有明示信息感知者的证素，即便是传递非视觉型信息的后缀，虽然信息感知者是说话人这一点确定无疑，但是还是必须明确标识信息感知者。她进一步提出了关于言据性系统中的"第一人称效应"（first person effects）：以具有两类形态证素的语言为例，当第一人称和

---

① Alexandra Y. *Aikhenvald, Evidentiality,* Oxford: Oxford University Press, 2004.

编码非第一手信息的证素连用时，表明行为是无意识的、不受控制的，而第一人称和编码第一手信息的证素连用时则传递了相反的含义，即行为是说话人有意识的自觉行为。①吉冯指出，第一人称做主语的句子通常不使用编码间接信息的证素，因为在大多数情况下说话人是讨论自己直接目睹或者亲身体验的事，这种情况下使用编码间接信息的证素是不合适的。②安德森在研究零证素现象时发现了证素使用与人称类型的密切联系，他认为："假如说话人或听话人是事件的参与者或知晓方，证素，尤其是指向间接信息的证素通常不使用。"③根据澳大利亚学者大卫·弗莱克(David Fleck)的观点，推理和推测型陈述中很少或从不使用第一或第二人称做主语，而在直接体验型陈述中三种类型的人称都会出现。④然而，言据性与句子人称之间的关联性虽然得到大多数学者的认可，但是具体有什么样的关联，关联程度有多密切，是否存在一定关联等问题并没有在学界达成一致的意见。例如，格罗内迈尔(Gronemeyer)在研究立陶宛语（Lithuanian）的言据性表述时指出，尽管人称和证素的使用之间存在着一定的关联性，但是第一人称做主语的句子并不是一定要使用编码直接信息的证素⑤，这就和前面的学者产生了分歧。

根据前文中提出的言据性信息来源分类模式，结合三类人称的属性，我们可以从主观性和交互主观性视角来观察英语中言据性表述和人称选用之间的关系，具体如下：

（1）正如艾亨瓦尔德所说，第一人称与言据性有着特殊的关联性。证素的各种类型都或多或少地带有说话人的主观性作用和影响，而第一人称单数"I"是主体在语言层面的"自我"体现，所以第一人称单数在言据性中具有独特的

---

① Alexandra Y. *Aikhenvald, Evidentiality,* Oxford: Oxford University Press, 2004, pp.218-219.
② Talmy Givón, Syntax: *A Functional-Typological Introduction Vol. I,* Amsterdam / Philadelphia: John Benjamins Publishing Company, 1984, p.308.
③ Lloyd B. Anderson, "Evidentials, Paths of Change, and Mental Maps: Typologically Regular Asymmetries", Wallace Chafe and Johanna Nichols eds., *Evidentiality: The Linguistic Coding of Epistemology,* Norwood, New Jersey: Ablex, 1986, p.277.
④ David W. Fleck, "Evidentiality and double tense in Matses", *Language,* 2007, 83(3).
⑤ Claire Gronemeyer, *Evidentiality in Lithuanian. Working papers 46,* Lund University, Department of Linguistics, 1997.

地位。第一人称单数指明信息源自说话人，即说话人就是信息的感知者，而从前文的论述中，我们已经知道，说话人所述命题信息都是客观世界信息经过在主体认知域内的两次投射再由说话人通过语言表征传递出来的，即所有信息源自说话人的主体认知域，从这个意义上而言，第一人称单数可以和编码各种信息来源的证素连用。此外，一些证素在使用过程中，虽然没有明示信息的拥有者是谁，但是预设了第一人称单数"I"为信息感知者，例如副词 presumably、probably、obviously、clearly 等。

（2）第一人称复数"we"和第二人称单复数"you"与言据性表述连用可以体现主体的交互主观性。在语篇中，说话人很少将人称"we"、"you"与言据性表述连用，因为这两个人称都涉及听话人掌握的信息，根据吉冯的观点，第二人称在言据性表述中出现的很少是因为第二人称就是指向听话人，只有听话人才最了解自己的情况。这样，只有当命题信息是说话人和听话人双方共享的时候，这两个人称才适合使用。但是在论辩语篇中却出现了相反的趋势，说话人/作者在话语中越来越多地使用这两个人称，甚至将"we"和"you"与编码个人信息的证素连用，通过人称使用将说话人/作者自己掌握的信息提升为双方共享的信息。语篇言据性的这种趋向表明说话人/作者在"自我"表达的主观性诉求之外，开始关注听话人/读者对自己观点的解读和接受程度，即出现了言语交际中的交互主观性诉求。说话人/作者通过人称"we"和"you"，将听话人/读者放置在与自己等同的话语地位，成为话语主语，接着通过这两个人称与编码个人信息的证素连用，扩大个人信息的共享性和可及性，从而达到提高所述信息信度的目的。

（3）通常情况下，第三人称出现在表述非第一手信息，或转述信息的命题中。在编码引用信息的证素中，说话人会明确表明信息的来源，明示第三方的身份，如果使用第三人称，该人称具有前指功能。在编码传闻信息的证素中，信息来源比较模糊笼统，很多情况下证素采用被动语态形式，并不出现具体的人称，但是预设了第三人称作为信息感知者。在转述性陈述中，言语主体的"自我"标记——第一人称有时会出现在主语的位置，但是这里的"I"不是信息的感知者，而是信息的接收者，信息的实际感知者还是第三方。从形式上看，编码转述信息的证素与第三人称连用，"I"仅作为信息接收者出现在语言表层。但是从信息传递的目的和方式来看，转述信息仍然是说话人/作者主观性表达的一个组成部分，是说话人/作者希望在交际中与听话人/读者达成共识的一种语言表现，所以体现了证素的交互主观性倾向。

（4）上述三种现象是通常情况下说话人在建构语篇时采用的言据性策略，但是还有一些特殊的情况出现。例如，根据吉冯的观察，第一人称做主语的句子通常不使用编码间接信息的证素，因为传递的是直接信息，说话人是信息的第一感知者，是最具权威性的信息获取者和发布者，使用第一人称是最为合适的，但是如果说话人使用传闻证素，表明信息源自第三方，说话人从其他人口中得知了自己的感受、经历，这样就造成了信息来源与话语主语的不一致。[①] 这种情况比较少见，但是适用于说话人因为某种事故失去了记忆，或者说话人在陈述梦中经历等语境。还有，当所述命题信息是源自说话人个人信息时，说话人通常会用第一人称单数做主语，和证素动词连用标明信息来源，或者采用预设了"I"为信息感知者的词汇证素，通常不使用第三人称做主语，但是在特定语境中，鉴于说话人和听话人之间的特殊社会关系和权势，说话人会采用第三人称和证素连用的形式。例如当妈妈和孩子对话时常常使用"妈妈"替代"我"，通过说话人话语角色的转换，从原先的话语主体身份中脱离出来，和听话人站在相同的视角来看问题，可以有效地减弱话语中的主观性和权力对比，使话语容易为对方接受。

2. 言据性的主观性

言据性是语言"信而有征"的表述形式，是信息"有据可查"的编码形式。说话人/作者根据现有信息来源确定信度，依据交际意图选择最有利于表现话语信度的证素，然后在信度层级系统内调整言据性表述，通过构建个人观点信度来为整个语篇可信性的建立奠定基石，同时通过影响听话人/读者对信息信度的认可来使两者对语篇信度的认知趋向一致。由此可见，语篇信度是建立在言据性基础上的主观性和交互主观性过程，而言据性的主观性首先要从言据性的非命题属性谈起。

[①] Talmy Syntax: *A Functional-Typological Introduction Vol. I*, Amsterdam / Philadelphia: John Benjamins Publishing Company, 1984.

第四章　言据性的主观性和交互主观性

（1）法乐关于言据性非命题属性的测试

法乐通过证素的挑战性测试（challengeability test）① 证明证素位于否定范围外，不可以被直接否定，因而证素不是命题的一部分，即语言的言据性是非命题的。② 该测试可以通过英语中的例子简单说明：

a. Evidently she has already left the town for her journey.
a'. No, evidently she hasn't left the town for her journey yet.
a". No, she hasn't evidently left the town for her journey yet.
b. It is said that she has already left the town for her journey.
b'. No, it is said that she hasn't already left the town for her journey yet.
b". No, it is not said that she hasn't already left the town for her journey yet.

句 a 出现了证素"evidently"，表明所述命题信息源自推理类中的归纳信息，命题"她已经离开小镇去旅行了"是说话人根据已有证据推导得出的结论。句 a' 和句 a" 都是句 a 的否定形式，但是 a' ≠ a"，句 a' 是对命题"她已经离开小镇去旅行了"的否定，即通过相同的信息获取方式得出了截然相反的结果，这符合语言的实际使用习惯。而句 a" 是对证素"evidently"的否定，即否定了信息获取方式。其实"evidently"这个证素只是笼统表明说话人的结论是建立在一定证据之上的，但是具体是什么证据在句中并没有明示，所以无从否定。基于这个原因，句 a" 不符合语言使用习惯。句 b 中出现了证素"it is said that"，表明所述命题信息源自转述类中的传闻信息，命题"她已经离开小镇去旅行了"是说话人从第三方获取的信息。句 b' 和句 b" 都是句 b 的否定形式，但是 b' ≠ b"，句 b' 是对命题"她已经离开小镇去旅行了"的否定，符合语言的实际使用习惯。而句 b" 是对证素"it is said that"的否定，其实"it is said that"这个证素只是含糊表明说话人的信息源自第三方，但是第三方的具体身份在句

---

① 关于 Faller 的挑战性测试及其整个论证过程可以具体参看 Faller 在 2002 年写的关于库斯科盖丘亚语的言据性研究。
② *Martina Faller, Semantics and Pragmatics of evidentials in Cuzco Quechua,* Stanford University, 2002a, pp.110-117.

中并没有明示，所以无从否定，所以句 b"不成立。这样，例子证明英语中的证素"evidently"和"it is said that"都通过了挑战性测试，由此可以证明：证素不能直接否定，证素不在否定范围内，所以证素不是命题的一部分。

（2）语篇言据性的主观性

根据法乐的观点，证素缺乏命题内容，那么它们在语篇中出现，更多的是发挥表述命题之外的功能。① 根据戴维斯等人的观点，话语中出现证素其实是一种"说话人策略"②，证素的使用与说话人/作者的主观性密切相关。根据克拉夫奇克的论证，特定证素的使用与说话人/作者对所述断言的肯定程度相关。当说话人/作者对命题真值确定无疑时，通常会直接陈述，无需使用证素，即出现零证素现象；但是当说话人/作者无法完全确定时，他会在命题之外附加证素，表明自己的态度和介入度。③ 综上所述，我们认为在语篇中，证素的主要作用不在于表述命题，而是对命题的表述起辅助作用。证素在指向所述命题信息具体来源的同时，主要承载了说话人对所述命题信息的态度、评价、介入度等主观性因素，这样，证素就成为承载说话人主观性的载体。

其次，格莱斯的质量准则④指出：努力使你说的话是真实的。在言语交际过程中，说话人/作者通常会遵守基本的会话原则，在编码言据性表述时根据言据性准则选用合适的证素，努力使自己的话是真实的，但是这个"真实性"与格莱斯所提倡的真实不同。说话人/作者的话语是其在接收客观信息后，经过主观思维，再经由语言形式表达出来的主观产物，因此客观信息在说话人/作者的认知域经历了两次投射，所述命题的真值已经带上了主观性色彩。

---

① Martina Faller, "Remarks on evidential hierarchies", I. David, Beaver, L. D. C. MartÃnez, B. Z. Clark and S. Kaufmann eds., *The Construction of Meaning,* Stanford: CSLI Publications, 2002b.

② Christopher Davis, Christopher Potts and Margaret Speas, "The Pragmatic Values of Evidential Sentences", M. Gibson and T. Friedman eds, P*roceedings of SALT XVII,* CLC Publications, 2007, p.9.

③ E. *Krawczyk*, "Do you have evidence for that evidential?", C. Hutchinson and E. Krawczyk eds., *Georgetown University Working Papers in Theoretical Linguistics, Vol. VII,* http://www8.georgetown.edu/ departments/linguistics/ tlwp/volumes.html. 2009, p.8.

④ Herbert Paul Grice, *Logic and Conversation,* Unpublished manuscript of the William James Lectures, Harvard University, 1967.

当说话人/作者根据信息来源选用合适的证素编码言据意义时，说话人/作者的主观性必然会对命题和证素选用产生影响，从而导致信息来源与证素使用之间出现了一定的差距和不对应现象。由此可见，命题的真实性其实是建立在说话人/作者的主观意识之上，是与说话人/作者的信念状态相一致的，不是反映事物的客观属性，而是反映说话人/作者主观认知域中的"客观性"，是说话人/作者主观性的展示；说话人/作者通过言据性表述信息来源的可靠性，其实是建立在自己对信息来源信度的主观评估基础上，是与说话人/作者认知域中的信度层级相一致的，不是反映信息的客观可信性，而是反映说话人/作者主观意识中的可靠性和真实性，是言据意义主观性的语言表征。

然后，从认识立场来看。说话人/作者和听话人/读者的互动语境，以及说话人/作者对信息来源的分析、对信息信度的评价、对听话人/读者认知识解过程的预测等变量促使说话人/作者采取某一特定的认识立场，或者在基本认识立场的基础上进行调整。认识立场就是说话人/作者如何评价信息的实际来源和他如何处理这些信息之间的一个媒介。说话人/作者阐述命题时所采用的认识立场是说话人/作者合理调整自己与客体、其他主体、外部世界关系的工具，而证素则是语言化的外部表现。说话人/作者在遵循言据性准则的同时，受到认识立场的主观驱动，采用特定证素编码信息来源。在一些语境中，说话人/作者为了语用目的会选择与实际来源不符的证素编码信息，因为特定认识立场的概念结构和语言表达是多种因素共同作用的产物，信息的实际来源不是采用特定认识立场的唯一动机，这还取决于信息来源的多源性和证素使用的合适性。

综上所述，在语篇中，言据性通过证素的指示属性向听话人/读者明示所述命题信息的来源或获取方式，并且通过证素对说话人/作者态度、评价和介入度等主观因素的明示，在一定程度上揭示了说话人/作者对所述信息的认识立场，体现了说话人在语篇言据意义传递过程中的主观性作用。

（3）体现主观性的信息类型及其词汇证素

主观性贯穿说话人/作者语篇建构的整个过程，证素的各种类型都或多或少地带有说话人/作者的主观性作用和影响，在具体语境中不同类型证素因说话人/作者表达方式的差异而呈现出强弱程度不同的主观性。

个人信息是说话人/作者个人拥有的直接信息和间接信息，是"自我"观点和态度的表达，具有明显的主观性。在一般情况下，直接体验或亲身感受型证素与说话人责任之间的关联性促使我们认为编码直接信息的证素是一种主观性更强的信息表征，因为它编码了说话人/作者直接感受到的信息。根据这个解释，编码间接信息的证素则主观性相对较弱，因为它们所编码的信息是在说话人/作者的体验域外的。但是，大量证据表明证素类型和说话人责任之间的关系并不是固定不变的，至少对一些证素类型而言是如此。个人信息的主观性程度在交际双方的认知域中也可能出现不一致的现象，从而影响两者对同一信息的评价。对说话人/作者而言，个人信息是源自主体自身对外部事物和信息的感官感受、情感认知、思维推理等直接和间接认知活动结果，是"内省式"的信息，信息获取过程复杂，而且信度不稳定。对听话人/读者而言，个人信息源自说话人/作者个人，证据来源不确定，具有模糊性，因而是间接可及的，而且在信息传递过程中也会受到语境和交际情境中多种因素的影响和制约。因此，说话人/作者在编码个人信息的时候，会通过显性的主观性证素向听话人/读者表明信息来自己的个人感受和观点，以及信息的具体获取方式，从而明示自己对所述命题或观点的责任。这些显性的主观性证素包括人称代词+谓语动词、副词、插入语等形式，例如 I see、I think、I suppose、possibly、absolutely、to conclude、if possible 等，具体可以参看第四章中关于表述个人信息的证素表。示例如下：

> Four years ago, I said that I'm not a perfect man and I wouldn't be a perfect president. And that's probably a promise that Governor Romney thinks I've kept. But I also promised that I'd fight every single day on behalf of the American people and the middle class.

作者在论述中使用了"I said"、"I would"、"I promised"、"probably"、"but"、"Governor Romney thinks"等证素来阐述自己四年前竞选总统时所做出的承诺。"say"和"promise"这两个证素属于施事动词，"would"是情态动词，和人称代词"I"连用，表明后面的命题信息源自说话人，是说话人的主观行为，因此这三个证素具有明显的主观性。证素"probably"是典型的推理证素，表明命题信息是作者基于特定证据的个人推测和猜想，"but"是编码间接信息的期望证素，两者同样属于言据性的主观性表述。

在证素"Governor Romney thinks"中，动词"think"指明后续命题是主语对人或事物的看法和判断，因此这个证素表明命题信息是源自句子主语，即听话人罗姆尼的个人观点。鉴于说话人、听话人和命题信息之间的心理距离，我们可以大致推理出：该证素编码的命题信息是建立在说话人主观推测或猜测的基础上，应该属于个人间接信息，同样具有主观性。但是不同于前面的证素，说话人在证素中去除了明显的"自我"标记，从语言表征上减弱了信息的主观性色彩，与此同时，说话人将听话人推至"台上"，以对方个人信息的形式来传递命题言据性，自己隐身于"台下"，成为观察者，这样的言据性表述形式带有强主观性色彩。

3. 言据性的交互主观性

言据性的交互主观性是指说话人/作者如何通过编码言据性表述指明所述命题信息不仅仅是说话人/作者的"自我"展示和表达，而且还体现了说话人/作者对听话人/读者的关注和重视，将听话人/读者由从属的"客体"地位提升为同等的"主体"地位，即言据性的语言表征中出现了听话人/读者的成分，通过听话人/读者更多地参与到话语中，说话人/作者也相应地提高了自己个人观点的可及性、普遍性和可接受度。

（1）纳兹关于区分主观性和交互主观性的测试

纳兹通过检测证明命题可信性的证据是源自个人还是群体来判断特定的一个言据性表述是主观性的还是交互主观性的，即"说话人表明只有他或她自己知道该证据，并且从中得出了结论"，这样的言据性表述是主观性的；如果"说话人表明还有其他的人或群体可以得到该证据，并且共同分享由该证据得出的结论"，这样的言据性表述是交互主观性的。[①] 根据纳兹的观点，体现交互主观性的言据性表述是指说话人如何指明命题信息不仅对说话人/作者具有

[①] Jan Nuyts, *Epistemic Modality, Language, and Conceptualization: A Cognitive-Pragmatic Perspective,* Amsterdam/Philadelphia: John Benjamins Publishing Company, 2001, p.34.

可及性，对其他更广大的群体也同样具有可及性。如果仅从信息的可及性来区分言据性表述的主观性和交互主观性，这样的区分标准过于简单和笼统。其实，在前文关于言据性信息来源的分类标准中，我们已经谈及，根据信息的可及性，信息来源可以分为个人信息和非个人信息，这是信息来源的基本分类模式。结合纳兹的检测标准，我们可以得出下面的结论：个人信息中的感官体验等直接信息和推理、期望等间接信息仅对说话人个人可及，所以传递这些信息的证素是具有主观性的言据性表述；而说话人从第三方获知的传闻、引用等转述信息不仅仅局限于说话人个人认知域，对其他人也具可及性，因而这类信息具有交互主观性。这个测试标准只是从理论上区分了主观性和交互主观性，但是并没有提供实际的操作规则。在言据性的语言表征上，主观性和交互主观性是否具有明显的区别，是否具有特定的主观性标记和交互主观性标记？对此，我们还需要引入英国学者肯·海兰 (Ken Hyland) 的观点，其实在言据性研究领域中，交互主观性并不仅仅局限于说话人/作者和更大的话语群体共享某些特定的知识证据，而且还指说话人/作者是如何把这个特定的知识证据与这个话语群体联系在一起的。[①]

（2）言据性的交互主观性

交互主观性是在主观性基础上衍生出来的概念，是主客体关系向主体间关系延展的必然结果。在主观性研究的范畴内，说话人/作者通过证素编码所述命题信息的类型、来源以及自己对这些信息的认知、态度、评价等。在这里，证素服务于说话人/作者表达自我观点的主观性诉求。在主观性视阈内，无论是和第一人称单数搭配出现的证素，如 I see、I hear、I think、I believe、in my mind、under my interpretation 等，还是言语主体以隐性形式出现的证素，如 obviously、presumably、it seems 等，所有的语言表征都带有"自我"印记。但是从发展趋势来看，主观性已经不是说话人/作者在语篇中的唯一诉求。在语篇，尤其是论辩语篇中，说话人/作者有着越来越多的交互主观性需求。

语篇不是说话人自说自话的孤立平台，语篇具有交际功能，是说话人/作

[①] Ken Hyland, "Stance and engagement: a model of interaction in academic discourse", *Discourse Studies,* 2005, 7 (2).

者将自己的观点传递给特定人群的语言媒介。在语篇建构的过程中，说话人/作者不断地阐述自己对命题的观点，一旦这些观点中蕴涵着说话人/作者对听话人/读者的特别关注，或者说话人/作者选择从听话人/读者的立场或视角来阐述观点，听话人/读者甚至以非客体对象的身份出现在语篇中时，语言的交互主观性就出现了。语篇中的言据性表述就是说话人/作者向听话人/读者不断提供佐证自己观点的信息证据的语言表征，所以从功能来看，言据性本身就具有交互主观性的特质。正是出于语篇的交际功能，以及帮助听话人/读者更好地解读自己的观点和想法，促使自己的观点更顺畅地进入对方的认知域等目的，说话人/作者才会不断地采用相应的证素编码信息来源，明示自己的态度和评价。

其次，从语篇的人际功能来看，交互主观性源自说话人/作者和听话人/读者之间的相互关系，是两者之间的社会关系在语言层面的表现。在社会交际中，说话人/作者除了达到特定交际目的之外，还需要考虑听话人/读者的"形象"，以及考量双方之间的社会地位、亲疏关系、要求程度等语用参数，通过语言表层的调整和变换来满足双方的"面子"需求，维系彼此之间的和谐交际关系。言据性就是这些需要调整和变换的语言表述之一。最简单的例子就是和证素一起使用的人称代词的变化，例如第一人称单数被第一人称复数或第二人称所取代，就在一定程度上体现出对听话人/读者的关注。

从表现形式来看，言据性的交互主观性可以进一步区分。根据说话人/作者在表达言据性交互主观性时的程度差异，我们可以区分出体现交互主观性的言据性表述和具有交互主观性倾向的言据性表述。

（3）体现交互主观性的信息类型及其词汇证素

在主观性表述的基础上，说话人/作者通过人称变化和句式调整来实现言据性的交互主观性。

根据我们前文中所提及的信息来源分类模式，个人所掌握的信息中还包括说话人/作者和听话人/读者的共享信息，即真理、常识和共有的背景信息等。这些信息对说话人/作者和听话人/读者都是可及的，根据纳兹的观点，这类信息具有交互主观性。共享信息通常采用零证素的形式，但是为了体现言据性的交互主观性，说话人/作者会通过零证素的非规约性使用，即插入语、状语结构等，来凸显所述信息的重要性，为话题的转折和观点的提出做好铺垫。在个人信息中，直接信息原本是指说话人/作者个人感官的直接体验，间接信息是指说话人/作者个人基于特定证据的主观推理、预测和期望，但是说话人/作者为了达到成功交际的目的，调整证素的使用，扩大信息的可及性，推动言据性表述由主观性向交互主观性转变。具体示例如下：

Over the last 30 months, we've seen 5 million jobs in the private sector created. The auto industry has come roaring back. And housing has begun to rise. But we all know that we've still got a lot of work to do. And so the question here tonight is not where we've been, but where we're going.

在上例中，说话人通过证素"see"和"know"来概述30个月里的政绩，并和对方探讨美国未来的发展。在这两个证素前，说话人使用了第一人称复数形式"we"，表明所述命题不仅仅是主体的"自我"观点表述，还传递了言外之意：说话人知道信息来源的可及性会影响听话人对自己所述命题的接受程度，因而通过"we've seen"、"we all know"这样的言据性表述，向听话人及广大观众指明命题信息是共享信息，对所有听话人都具可及性，具有高信度。在这里，"we"与证素连用，体现了说话人的交互主观性意图：说话人关注听话人对命题的认知识解过程及影响因子，于是通过调节言据性表达触发听话人记忆中相应的知识或情景，邀请听话人进入自己的认知模式，进而产生相似的观点和得出相同的结论；和"I"相比，人称"we"可以有效地减弱命题的主观性，避免一家之言带来的负面效应。

（4）体现交互主观性倾向的信息类型及其词汇证素

在言据性的信息来源分类中，转述信息源自第三方，说话人/作者通过直接引用或转述形式传递给听话人/读者，其信度取决于第三方的信誉、信息的可及性以及说话人/作者的转述形式。在这类信息中，说话人/作者"自我"的介入程度要低于共享信息和个人信息，但是作者在选用哪些信息进行转述、为什么转述、怎样转述等方面仍然拥有主动性。在编码这类信息时，作者会选用显性的主观性表述，例如 it is said that、I've been told that、according to、 reportedly 等，或者隐性的主观性表述，例如直接引用。说话人/作者将第三方拥有的信息引入自己的语篇，通过主观性编码传递给听话人/读者，进入听话人/读者的认知域，所以这类信息的出现除了服务于说话人/作者语篇建构的主观需求之外，还因为说话人/作者关注到了听话人/读者的认知需求，然后借助第三方观点的力量来达到言语交际的目的。编码转述信息的证素虽然在语篇功能上具有交互主观性，但是在语法结构上与主观性表述接近，体现了言据性的交互主观性倾向。具体示例如下：

I mean, I—I had a friend who said, you don't just pick the winners and losers; you picked the losers.

说话人本来选用证素"mean"来传递命题"你实在不会在行之有效的计划和无法实施的计划之间作出选择，而你选择了后者"。"mean"和人称"I"一起出现，表明所述命题是说话人的个人观点，具有主观性。但是考虑到命题涉及对听话人的负面评价，具有攻击性，说话人转而采用了"a friend (who) said"这一言据性表述，将自己的观点和评价转换成来自第三方的传闻信息，即具有交互主观性倾向的言据性表述，有效地减弱了命题表面上的主观性，有助于增强命题信息被听话人和广大观众接受的可能性。

4. 实例分析语篇证素的主观性和交互主观性

在语篇中，作者出于特定的交际目的，会通过言据性的主观性和交互主观性达到语篇交际目的。我们可以通过下面这个简短的语篇实例来分析言据性的主观性和交互主观性连续统在语篇中的实际运用情况及其效用。

You've been president four years. You said you'd cut the deficit in half. It's now four years later we still have trillion-dollar deficits. The CBO says we'll have a trillion-dollar deficit each of the next four years. If you're re-elected, we'll get to a trillion-dollar debt.

在上例中，说话人主要指责听话人在 4 年的总统任期里并没有完成缩减一半财政赤字的承诺。第一个命题是双方共享的客观事实,作者没有使用证素,而是直陈事实,为后文的论述做好铺垫。在第二个命题中,说话人使用了主要证素"You said"和次要证素"you would"。前者表明命题信息是源自听话人的传闻信息,后者转述了听话人的个人观点,两个证素中第二人称的出现提升了证素的交互主观性。在第三个命题中,说话人通过零证素的形式来陈述客观现实。在第四个命题中,说话人使用了主要证素"The CBO says",表明命题信息是源自第三方(国会预算办公室)的转述信息,具有交互主观性倾向。转述信息的被接受程度取决于信息发布方的信度,国会预算办公室的数据预测在信度和可及性方面均能有力地帮助说话人进一步论证了自己的观点。在同一句话中,次要证素"we will"转述了第三方信息,对前文中的主要证素进行补充说明。在第五个命题中,说话人选用了假设证素"if"和补充性证素"we will",表明所述命题信息是自己基于特定证据合理推导得出的结论,是主观性表述。

在这个语篇中,说话人通过零证素和转述证素的交互主观性指出"你已经做了四年的总统"、"你说过你要将政府的财政赤字缩减一半",为后文的论述奠定了前提;然后说话人据此推导得出采用零证素形式的第三个命题结论,即"四年了我们仍然还有一万亿美元的财政赤字";接着,说话人借助具有高信度的第三方观点进一步论证自己的观点:"在接下来的每个四年里我们将拥有一万亿美元的财政赤字。"这个证素的交互主观性倾向可以增加听话人对信息的可及性,有效避免听话人因陌生信息而产生排斥情绪,从而顺利得出最后的假设结论:"如果你继续当选的话,我们还将有一万亿美元的财政赤字。"

七、小结

本章首先回顾和梳理了语言学领域的主观性研究和交互主观性研究,然后根据已有的研究成果对主观性和交互主观性进行细分,提出了强主观性和交互主观性倾向概念,并进一步构建了一个以言语主体认知域为主要观察视角的主观性和交互主观性连续统,为后文语篇言据性分析提供主要的理论框架。

语言的主观性是相对于客观性而言,是言者主体在语言表征上的"自我"

体现，是语言使用者积极"参与话语"的能动性活动。言语主体认知域内的信息或知识是外部世界客观因素的一种投射，而话语命题中所传递的信息是主体认知域内信息的第二次主观投射，表达了主体的"自我"立场、态度、情感或评价。在第一次投射中，客观因素的"客观性"也会跟随着信息投射到主体认知域内。根据主体对信息"客观性"的认可、评估，以及信息真值与主体意向的符合度，这些信息分布在信度层级的不同位置。在第二次投射中，言语主体通过语言表层所传递的主观性也有强弱之分。当处于语篇语境中时，命题群中不同命题的主观性会因为不同语境参数的影响以及主体在语篇建构中的特定需求而在表现上有强弱之分。在语言的实际运用过程中，言语主体从完全"自我"的表现状态中脱离出来，意识到交际中其他主体的存在及其重要性，并且有意识地在语言表征上表现出对其他主体的关注和理解，这就是语言的交互主观性。交互主观性表明说话人/作者已将视角转向听话人/读者，在识解和评述命题的过程中已经将对方的认知和理解包含在内，逐渐进入听话人/读者的认知域，形成了主体间关系。交互主观性倾向是主观性和交互主观性之间的一种中间态，本质上属于主观性表述，但是具有交互意向，是言语主体与其他主体保持观点沟通的新方式，即前者借助第三方的知识、观点、态度、评价等信息来影响和引导后者更好地解读自己的命题观点。这样，以主体认知域为主要视角，言语主体在语言表层所体现出的强主观性、主观性、交互主观性倾向和交互主观性共同构成了一个连续统，对语篇命题的表述具有重要的影响。

在构建了主观性和交互主观性连续统之后，我们结合前一章的证素分析，将连续统应用于语篇言据性分析，并且通过论辩语篇中的实例对证素类型及其相对应的主观性和交互主观性进行论述。

在语篇言据性中，证素体现了说话人/作者的主观性和交互主观性。根据Faller的挑战性测试，证素不是命题的一部分，而是说话人/作者用以传递信息来源以及自己对命题信息的态度和评价的语言标记，是说话人/作者主观性的载体。说话人/作者的主观性体现在各类证素中，说话人/作者的个人直接和间接信息表达了说话人/作者对所述信息的认识立场。不同的证素所带有的主观性在程度上存在着差异，而且随着交际情境的变化和主体表达方式的调整而呈现出强弱程度不同的主观性。随着交际的发展，主观性已经不是说话人/作者在语篇中的唯一诉求。在语篇,尤其是论辩语篇中,说话人/作者有着越来越多的交互主观性需求。言据性的交互主观性首先体现在人称的变化上。说话人/作者通过人称的转变,表明自己对听话人/读者在话语交际中地位的认识发生了改变,开始关注听话人/读者,而后者也以非客体、对象的显性形式出现在说话人/作者的语篇中。共享信息通常采用零证素的形式编码,但是说话人/作者通过人称变化和使用证素明示共享信息的具体来源,凸显信息的共享性,从而达到信度在双方认知域中的同一性。交互主观性还体现在转述信息中。编码转述知识的证素虽然在语篇功能上具有交互主观性,但是在语法结构上与主观性表述接近,体现了言据性的交互主观性倾向。

  在语篇中,说话人/作者出于特定的交际目的,会突出证素的使用,通过言据性的语篇功能优化语篇的修辞效果,通过言据性的主观性和交互主观性达到语篇交际目的。本章在最后一部分结合实例分析具体阐释了言据性在语篇中的实际运用,体现了说话人/作者在语篇可信性建构过程中的认知作用和语用策略。

第五章　论辩语篇言据性实证研究简介

一、研究语料

俄罗斯学者米哈伊尔·巴赫金 (Mikhail Bakhtin) 认为：我们的言说总是针对真实的或想象的、过去或现在乃至将来的某一受话人或言说对象展开，总是回应什么、证明什么、辩驳什么。① 因此，论辩具有普遍性，是人类社会生活中的一种普遍现象。

根据语用辩证理论，论辩（argumentation）是一个通过逻辑推理得出结论的过程，旨在说服对方接受和采纳己方的观点和信念，或者影响对方的思想和行为，包括辩论、协商、对话、交谈和劝说等各种形式。论辩是人类认知活动的一种重要形式。在论辩过程中，人们总是遵循（不管是隐性的还是显性的）合理性原则，说服对方或者其他人接受一个观点或者立场，并且通过提供大量支持或者反对的论据来论证这一观点或立场。② 由此可见，论辩是一种具有社会性和理性的言语活动，通过提出一系列命题来验证或驳斥某一观点或立场中的命题，旨在说服理性观众接受该观点或立场。③ 当然，论辩不是一个封闭的过程，伴随着论据的更新和假设的完善而不断发展。

---

① Mikhail M. Bakhtin, *Speech Genre and Other Late Essays*, Austin: University of Texas Press, 1986, p.93.
② Frans H. van Eemeren, Rob Grootendorst and Francisca S. Henkemans, Argumentation: *Analysis, Evaluation, Presentation,* New Jersey: Lwrence Erlbaum Associates, 2002, p.xii.
③ Frans H. van Eemeren and Rob Grootendorst, *A Systematic Theory of Argumentation: The Pragma- Dialetical Approach,* Cambridge: Cambridge University Press, 2004, p.1.

在日常生活中，我们经常遇到争论、矛盾，需要权衡利弊做出自己的选择。一般情况下，我们的判断和选择是一种下意识行为，即意识的条件反射。我们权衡矛盾双方，然后根据自己的偏好选择其中的一方。然而，在一些重要场合，或者面临重大抉择时，尽管心中已经预设了结论（赞同或反对），但是我们还是会根据已有的信息和论据来反复论证自己想法的合理性和正确性，这是一个内省的过程。而论辩语篇则是论辩过程的一种外显形式，通过口头和书面语言展示论辩过程：提出假设，提供论据，分析论据，得出结论，完善假设，等等。

论辩语篇是人们用以表达自己观点、寻求共识的一种文体，实用性强，有着广泛的应用群体。同时，论辩语篇侧重于论据分析，强调论辩过程中论据的可靠和信息的准确，因此这种语篇的言据性有着不同于其他文体的严谨布局和分布模式，是适合进行语篇言据性研究的语料。

1. 论辩语篇的定义和研究范围

在西方学术界，论辩研究历史悠久，成果丰硕，学者们将哲学、语言学、逻辑学、修辞学、话语交际、心理学等领域的研究成果应用到论辩研究中，促进论辩研究从传统的论辩思维和方法研究转向跨学科、多学科综合发展的路向。自20世纪50年代起，论辩研究逐渐从逻辑学和修辞学的边缘研究发展成为一门跨学科的显学。

根据传统的论辩理论，论辩可分为逻辑三段论（syllogistic logic）、辩证（dialectic）和修辞（rhetoric）。逻辑三段论由古希腊哲学家亚里士多德提出，这也是他在逻辑学上最重要的贡献。三段论是包括大前提、小前提和结论三个部分的论证，只要确保前提为真，那么遵循正确的逻辑论证过程所得出的结论也必然为真。辩证最早是指古希腊爱利亚学派的芝诺受数学推理启发而提出的"用于哲学论证的归于不可能"的理论方法。[①] 修辞则是一门劝说艺术。而在当代论辩研究中，尤其是对论辩的语用辩证研究整合了论辩研究中的辩证思维和语言实际应用中的语用视角，指出论辩是一种言语的、社会的、理性的活动，

---

① 谷振诣：《论证与分析——逻辑的应用》，人民出版社2000年版；涂家金：《当代西方论辩研究的三个视角及启示》，《江西社会科学》2012年第6期。

通过提出一系列命题来证实或驳斥某一观点，并以说服真实的或想象中的理性批评者接受己方观点的一种交往实践，它强调交往各方在具体语境中以理性、平等、双向的互动互证来解决意见和分歧。①

一般而言，国内对于描述这种推理论证过程的文体通常有"论辩"和"辩论"两种提法。其实，两者没有本质上的区别，都是由"说理"（论）和"辩驳"（辩）组成，只不过"论辩"以说理为主，"辩论"以辩驳为主。从语篇视角来看，"论"与"辩"是一个统一体，"论"是"辩"的铺垫，而"辩"服务于"论"。也就是说，说理和辩驳是语篇整体的两个有机组成部分，说理为辩驳提供论点和理论支持，明确"辩"的目标，而辩驳则通过辩证过程更加深入地说明论点，强化"论"的效果。基于论述的一致性和简明性原则，我们在文中对两者不进行细分，统一称为"论辩语篇"。

在文体学研究领域，论辩语篇的范畴描述和归类一直没有达成共识，甚至在有些学者的文体分类中，并不存在论辩语篇这个类别，即论辩语篇被排除在文体分类之外。廖秋忠根据篇章结构把论辩语篇归为"论证体"。② 王德春和陈瑞端的话语分类中仅仅是在介绍其他学者的语篇分类标准时提及论辩体，并没有对论辩语篇展开讨论和分析，只是在表达方式中分出了一类"议论性话语"。③ 按照王德春和陈瑞端的分类标准，本书中讨论的"论辩语篇"应该是一种议论性独白或对话，包括口语和书面语，属于严肃的语篇或谈话语体。

我们认为，本书研究的论辩性语篇是一种不同于叙述性语篇、说明性语篇、描述性语篇的语篇类型，语篇构建的目的是为了完整呈现整个论证和辩论过程，通过语篇整体可信性建立论点信度，说服更多的人接受和采纳自己的观点和想法。为了提出和建立具有信度的论点，说话人/读者借助论证过程，通过特定的语篇结构和修辞手法与听话人/读者形成互动。总而言之，论辩语篇是一种以说理为首要目的、以论证为主要修辞手法、以交互沟通为交际目的包括口语和书面语在内的综合性议论语篇，实用性强，有着广泛的应用群体，包

---

① Frans H. van Eemeren, Rob Grootendorst and Francisca S. Henkemans, *Argumentation: Analysis, Evaluation, Presentation,* New Jersey: Lwrence Erlbaum Associates, 2002, p.xii.
② 《廖秋忠文集》，北京语言学院出版社 1992 年版。
③ 王德春、陈瑞端：《语体学》，广西教育出版社 2000 年版。

括学术论文、政治演说、新闻社论、学生习作等多种类型。

2. 论辩语篇的分类

论辩的参与者是独立自主、积极主动且持有一定信念的个体，他们拥有一定的社会身份，以个体或者团队的形式参与论辩，按照既定的论辩模式发表或清楚表达自己持有的观点，希望甚至要求对方或广大观众理解并接受。通常根据论辩发生的地点不同，参与者的社会身份各异：如果论辩发生在法庭，参与者的社会身份可以是法官、双方律师、法庭陪审团成员；如果发生在医院或诊所，参与者的社会身份就是医生和病人，如果发生在新闻报道中，参与者就可能是新闻工作者和新闻报道的读者，等等。

在论辩中，参与者收集相关信息、知识和证据来构建自己的论点，并得出一定的结论。收集的信息中包括相对客观的信息[①]（即前文中提及的共享信息、转述信息等）和主观信息（即个人所拥有的直接和间接信息）。信息来源多样，在论辩的不同阶段为参与者构建局部观点服务。从整体来看，这些观点有机结合，层层递进，为最后结论的得出做好铺垫，这是论辩的基本模式，也是论辩语篇建构的动态过程。

论辩的形式根据分类标准的不同会有所不同，而从论辩的参与者来看，论辩可以分为单向式论辩和对话式论辩。

在单向式论辩中，论辩的重心在于参与者如何构建和配置局部观点，以及如何组合局部观点形成最后的结论，由此可见，单向式论辩是参与者内省过程的实体展示，包括文章、演讲、声明等形式。在单向式论辩中，参与者以自我观点表述为主，不存在即时对话空间。而在对话式论辩中，参与者在遵守论辩基本模式的基础上，根据论辩过程中对方的反应、驳斥不断调整自己的会话和辩论策略，说服对方接受自己的观点或引导对方按照自己的思路推导得出预设结论。因此，对话式论辩主要侧重论辩双方的动态交互过程，以及参与者如何通过这一过程得出总和性结论。当然从本质上看，对话式论辩是两个或多个单

---

① 相对客观的信息：信息的客观性是相对于主观性而言，并不存在纯粹的客观信息，这里的客观信息主要是指信息的真值可以通过外部世界中的特定方式得以核实或验证，即和我们前文中提及的共享信息、转述信息相类似。

向式论辩的合并形式，但这不是简单的合并，而是一个参与者动态互动的过程，包含了参与者对论辩过程中各种话语、观点、语境等因素的即时处理和综合调配。

总而言之，单向式论辩是静态论辩过程，是参与者对信息进行整理、分析后得出的结论，而对话式论辩是一个动态过程，包含了话语交换过程中的不同中间阶段及其不可预测因素对结论形成的影响，因此虽然单向式论辩和对话式论辩的目的都是为了最后得出某一特定结论，但是单向式论辩关注结论，而对话式论辩关注话语交互过程。

根据论辩参与者在不同场景中的社会身份和作用，论辩形式可以从单向式论辩和对话式论辩的简单分类进一步细分为：

单向式论辩：学术论文、科技文献、政治宣言、政治演讲、新闻报道，等等。

对话式论辩：总统选举辩论、政府机构或政派关于新法案、新政策的辩论、法庭辩论、商务谈判、家庭成员间的争执，等等。

鉴于论辩因参照标准不同而存在多种分类方式，我们按照参与者的辩论方式以及辩论发生的场景将论辩语篇分为单向式论辩语篇和对话式论辩语篇，而后者是本书的研究重点，选用总统竞选辩论语料进行针对性分析。

3. 对话式论辩语篇——总统竞选辩论

在大选期间，总统竞选的电视辩论是最受民众期待和关注的活动之一。自20世纪60年代起，美国就开了总统候选人在电视上公开亮相并展开辩论的先河。首次电视辩论始于1960年，参与者为尼克松和肯尼迪，共举行了四场电视辩论，其模式沿用至今，成为总统竞选活动中的重要环节之一。

电视辩论因其形式的公开性而备受关注。总统竞选的电视辩论是总统候选人公开宣传政见的最佳时机。在此之前，候选人虽然可以通过广告及演讲进行宣传，但这与公开、面对面的直接交锋显然有所不同。通过总统候选人在电视辩论中的交锋，选民们可以直观地看到他们的临场表现和领导才能，更为深入地理解双方在国家管理方面的未来计划，以及其他民生问题的相关政见等。同时，在电视辩论中，总统候选人也可以通过电视媒体充分展示自己的个人魅力。例如，在1960年首次电视直播的大选辩论中，肯尼迪利用机会充分展示辩才，与脸色苍白、略显紧张的尼克松形成鲜明对比，最终以微弱优势当选总统。不可否认，辩论在其中起了关键作用。此外，大选辩论是两党总统候选人赢得中间选民的关键时刻。由于两党有相对固定的支持者，因此大选成败的关键就在于谁能更多地博得中间选民的青睐。中间选民往往具有摇摆性，他们会更多地根据辩论情况决定将选票投给谁。因此，辩论的关键性便更为凸显，而每场辩论结束后的民意调查结果也成为最终选举结果的风向标。

美国大选的电视辩论共分四场，其中三场为总统候选人之间的辩论，而另一场为副总统候选人之间的辩论，每场持续时间为90分钟。2008年的民主党总统候选人巴拉克·奥巴马和共和党总统候选人约翰·麦凯恩之间，民主党副总统候选人乔·拜登和共和党副总统候选人萨拉·佩林之间，2012年民主党总统候选人巴拉克·奥巴马和共和党总统候选人米特·罗姆尼之间，民主党副总统候选人乔·拜登和共和党总统候选人保罗·瑞安之间，围绕着美国的内政外交展开了"一对一"的辩论，辩题包括金融危机、经济发展、税收政策、就业问题、联邦赤字、医疗保险、社会保障、政府职责、教育发展、女性公平、国家安全、军事部署、移民政策和外交政策等。在公开的电视辩论中，候选人在回答议题、提出观点、做出承诺、驳斥对方观点、自我辩解等方面的表现及其各种综合因素的作用，都将对选民产生重要影响，并影响最终的竞选结果。

在美国总统大选的电视辩论中，候选人对辩论语言和技巧的运用尤为重要。语言是电视辩论的精华所在，候选人所有的抱负、理念、才能、魅力需要通过语言的精心组织来充分展现。在辩论中，候选人的语言必须简明清晰，用词犀利精准，适合不同阶层的广大观众，同时在论证上和气势上与对手针锋相对。语言的逻辑性和信息的可靠性也至关重要，否则就会受制于对手，无法掌控整个辩论全局。

在美国总统大选的电视辩论中，由于语境的特殊性和话语的即时性，辩论双方虽然对辩论过程中可能涉及的话题有充足的准备，但是在具体辩论过程中仍然存在着一些可以预计但不可完全掌控的因素，包括说话人的言语习惯和措辞、论证思路和模式、记忆、情绪、应变能力等，以及其他许多不可预测的因素，包括现场环境、对手反应、主持人的斡旋等，这些因素综合作用，影响和制约着整个辩论过程和进度。

二、研究框架

1. 研究问题和假设

根据论辩语篇的文体特征和实际功能,我们认为:论辩语篇以论述说理为主,通过高信度的理据论证个人观点,语篇的可信性是语篇整体建构的基础,因此言据性多以显性形式出现,证素使用频率相对较高。论辩语篇的交际目的就是说话人/作者希望自己的观点和论证过程能够为听话人/读者接受,并最终达成一致结论,所以言据性的主观性和交互主观性必然不是杂乱无章的,而是有理有序、逐层推进、逐渐在听话人/读者认知域中形成论点的可及性和信度层级。

我们的研究是建立在以上对论辩语篇基本书体特征理论分析的基础上。在具体分析语料论证语篇言据性的主观性和交互主观性之前,我们提出了以下研究问题:

(1) 在论辩语篇中,不同证素类型分布情况如何?是否均匀?如果存在着比例差异,为什么会造成这种分布不匀现象?是否与语篇类型相关?还是与说话人/作者的个人语言习惯相关?

(2) 在语篇语境下,证素的具体使用过程中是否存在变异现象?如果存在,这种非规约的语言使用现象是受到语用因素,还是认知因素的影响?

(3) 在论辩语篇中,证素的主观性和交互主观性如何体现和区分?

(4) 在论辩语篇中,证素的主观性和交互主观性是否形成一定的分布模式?这些分布模式和说话人/作者的辩论策略又存在着怎样的关联性?

(5) 在总统竞选辩论的实际语篇中,证素有何分布特征?证素的主观性和交互主观性有何分布模式?

2. 研究思路和步骤

本书综合了文献研究、定量分析法和定性分析法等方法。文献研究包括大量阅读与本书相关的文献资料,包括言据性研究、语言主观性研究、交互主观性研究以及论辩语篇研究等方面的文献著作,从而全面正确地掌握所要研究的问题,了解之前学者的研究广度和深度,然后进行系统梳理,根据研究重点确立相应的理论分析框架和论证模式，为之后的定量和定性分析奠定理论基础。对于已有的研究成果，我们秉承兼收并蓄、推陈出新的基本原则，综合原有理论、原则、模式的合理之处，厘清之前研究中的模糊、含混和重叠之处，在继承的基础上不断思考和拓展，形成更加适合当前研究的理论框架和分析模式。

我们在第三章中综合其余学者研究成果形成改良后的信息来源分类模式，以及证素的信度层级系统对语料中编码信息来源的证素进行定性、分类和分析。在第四章中，根据证素主观性和交互主观性的界定和区分标准对之前已经分类的证素进行区分和归类，而这些重新界定和分类为后面的定性分析提供语料和数据支撑。

本书的定量分析是指我们选取英语中的论辩语篇作为主要研究语料，根据论辩语篇的不同分类选用具有代表性的篇章类型及其数量，然后考察论辩语篇中言据性的主观性和交互主观性对观点表达、语篇建构的影响。

对话式论辩语篇是本书的主要分析对象，语料主要选用 2008 年和 2012 年美国两届总统大选的电视辩论文稿，我们分别选取了 2008 年美国总统大选中，总统候选人奥巴马和麦凯恩的第一场和第三场电视辩论[①]，副总统候选人拜登和佩林之间的电视辩论，以及 2012 年美国总统大选中，总统候选人奥巴马和罗姆尼的第一场合第三场电视辩论，副总统候选人拜登和瑞安之间的电视辩论，一共六场，涉及四对隶属于不同党派的辩论选手。这些语料选定后自建语料库。关于语料的整理、统计和检索，以及语料库的建立和数据分析，我们主要采用语料库检索软件 AntConc2[②] 和 Excel 相结合的办法。

定性研究方法一方面是指在文献研究阶段对研究课题本质进行把握，同时还包括在对语料定量分析之后对语言事实做出归纳和预测。在第六章中，通过对自建语料库中语料数据的统计，我们将分析语篇中的证素分布特征，根据证素出现的语境、频率、证素之间的搭配以及证素使用中的变异情况来具体分析和探讨语篇言据性系统的构成情况及其对语篇信度的影响，并结合文体特征进

[①] 因为美国总统竞选电视辩论的第二场采用"市民会议"形式进行，提问者是经过抽样挑选的自由选民，问题针对性太强，且过于庞杂，所以没有选用。

[②] 该软件为免费工具，可到 www.antlab.sci.waseda.ac.jp/antconc_index.html 下载。

行深入分析。在分析语篇主观性和交互主观性连续统应用模式的基础上，我们通过综合归纳的方法用图表模拟出语篇整体信度建构的基本模式，最后形成具有一定适用性的结论分析。

三、小结

本章简要介绍了研究方法，包括明晰研究语料的定义和选用理由，以及介绍具体的研究过程。

首先简单介绍了论辩语篇，包括论辩的起源、研究对象、目的、内容等，指出论辩语篇是论辩过程的一种外显形式，主要通过口头和书面语言来展示论辩过程。正是因为论辩语篇的言据性有着不同于其他文体的严谨布局和分布模式，与言据性系统在语篇中所起的功能相同或相似，所以选择论辩语篇为主要语料进行言据性研究。

接着简要回顾了论辩语篇的定义、研究范畴和分类。在梳理国内论辩语篇文体分类和研究现状的基础上，我们本着简明一致和适合研究的原则，对"论辩"和"辩论"文体不做详细区分。而根据论辩参与者的不同，论辩语篇被分为单向式和对话式两类。对话式论辩语篇是本书的实证研究重点，选用总统竞选辩论为代表语料。这类语篇的语篇目的、功能、内容、意义、发展等方面的内容也做了简明扼要的回顾。

本章的第二部分概述了研究过程，包括介绍研究问题和假设的提出、研究语料的来源和收集、指导性的研究方法和具体步骤。在这一部分，进一步详细地阐明了研究的细节和步骤，确保整个研究不但具有坚实详细的理论框架进行总体指导，而且研究过程具有回溯性和可重复性，以保证研究结果具有信度和稳定性。

第六章 论辩语篇中的言据性策略

一、总统竞选辩论中的证素及其基本特征

经过对2008年和2012年两届美国总统竞选六场电视辩论语料中出现的证素进行整理、分类和统计,我们得到了以下结果,详见表6-1:

表6-1 2008年和2012年美国大选总统和副总统候选人辩论中的证素

语篇 \ 证素(以信息类型为代表)		共享信息 直接信息	个人信息		转述信息		总计
			间接信息	引用信息	传闻信息		
总统候选人电视辩论							
奥巴马 (2008年第一场)	频率	100	3	220	3	1	327
	比例	30.6	0.9	67.3	0.9	0.3	100(%)
麦凯恩 (2008年第一场)	频率	71	5	226	14	3	319
	比例	22.3	1.6	70.8	4.4	0.9	100(%)
奥巴马 (2008年第四场)	频率	74	7	277	8	3	369
	比例	20.1	1.9	75.1	2.2	0.8	100(%)
麦凯恩 (2008年第四场)	频率	73	5	193	6	7	284
	比例	25.7	1.8	67.9	2.1	2.5	100(%)
奥巴马 (2012年第一场)	频率	162	6	487	12	6	673
	比例	24.1	0.9	72.3	1.8	0.9	100(%)
罗姆尼 (2012年第一场)	频率	136	10	491	25	3	665
	比例	20.4	1.5	73.8	3.8	0.5	100(%)
奥巴马 (2012年第四场)	频率	155	2	301	6	0	464
	比例	33.4	0.4	64.9	1.3	0	100(%)

续表

罗姆尼 (2012年第四场)	频率	127	22	305	9	1	464
	比例	27.4	4.8	65.7	1.9	0.2	100（%）
副总统候选人电视辩论							
拜登 (2008年第二场)	频率	35	3	185	28	2	253
	比例	13.8	1.2	73.1	11.1	0.8	100（%）
佩林 (2008年第二场)	频率	57	1	211	11	3	283
	比例	20.1	0.4	74.5	3.9	1.1	100（%）
拜登 (2012年第二场)	频率	77	3	352	55	5	492
	比例	15.7	0.6	71.5	11.2	1	100（%）
莱恩 (2012年第二场)	频率	89	6	352	30	0	477
	比例	18.6	1.3	73.8	6.3	0	100（%）
总计	频率	1156	73	3600	207	34	5070
	比例	22.8	1.4	71	4.1	0.7	100（%）

根据我们的统计和归类模式，辩论双方在使用证素编码信息来源的过程中，主要存在着以下五个基本特征。

1. 证素类型分布不均匀

通过语料分析，我们可以发现：辩论双方使用的编码个人信息的证素最多，其次是编码共享信息的证素，而编码转述信息的证素最少，如图6-1所示：

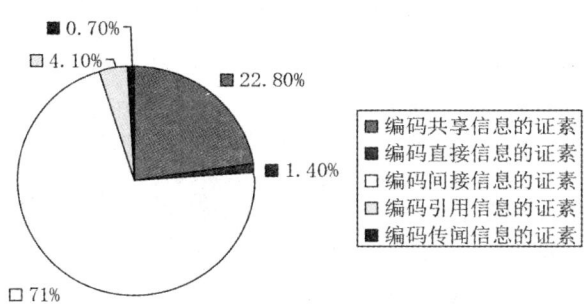

图6-1　总统竞选辩论中不同证素类型的出现比例

编码个人信息的证素在每个辩论人所使用的证素中占据绝对优势，均超过了60%，尤其是编码间接信息的证素在所有证素类型中比例最高，具有明显优势。在总共六场电视辩论中，辩论人在表述观点时使用了大量编码个人间接信息的证素，详细情况请看下图：

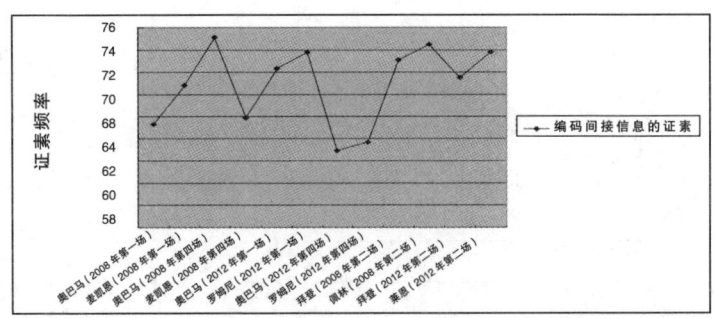

图6-2 总统竞选辩论中编码间接信息的证素频率

从图6-2中可以看出,在各场辩论中,辩论双方使用的编码间接信息的证素频率大多数都高于65%,仅有一场略低于这个值,即2012年的第四场辩论中奥巴马使用的证素频率为64.9%;而且在不同场次的辩论中,两位辩论人使用的编码间接信息的证素频率相对比较接近。例如在2012年的第四场辩论中,虽然奥巴马使用的证素低于65%,是所有场次中的最低值,但是同场的罗姆尼使用的证素频率也不高,只有65.7%,和奥巴马非常接近。总统竞选的电视辩论是两位候选人提出并明晰自己政见、驳斥对方观点并向国民揭示对方政策不合理的最佳场合,对双方而言,这既是机会,但又存在着风险。由于每场电视辩论给予每个人一定的时间表达自己观点,所以每个候选人只能在有限的时间里尽可能充分地表述自己的观点。基于这个外界因素,说话人在辩论过程中更加侧重个人信息的传递和表述,所以编码个人信息的证素数量会明显多于其余两种证素类型,尤其是编码个人间接信息的证素。

编码个人间接信息的证素形式多样。辩论中,辩论人需要通过比较固定、有力的辩论模式和措辞引起对方对自己观点的关注,但是重复使用某些词汇和句式会给观众形成一种用词单一、语汇贫乏的印象,所以辩论双方,无论是奥巴马还是罗姆尼,都采用多种形式的证素来编码个人信息,例如:I think、I believe、I suspect、I hope、I've got a view、it means、it turned out、when、if、so、because、as a consequence、in my view、as I indicate、in fact、as a matter of fact、plan、problem、proposal、fact、virtually、obviously、generally、probably、actually 等。其中,部分证素的使用频率明显高于其他证素,例如:

在表述自我观点时，奥巴马喜欢使用 I think 和 I believe，使用频率达到 29 次和 9 次，而罗姆尼喜欢使用 I think 和 I know 两个证素，使用频率达到 17 次和 13 次；在提出假设时，或者在推导过程中，奥巴马倾向于使用证素 if 和 when（表示假设情况），使用频率达到 47 次，罗姆尼也喜欢使用证素 if，使用频率达到 39 次；此外，两人在进行观点推导时都偏爱 so 这个证素，使用频率分别是奥巴马 47 次，罗姆尼 45 次。

2. 编码直接信息的证素所占比例最少

在电视辩论中，辩论双方很少使用个人信息中的直接信息，即源自说话人个人感官体验的信息，包括视觉、听觉、触觉、嗅觉、味觉等直接感受。从统计数据来看，各个辩论人使用的编码直接信息的证素比例大多低于 2%，只有在 2012 年的第四场辩论中，罗姆尼使用的直接信息型证素达到了 4.8%，具体数据请看图 6-3：

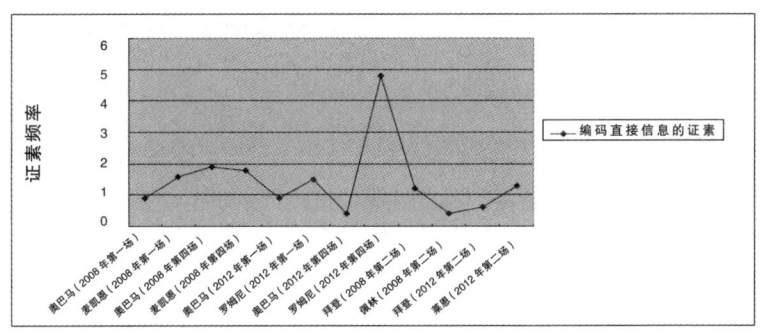

图6-3 总统竞选辩论中编码直接信息的证素频率

个人信息中的直接信息主要是指说话人在言语交际中传递的感官信息。在电视辩论过程中，辩论双方在论证自我观点的过程中很少或者不采用直接信息，是由电视辩论的语境所决定的，情况可以分为以下两种：第一种，说话人通过感官获得的视觉和听觉信息来自言语交际的现场，即辩论发生的演播室或周围场景，这样的信息对辩论的另一方而言，也是直接可及的，甚至对于辩论的旁观者而言也都是可及的，这样，说话人的直接信息就变成了对辩论双方都具可及性的共享信息，就无须采用编码直接信息的证素，而改用编码共享信息的证素,甚至采用零证素的形式来表明信息来源;第二种,说话人的感官体验还包括除视觉和听觉以外的其他感官信息,这些信息的信度因为个体差异而不稳定,因此对辩论不具可用性和有效性,所以应该排除在外。

此外,语篇中也出现了常见的编码直接信息的证素,如 see、hear、look at、seem 等证素,但是结合时态、人称和信息内容的分析,我们可以发现这些证素表述的信息并非完全源自说话人的直接体验,在很多情况下是说话人借以表述自我观点的证素,即这些证素在具体语境中、在实际应用中改变了原来的证素功能,从编码直接信息向编码其他类型信息的证素功能过渡。证素随着使用者的使用习惯逐渐从基本功能向相近、相关的功能拓展过渡,并且这些拓展功能由于使用频率和范围在长期的使用中逐渐固定下来,变成了该证素的主要功能,这种证素功能迁移现象也符合 Traugott 关于语义历时演变的规律。具体示例如下:

a. Over the last 30 months, we've seen 5 million jobs in the private sector created.
b. And what's happened with some of the legislation that's been passed during the president's term, you've seen regulation become excessive, and it's hurt– it's hurt the economy.
c. Now, you know, that may not seem like a big deal when it just is, you know, numbers on a sheet of paper, but if we're talking about a family who's got an autistic kid and is depending on that Medicaid, that's a big problem.

在上面的例子中,句 a 和句 b 中都出现了带有感官动词"see"的证素,分别为"we've seen"和"you've seen"。视觉是人们获取客观世界信息的基本来源。直接的视觉信息被许多人认为是最有力、最可靠的信息来源。而且在一般情况下,视觉信息对不同的人而言具有同一性,即位于相同位置的不同个体看同一事物时,获取的信息是基本一致的。但是在同等情况下,个体通过其他途径,例如通过听觉等感官或者认知行为来获取信息时,结果就会不同。因此,大多数人信赖视觉信息的客观准确性。但是,这里的两个证素中虽然都出现了视觉动词,但是从前后文的内容可以判断出来,这里的"see"并不是说话人或听话人真正用眼睛去看，而是一种心理认知和主观判断，或者说是说话人对信息的转述，因为所述命题中的这些信息是无法完全通过视觉器官感知的。在当前语篇语境中，说话人通过视觉动词"see"营造出听话人和广大观众可以直接获取信息的现场感，加强听话人和广大观众与命题信息之间的关联性，使信息更具可及性。由于视觉动词"see"从基本的动作义向认知义转变，"we've seen"和"you've seen"的证素功能也从编码个人信息转向编码共享信息。同样，在句c中，说话人使用了证素"seem like"。"seem"为连系动词，意思是"似乎、好像"，其义源自人体对外界的感官反馈，所以从基本义来看，"seem"通常用来编码直接信息。但是在句c中，说话人谈及的是医疗保险政策，是无法通过人体感官直接感受到的，而必须通过认知推理等思维模式来获取相应的信息，因此在句c中，证素"seem like"同样出现了证素功能转移。在电视辩论的特定语境中，交际双方传递的、能够通过感官感知的信息非常有限，但是为了增强辩论话语的现场感和信息对观众的可及性，说话人常常会用编码直接信息的证素来编码共享信息。

3. 编码共享信息的证素多以显性形式出现

在电视辩论中，编码共享信息的证素多以显性形式出现。通常情况下，共享信息因为在交际双方之间具有高信度和可及性，所以主要通过零证素进行编码，但是在辩论语篇中，语言交际具有即时性，辩论双方需要在有限的时间内明确表达自己的观点和信息来源，而话语在说出口的一刻就会给听话人和广大观众留下一定的印象，从而影响后续的言语交际效果。在言语交际的时间、场景等受到限制的情况下，语言表述的含糊和不当会对共享信息的信度产生不利的影响，所以辩论双方为了避免共享信息的信度受到质疑和误解，常常会通过证素等语言标记来明示共享信息的来源。在我们统计的电视辩论中，辩论双方都采用了一定数量的显性证素来编码共享信息，详见图6-4：

从图6-1中可以看出，辩论双方在辩论过程中使用的编码共享信息的证素在所有出现的证素中居第二位，比例虽然低于编码个人信息的证素，但是高于编码转述信息的证素比例。从图6-4中可以看出，不同辩论人的使用比例也存在着差异，最高达到了33.4%，最低只有13.8%，而且从整体来看，奥巴马在辩论过程中使用的编码共享信息的证素比例较高，分别为30.6%，20.1%，

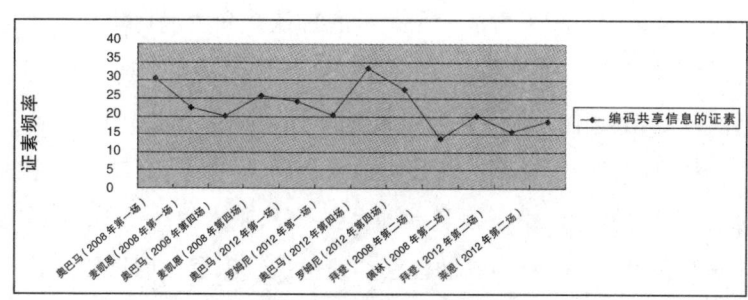

图6-4　总统竞选辩论中编码共享信息的证素频率

24.1%，33.4%，即两个高峰值都出现在奥巴马的辩论场次中；而拜登使用的同类证素较少，两个低谷值 13.8% 和 15.7% 都出现在他的辩论场次中。

相对于个人信息型证素的形式多样，编码共享信息的显性证素形式比较集中固定，主要以话语标记和插入语为主，来表述信息对双方的可及性、引起读者共鸣或引导读者按照既定思路进行解读。在表 6-2 中，我们列出了辩论过程中出现频率较高的编码共享信息的证素。

表6-2　论辩语篇中编码共享信息的显性证素

顺序	证素	频率
1	You know	81
2	Let's	64
3	Look	56
4	We saw/ we have seen/ we are seeing	39
5	You said / you've said	38
6	We all know / we know / we knew	19
7	Look at	18
8	I said / I have said	17
9	We said / we have said	17
10	You see	11

在表 6-2 中，"you know" 和 "look" 这两个证素出现的频率很高，分别为 81 次和 56 次，列在前三位。其实，这两个证素作为话语标记，其功能已

经被 Schiffrin 等学者广泛研究。芬兰语言学家扬·奥拉·奥斯特文 (Jan-Ola Östman) 认为 "you know" 表示说话人尽力使听话人合作并且将自己的话语理解为共有的背景知识。① 英国学者劳伦斯·希劳朴 (Lawrence Schourup) 重点研究了"常见话语小词"（common discourse particles）中的"you know"等词，指出这些词汇具有"明示"作用（evincive function）。② 希夫林 (Schiffrin) 认为"you know"的主要功能是确认与它相联系的话语单位所表达的信息的互知，即表达说话人认为听话人已经具备所谈论问题的这方面知识的元知识。"look"属于祈使类动词，在话语中出现时，除了其基本的祈使功能外，还兼具话语标记功能，即引导听话人关注话题信息。而从言据性视角来看，"you know"和"look"传递的言据意义是指说话人通过此类证素的使用，向听话人表明所述命题信息对双方而言都具可及性，即该信息位于双方的认知域内，是双方都应该掌握的信息，或者听话人能够以相同或相似的方式即时获取该信息。作为证素，"you know"表明说话人认为所述命题信息是双方共有的背景知识，但是双方关注的焦点不同，在当前的言语交际中，说话人通过证素来触发听话人认知域中的相应信息，引导听话人运用已有信息来解读自己的话语。"look"表明说话人认为所述命题信息对交际双方都具同等可及性，双方可以以相同的方式获取信息，或者听话人已经获取了相应的信息。在当前的辩论中，说话人利用"look"本身的祈使功能来唤起听话人对相应信息的关注。具体示例如下：

a. You know, four years ago we were going through a major crisis.

b. You know, his – his running mate, Congressman Ryan, put forward a budget that reflects many of the principles that Governor Romney's talked about.

c. Look, the genius of America is the free enterprise system and freedom and the fact that people can go out there and start a business, work on an idea, make their own decisions.

---

① Jan-Ola Östman, You know: *A Discourse Functional Approach,* Amsterdam/ Philadelphia: John Benjamins Publishing Company, 1981.
② Lawrence C. Schoroup, *Common Discourse Particles in English Conversation,* New York: Garland, 1985.

d. Look, the right course for America's government, we were talking about the role of government, is not to become the economic player, picking winners and losers, telling people what kind of health treatment they can receive, taking over the health care system that has existed in this country for a long, long time and has produced the best health records in the world

在上面的例子中，句 a 和句 b 中使用了证素"you know"，句 c 和句 d 使用了证素"look"。说话人奥巴马在句 a 中提及 2008 年的金融危机，在句 b 中提到了瑞安之前提出的预算方案，这两个信息对于听话人罗姆尼和广大观众而言，都是可及的信息，前者是美国广大民众的切身经历，后者是面向大众的公开信息。奥巴马通过证素"you know"的使用，提示罗姆尼和广大观众：他的后续命题或论点是建立在双方甚至全体民众都熟知的信息之上，既然这些信息的信度不可驳斥，那么他的论点就拥有了坚实的基础。在句 c 中，说话人奥巴马谈及美国精神的精髓所在，这个信息虽然没有成为法律条文、科学定义，却是美国民众公认的国家精神。奥巴马通过证素"look"的使用，提醒听话人和观众对自己的命题信息的关注，同时指明该信息也具有一定的普及性，大家可以通过生活经历、文化感知、社会关注等各种途径获得相似的信息。在句 d 中，说话人罗姆尼提到了美国政府职责问题，这是对前面辩论内容的一个总结性发言。通过证素"look"的使用，罗姆尼指出自己辩论中的侧重点，以及奥巴马对政府职责理解中的不当之处，提醒听话人和广大观众注意，并且也表明命题信息是认真倾听并理解了他在之前辩论过程中发表的观点后就能够顺理成章得出的结论。

除此之外，共享信息中还包含交际双方彼此之间共享的背景信息，这些信息与交际双方的社会生活、经历体验密切相关，在彼此之间都有可及性，在交际双方之外也具有一定的可及性。在电视辩论中，当涉及这些信息时，说话人会尽量避免使用零证素，而是通过显性证素明晰信息来源，即指明该信息是与自己相关，与听话人相关，还是与双方都相关。编码此类共享信息的证素详见表 6-3：

表6-3 编码不同类型共享信息的证素

证素		
与自己相关的共享信息	与对方相关的共享信息	与双方相关的共享信息
I said / I've said	Governor Romney said	We know / we all know
as I said	Governor Romney earlier mentioned	We see / we have seen
as I indicated earlier / before	Governor Romney indicated	We said / we've said
As I mentioned before	The president pointed out correctly	We are talking about
I mentioned earlier	The president said	we agree
As I promised	he said / he says	Both of us recognized
I've been talking about	you mentioned	the president and I agree on
I've described	you point out	Governor Romney and I both agree
	you said	Governor Romney and I do share
	as you say	We're a nation that believes

从表 6-3 中可以看出，在指明共享信息来源的证素中，用以表明信息源自对方的证素被辩论双方大量使用，是说话人比较偏爱的证素类型。这类证素指明所述命题信息是辩论对手说过的话，或者采取的政策和策略内容，通过这类证素的使用，说话人可以将对方曾经表述过的话语、观点、经历作为自己立论的基础，或者通过揭示对方观点中的漏洞及政策实效来驳斥对方观点。

此外，虽然有一些证素，如"I said"、"you said"、"he said"等，表明信息是引用或转述而来，但是因为信息的所有人是交际双方中的一方或者双方，并不属于第三方所有，所以此类信息不能归为转述信息，而是属于共享信息。在总统竞选辩论中，说话人在引用或者转述第三方信息时，通常会明确标明信息的具体来源，如：Abraham Lincoln（亚伯拉罕·林肯）、AARP（美国退休人员协会）、CBO（国家预算办公室）、the Department of Energy（国家能源部）等。信息来源的明晰化有助于听话人或者辩论的旁观者更好地解读说话人在命题中提供的信息，也可以协调并保持信息信度在提供者和接收者之间的同一和稳定。当然，说话人在论证过程中也引用了一些普通人的事例和话语，通过"she said"、"he said"和"they said"等证素来编码。正如我们前文所说的，证素有多种功能，同一信息来源可以采用不同的证素编码，而同一证素也可以编码不同的信息来源，只有结合语篇语境，通过对信息内容的正确解读，才能区分特定证素传递的言据意义。具体例子如下所示：

    a. You know, four years ago, <u>I said</u> that I'm not a perfect man and I wouldn't be a perfect president.

    b. When it comes to corporate taxes, <u>Governor Romney has said</u> he wants to, in a revenue neutral way, close loopholes, deductions—he hasn't identified which ones they are—but that thereby bring down the corporate rate.

    c. First of all, <u>the Department of Energy has said</u> the tax break for oil companies is $2.8 billion a year.

    d. Right now, <u>the CBO says</u> up to 20 million people will lose their insurance as Obamacare goes into effect next year. And likewise, <u>a study by McKinsey and Company of American businesses said</u> 30 percent of them are anticipating dropping people from coverage.

    e. And as a matter of fact, when the president ran for office, <u>he said</u> that, by this year, he would have brought down the cost of insurance for each family by $2,500 a family.

    f. I've talked to a guy who has a very small business. He's in the electronics business in—in St. Louis. He has four employees. <u>He said</u> he and his son calculated how much they pay in taxes, federal income tax, federal payroll tax, state income tax, state sales tax, state property tax, gasoline tax—it added up to well over 50 percent of what they earned.

    g. When Ronald Reagan ran for office, he laid out the principles that he was going to foster. <u>He said</u> he was going to lower tax rates. He said he was going to broaden the base.

在上面的例子中，句 a 中出现了证素"I said"，其中"I"指向说话人自己，而言说动词"say"使用过去时，这表明所述命题信息源自说话人过去的经历，但是从前后语篇语境来判断，说话人引用的是自己在四年前总统选举时的言论，鉴于总统选举的公开性，说话人在公开场合的言论对广大观众都具可及性，因而这个证素编码的不是个人信息，而是共享信息，说话人通过证素标明信息来源，同时触发听话人和广大观众认知域中的相关记忆。句 b 中的证素为"Governor Romney has said"。在这个话语中，说话人是奥巴马，听话人为罗姆尼，因而证素中出现的"Governor Romney"是交际中的一方，奥巴马在这里转述了罗姆尼在之前辩论过程中提出的建议和举措，罗姆尼和广大观众都很熟悉这个信息，因此这个证素同样编码了交际双方共享的信息。而在句 c 中出现的证素"the Department of Energy has said"和句 d 中出现的证素"the CBO says"、"a study by McKinsey and Company of American businesses said"都使用了言说动词"say"，但是这些命题信息明确指向第三方，分别来自美国能源部、国家预算办公室和麦肯锡公司提供的关于美国企业的调查报告，因此通过这些证素的使用，说话人将源自第三方的转述信息引入自己的辩论，为自己观点提供有力的论据。句 e、句 f 和句 g 中都出现了证素"he said"，但是传递的言据意义却是有所差别的。证素"he said"中的人称代词"he"在三段话语中分别指向不同的个体：在句 e 中，指的是前文中出现的"the president"，所以该命题信息是源自听话人，属于交际双方的共享信息，说话人引用听话人曾经的言论作为自己立论或反驳的依据，这样的信息具有较高的信度；在句 f 中，"he"指向前文中提及的"a guy who has a very small business"，在句 g 中，"he"指向前文中的"Ronald Reagan"，信息都是来自第三方，属于转述信息，说话人转述了第三方信息，通过普通民众的生活经历和前任总统的言论来论证自己的观点。

4. 部分证素出现了插入语化现象

英语中的许多证素在实际使用中存在着插入语化（parenthesisation）现象，即一些证素根据语义表达的需求，从主句成分转变成为主句的附属成分，而且成为一种常态结构，如我们熟知的 I think、you know、in my view 等证素。例如：

a. I think that would be a mistake.

a'. But what I think the American people recognize is after a decade of war, it's time to do some nation-building here at home.

b. I think you know that these last four years haven't been so good as the president just described and that you don't feel like you're confident that the next four years are going to be much better either.

b'. You know, I was having lunch with some—a veteran in Minnesota who had been a medic dealing with the most extreme circumstances.

c. In my view that's going to mean a whole different way of life for people who counted on the insurance plan they had in the past.

c'. This is, in my view, is the highest responsibility of the president of the United States, which is to maintain the safety of the American people.

句 a 中的"I think"、句 b 中的"you know"和句 c 中的"in my view"均为主句成分。与此相反，句 a'、b' 和 c' 中的相应成分则为主句的附属成分，属于插入语。这些证素表达的语法意义基本一致，即向听话人交代话语信息的来源，"I think"和"in my view"表明信息源自说话人的主观想法，而"you know"表明信息源自交际双方共享的信息。

插入语化现象并不仅仅局限于证素，在其他语法范畴中也同样存在，尤其在话语标记中表现明显。插入语化的证素与普通证素本质上是一样的，基本功能仍然是明示命题信息来源。当证素充当主句成分时，信息来源成为话语的关注点，是说话人向听话人明示命题信息来源及其信度，对命题的解读和接受有重要影响；而当证素转变为主句的插入成分时，信息来源不是说话人关注的焦点，而只是对命题信息进行补充说明的辅助成分。说话人采用插入语形式的证素，使得证素所编码的信息来源泛化、笼统化，弱化了证素在句子结构中的作用，可以淡化自己与信息的关联性，从而减轻自己对命题内容所负的责任，同时也可以起到补充说明、附加表述的作用。

5. 证素连用的类型和功能

在语篇中，证素与信息并非一对一的关系。在同一个信息中，可能出现多个证素连用的现象。通常情况下，证素与信息来源之间存在着对应关系，但是信息来源的多重性、特定交际目的等会促使说话人同时采用多个证素来编码信息来源。

（1）同一信息的来源多样化造成证素使用中的连用现象。通常情况下，当同一信息以多种途径获取时，说话人会在遵循言据性准则的基础上，根据具体语境和交际目的在各个信息来源之间选择最有力那个来源，然后选择相应的证素进行编码。但是，在特定的语篇语境中，说话人会选择使用多个证素，来夯实自己的论据基点，或者明晰自己的论证过程。具体示例如下：

a. So—so if— if the tax plan he described were a tax plan I was asked to support, I'd say absolutely not..

b. As a matter of fact, when the president ran for office, he said that by this year he would have brought down the cost of insurance for each family by $ 2,500 a family.

c. And it's actually an accounting treatment, as you know, that's been in place for a hundred years.

d. This is the reason why AARP has said that your plan would weaken Medicare substantially.

e. (Cleveland Clinic) They say if a patient's coming in, let's get all the doctors together at once, do one test instead of having the patient run around with ten tests.

在上面的例子中，句 a 中出现了证素"so"、"if"、"would"和"absolutely"。这四个证素都是编码个人信息的证素，其中"so"表明信息源自说话人的主观推理，是在前文信息的基础上得出的必然结论；"if"表明信息源自假设条件，即说话人根据一定客观条件和规律对事物发展进行假设，提出假设性结论；"would"表明说话人表述了自己对命题信息的态度和评价；而"absolutely"也是编码推理型信息的证素，和"so"的言据功能类似。这样，在这个话语中，说话人通过四个证素的连用，将自己从前文信息或者论证过程中得出的结论以假设的形式展示给听话人，并明确表述了自己对命题的态度和看法。

在句 b 中，说话人使用了证素"as a matter of fact"、"he said"和"would"。"as a matter of fact"表明信息源自说话人的期望，属于个人信息中的间接信息，而在证素"he said"中,根据前文中出现的"the president",我们可以判断人称代词"he"指向听话人,所以该证素编码了共享信息。在这个主要证素编码的信息中又出现了次要证素"would",这个证素主要编码个人间接信息,因为主要证素指向听话人,所以"would"编码了听话人的个人态度和评价。在这个话语中,说话人将编码共享信息和个人信息的两个证素连用,通过共享信息对大众的可及性来增强事实和期望之间的对比效果。句 c 的情况亦是如此。"actually"属于编码个人信息的证素,而"as you know"表明信息是交际双方共享的信息。通过这两个证素连用,说话人在表述自己观点的同时,也充分表明不仅自己持有这个观点,而且这个信息还在一定范围内具有可及性。

句 d 中出现了"the reason"、"AARP has said"和"would"三个证素。"the reason"属于编码个人推理信息的证素,表明说话人是从结果推导事件的缘由,对自己的观点进行理由论证,而"AARP has said"编码了转述信息,信息实际源自 AARP(美国退休人员协会)。在这个证素编码的信息中又出现了次要证素"would",根据主要证素可以判断出,"would"编码的个人态度和评价来自信息源"AARP"。说话人通过转述具有一定公信力的第三方信息来进一步佐证自己观点的可信性。同样的情况也出现在句 e 中。证素"they say"表明信息来自第三方,即克利夫兰诊所的管理者或者工作人员,证素"if"表明信息属于个人信息中的假设信息。说话人以克利夫兰诊所为例来说明自己对医疗保险制度改革的看法。关于克利夫兰诊所的具体情况和自己以此为例的缘由,说话人没有空洞的说教,而是转述了第三方的信息。在转述中,说话人通过假设证素使观点更加生动形象,让人如入其境。

通过上述例子,我们可以发现,单一证素可以使信息来源清楚明确,凸显证素的言据功能,但是多个证素连用,在合适的条件下可以辅助甚至增强证素对命题内容的表达,而且表述形式的改变可以提升信息的可及性,推动信息更好地进入听话人的认知域。在我们研究的语料中,没有出现编码共享信息和转述信息的证素连用现象,具体原因可能是因为两者信息来源之间存在着冲突,同时存在的情况比较少见,但是这些可以通过扩大语料范围继续研究,作进一步的论证核实。

(2)证素对命题内容的补充说明。根据我们前文的发现,部分证素在具体使用过程中出现了插入语化现象,由主句成分转变成句子的附属成分,对命题内容进行插入式的补充说明,这也是造成多个证素连用的原因之一。

  a. Now, <u>Governor Romney has said</u> he wants to repeal Dodd-Frank, and, you know, I appreciate and <u>it appears</u> we've got some agreement that a marketplace to work has to have some regulation.

  b. <u>I want to underscore</u>, the same point <u>the president made</u>, that if I'm president of the United States, when I'm president of the United States, <u>we will</u> stand with Israel.

  在上例中,句 a 的主要证素为"Governor Romney has said"和"it appears"。这两个证素作为主句成分,分别编码了共享信息和个人信息,表达了说话人对听话人"废除多德—弗兰克法案"这一观点的肯定。句中的另一证素"you know"是句子的插入成分,说话人通过这个编码共享信息的证素将前后两个命题连接起来:第一个命题中的证素"Governor Romney has said"表明信息主要源自听话人,强调交际双方共享该信息,而尾部命题中的证素"it appears"表明信息是说话人的主观想法,属于个人信息。这样,说话人通过证素"you know"表明信息对交际各方都具可及性,对尾部命题起到补充说明的作用,从而避免由共享信息突然转至个人信息的突兀,使前后两个命题信息形成阶梯型的自然过渡。在句 b 中,证素"the president made"作为插入成分,是对其余证素的补充说明。句中的证素"I want to underscore"表明信息是说话人的个人观点,属于个人信息,后一证素"if"也是编码个人信息的证素,表明信息是说话人的假设,前后两个命题均为个人信息,具有强烈的主观性。为了避免自己的观点给予听话人和观众过于主观的印象,说话人通过插入性证素"the president made"引入了共享信息,对前后的个人信息进行补充说明,扩大信息的可及性,同时说话人也在"if"编码的主观信息中引入了次要证素"we will",通过人称的变化,将个人意愿变成了美国人民的共同意愿,也在一定程度上缓解了命题的主观性色彩,增强了信息的可及性和共享性。

  证素通过插入形式对其余证素形成补充,在不同的语境中可以起到相应的语篇功能，由此可见，多个证素的连用也是言据性语用特质的一种表现形式。

（3）隶属不同语法单位的证素之间的连用。出于语篇修辞的考虑，说话人在使用证素的过程中通过隶属于不同语法单位的言据形式表明信息来源，同时丰富语言表层的表现，避免语言结构的单一和语言表达的平淡。

  a. And <u>as a consequence</u>, veterans' unemployment is <u>actually</u> now lower than general population.
  b. The <u>fact</u> is that <u>if</u> you are lowering the rates the way you describe, Governor, then <u>it is not possible</u> to come up with enough deductions and loopholes.

在上例中，句 a 中出现的两个证素"as a consequence"和"actually"分别是介词短语和副词，两者都属于编码个人间接信息的证素，前者为推理证素，后者为期望证素。"as a consequence"是句 a 中的主要证素，承接上文中的推理过程，导出必然的推理结论，而"actually"属于次要证素，对推理结论进行准确表述，即通过期望对比来展示结论与预设期望的相差值。

句 b 中出现了证素"fact"、"if"和"it is not possible"，分别为名称、连词和句子结构。与句 a 中的"actually"一样，"the fact"也是期望证素，但是它们属于不同的语法单位。在句 b 中，"fact"是主要证素，而"if"属于假设证素，是次要证素，表明说话人的期望信息是建立在假设信息的基础上。"it is not possible"属于推理证素，和"if"一样同为次要证素，表明命题信息是在前面假设条件基础上进一步推导。说话人在同一句话中，通过证素的不同表现形式来表述不同类型的信息，充分展现了语言表述的丰富性和层次感。

二、总统竞选辩论中证素的主观性和交互主观性

论辩语篇中的言据性是指说话人/作者通过证素编码信息向听众/读者更好地传递命题信息的信度以及自己的态度和评价。根据第五章中关于言据性主观性和交互主观性的讨论，主观性贯穿说话人/作者语篇建构的整个过程，证素的各种类型都或多或少地带有说话人/作者的主观性作用和影响，但是不同

的证素所带有的主观性在程度上存在着差异，而且随着交际情境的变化游离于主观性和交互主观性两个域。

从论辩语篇的整体视角来看，传递信息和表达命题只是部分地实现了语篇功能，而要进一步实现语篇的交际目的，说话人/作者还必须充分考虑传递出的信息和表述的观点是否能被听众/读者接受，是否能够在自己的主体域之外引起更多的共鸣，即单向式的信息传导方式已经无法满足主体需求，主体需要得到其他主体的关注和共鸣，实现信息传导的双向交流。因此在语篇建构过程中，说话人/作者通过编码言据性表述指明所述命题信息不仅仅只是说话人/作者的"自我"展示和表达，而且还体现了说话人/作者对听话人/读者的关注和重视，将听话人/读者由从属的"客体"地位提升为同等的"主体"地位，即言据性的语言表征中出现了听话人/读者的表现成分。这样，通过听话人/读者更多地参与到话语中，说话人/作者也相应地提高了个人观点的可及性、普遍性和可接受度。

1. 言据性策略的主观性和交互主观性需求

总统竞选辩论是双方辩论人就主持人给出的论题各抒己见，展开辩论的口语交流过程。因为双方辩论人分属不同的政治派别，在很多论题上持不同观点和态度，所以在辩论过程中，辩论双方很多时候都是剑拔弩张、针锋相对，互相攻击对方的政策和观点，同时向广大观众展示己方政策和观点的正确性和可行性。从辩论的目的来看，说话人充分论证自己观点的正确和合理，驳斥对方观点中的谬误和失实，通过语言上所体现的准确缜密、得体合宜来赢取广大观众对自己所代表的政党的拥护和支持。从这个意义上讲，总统竞选辩论是说话人观点的表述，具有明显的主观性，是言语主体在有限时间内完整展示自我观点的主观性过程。从辩论的形式来看，总统竞选辩论是以电视直播的形式进行，虽然辩论现场观众有限，但是全国的选民都可以通过电视观看整场辩论，关注辩论进程，了解各位总统候选人和副总统候选人的政见和抱负，因此辩论不仅仅是两个说话人之间主观观点的简单交流和辩论，而是双方通过辩论形式为自己和自己所代表的政党赢得更多支持和赞同的有利时机。说话人需要在有限的时间内帮助知识水平不一的广大观众建立起一个信息共享平台，这样就可以帮助这些观众更好地解读和接受自己的论点，引导他们自然地进入自己的认知域，从自己的视角和立场来解读、理解和接受，直至支持和拥护自己的观点和政策。从这个意义上讲，总统竞选辩论在论证观点的同时，更加重视观点被广大选民接受的程度，所以具有强烈的交互主观性诉求。如果说话人只关注语言的主观性层面，即使赢了辩论，却无法获取广大观众和选民的支持，他注定是失败的，因此在总统竞选辩论中，辩论双方必须关注语言的交互主观性，适时得体地展现语言的交互性能够更好地辅助表达主观性。

2. 总体特征

根据前一节数据统计的结果，编码个人信息的证素在总统竞选辩论的言据性系统中出现频率最多，是主要的言据性标记，因此总统竞选辩论中，说话人传递的个人信息要明显多于其他类型信息。根据我们在第五章里的分析，个人信息是作者个人拥有的直接信息和间接信息，是"自我"观点和态度的表达，具有明显的主观性，因此传递主体意识的证素从语言层面表现出语篇本质上的主观性。虽然在表现形式上与其他论辩语篇存在很多不同，但是总统竞选辩论仍然是以说话人的主观论证为主，通过编码个人信息的证素所传递的主观性命题来构建语篇整体。

首先，在这些证素中，编码个人直接信息的证素相对较少，主要以视觉证素为主，例如 see、look at、witness 等，辅以少量的听觉证素，如 hear，突出说话人对所述命题的亲眼所见，亲耳所闻。个人直接信息源自作者的感官体验，是主体独有的信息，旁人不可及，因此主观性明显。编码个人间接信息的证素出现频率高，通过不同的语法形式传递不同类型的间接信息。其中，推理证素出现频率最高，还包括期望证素、信念证素、假设证素、记忆证素等。这些证素编码的信息都是源自作者主观认知活动，反映和体现了主体的不同认知方式及其成果，具有不同程度的主观性，分布在主观性程度渐进线的不同位置。

由于个人信息型证素的高频率使用，语篇的主观性明显，为了避免过多的主观性标记对观众们的负面影响，说话人通常会在辩论过程中，通过语言表征的调整来弱化语篇表层的主观性，增加语言层面的共享性和客观性。方法主要包括以下两种：

（1）通常情况下，拥有和传递个人信息的主体是说话人本人，但是在一些命题中，说话人将"自我"隐于"台下"，借助句子主语的身份来"感知"、来"推理"、来"期望"等，这样原本只是说话人的推理信息就演变成了句子主语的个人信息，说话人通过"强主观性"表述的"去我质"特征从表层上淡化了自己与命题的关联性，减轻了自己对命题应付的责任，而在另一方面，说话人还借此拉近了与广大观众的心理距离，因为命题信息中的部分内容与这些选民的生活息息相关，说话人借助他们中部分人的口吻说出了他们心中的感受，表达了民意。

（2）说话人借助话语标记、插入语等形式将具有明显主观性的证素调整到附属结构中，减弱证素主观性对语篇整体的影响。通常而言，句子的主要成分是传递信息和体现主客观性程度的语言载体，而句子的附属成分只是对主体的补充说明，所以将一些证素调整到话语标记、插入语等附属成分的位置，不但仍然可以起到传递言据意义的目的，同时又可以有效地缓和句子整体的主观性。

其次，在总统竞选辩论中，编码共享信息的证素排在第二位。正如我们前文所述，共享信息是交际双方共同享有的信息，并且在一定程度上已经或者极有可能达成一致认识的信息，对双方而言，都具主观介入性和可及性。这些信息对交际双方而言都是普遍熟悉的，而且部分信息对广大观众而言也是广泛知晓的，例如辩论双方在公开场合的言论和表态，或者在一定范围内积极推广的政策和法令等。在处理这些信息时，说话人没有常规性地采用零证素方式编码言据意义，而是以显性证素来编码信息，强调信息来源，构建一个可以让辩论双方以及广大观众都可以进入的信息共享域，加强与观众们的互动和关联。共享信息的显性化处理体现了说话人对听话人（包括辩论对手和广大观众）主体身份的认可和尊重，体现了说话人将自己对语篇交互主观性的强烈诉求转化成了语言层面真正的交互主观性表述，因为当交际双方在信息面前享有平等地位时，语篇交互主观性的出现也就有了稳固的基础。在总统竞选辩论中，共享信息型证素主要通过三种形式来展示说话人的交互主观性意图：

（1）证素与第一人称复数形式和第二人称的连用使得原本具有个人主观性的感知、发现、观点、推断、结论变成了对双方甚至广大观众都具可及性的信息。说话人通过改变直接信息型证素的人称，为广大观众营造一个辩论现场以外且可以感知的世界,并赋予"现场感";说话人通过变换间接信息型证素的人称,邀请听话人一起通过相同或相似的认知过程获取信息,得出相同结论。这样,同一命题信息就从主体的认知域拓展至听话人的认知域,即该信息位于交际双方认知域的沟通域,具有交互主观性。

(2)祈使句和话语标记引导的命题信息使原有信息表现出作者的交互主观性意图。在总统竞选辩论中,祈使句的使用是说话人对听话人和广大观众发出的邀请信号,引导他们进入自己的认知域,参与自己观点的论证推理过程,通过这种形式得到的信息就变成了双方共同努力的成果,具有交互主观性,又或者通过这样的形式向他们表明信息的可及性,吸引他们关注共享信息。

(3)通过 agree、describe、indicate、mention、say 等动词的过去时和现在完成时来提示听话人,信息源自辩论双方之前在公开场合的言论和表态,这样就为下一步的推理论证奠定了信度基石。这部分共享信息也是对话式论辩语篇中比较特殊的信息形式。这些言论由于是在公开场合发布的,信息来源公开确定,不容质疑,因而命题信息具有公信力和稳定性,同时对广大观众而言,也是可及的,增加了话语的信度和论证过程的互动性。

再次,在总统竞选辩论中,虽然辩论双方使用的编码转述信息的证素比例最少,但是仍然表明在适当的时候,辩论人还是会转述源自第三方的信息。根据前文的数据统计和分析,总统竞选辩论中的转述信息以引用为主,传闻信息很少。说话人通过引用证素将第三方拥有的、具有一定信度的信息引入自己的语篇,然后借助第三方观点的力量来达到语篇交际的目的。但是在表现形式上,说话人隐于"台下",听话人只是主体意向中的沟通对象,第三方是唯一出现在"台上"的主体,这样的命题从表层来看具有客观性,但是说话人的主观性意图是不言而明的,因此引用证素体现了辩论过程的交互主观性倾向。

3.语篇实例

在前面一节,我们通过理论和数据论述了总统竞选辩论中言据性的主观性和交互主观性表现,接下来我们将通过实例来探讨主观性和交互主观性连续统在总统辩论语篇中的具体运用。

下面这段语篇摘自 2012 年美国总统大选电视辩论第四场。

在讨论外交政策中的中东问题时,针对罗姆尼对自己在总统任期内的外交政策提出的指责和改进方案,奥巴马做出了以下回应。我们根据证素对原始语篇进行了相应的处理,A 框和 B 框中是说话人奥巴马在话语中使用的证素,A 框中的证素是说话人在句子中使用的主要证素,而 B 框中的证素是句子中的次要证素,对 A 框证素起辅助作用,框外的话语是证素引导的各个命题。

首先,我们来分析一下奥巴马这段话的命题内容。在这段话语中,奥巴马大量引用了听话人罗姆尼之前的言论和观点,这些观点和言论或与实际情况形成对比,或与罗姆尼的其他言论形成了矛盾。通过这一方式,奥巴马在最后提出了自己的观点,即中东问题的解决在于国家领导层的坚强意志和稳定决策。其中,第一个话题从第 1 行至第 9 行,奥巴马指出罗姆尼外交政策的重心有误,目前美国应该关注的焦点不再是罗姆尼所谓的俄罗斯。在这个话题上,奥巴马不无讽刺地指出:"你知道的,冷战已经结束二十年了。"他还将罗姆尼落后的外交政策等同于将 50 年代的社会政策和 20 年代的经济政策应用于当下。第二个话题从第 10 行到 26 行,奥巴马开始大量转引罗姆尼的言论和观点:罗姆尼不希望伊拉克事件重演,但是又支持驻兵伊拉克,甚至增大兵力;罗姆尼反对跟俄罗斯签订核协议,虽然这个条约得到 71 名不同党派参议员们的投票支持;关于是否对阿富汗问题设定时间表,罗姆尼的观点始终反复不定。奥巴马通过罗姆尼的这些自相矛盾、曲高和寡、摇摆不定的言论生动地建立起一个在外交上迷惑、稚嫩、犹豫的罗姆尼形象。他甚至在第 15—17 行一针见血地指出罗姆尼外交政策的弱点所在:你从来没有担任过真正实施外交政策的职务,从而导致一个致命的结果——每次你提出的意见都是错误的。在最后结尾处的第 27—28 行,奥巴马重新回到话题中心,通过前文的例证推导得出了结论,即明确清楚地提出了适合美国国情的外交政策。

其次,我们来分析一下奥巴马在这段语篇中使用的证素。这段语篇中先后出现了主谓结构形式的证素 "I'm glad"、"I know"、"you recognize"、"you say/said"、"you know"、"you seem to"、"you think"、"you indicated"、"we need to"、"we should" 等,副词证素 "actually"、"just" 等,介词证素 "despite"、"like" 等,名词证素 "fact",连词证素 "because"、"but"、"so"。根据我们前文的讨论,这些证素分别编码不同类型的信息来源,例如:证素 "because" 和 "so" 表明命题信息是说话人的主观推理过程,证素 "but"、

#	A	B	
1	I'm glad	that you recognize	Governor Romney, that Al Qaida is a threat,
2	because		a few months ago when you were asked what's the biggest geopolitical threat facing America,
3		you said	Russia, not Al Qaida;
4		you said	Russia,
5			in the 1980s, they're now calling to ask for their foreign policy back
6	because,	you know,	the Cold War's been over for 20 years.
7	But		Governor, when it comes to our foreign policy,
8	you seem to	want to	import the foreign policies of the 1980s,
9		just like	the social policies of the 1950s and the economic policies of the 1920s.
10	You say		that you're not interested in duplicating what happened in Iraq.
11	But	just	a few weeks ago,
12	you said	you think	
13		we should	have more troops in Iraq right now.
14			And the - the challenge we have –
15	I know		you haven't been in a position to
16		actually	execute foreign policy –
17	but		every time you've offered an opinion, you've been wrong.
18	You said	we should	have gone into Iraq,
19		despite that fact	that there were no weapons of mass destruction.
20	You said	that we should	still have troops in Iraq to this day.
21	You indicated	that we shouldn't	be passing nuclear treaties with Russia
22		despite the fact	that 71 senators, Democrats and Republicans, voted for it.
23	You said	we should	that, first, not have a timeline in Afghanistan.
24	(Then) you said	we should.	
25	(Now) you say		maybe or it depends,
26		which means	not only were you wrong, but you were also confusing in sending mixed messages both to our troops and our allies.
27	So,	we need to	what - what do with respect to the Middle East is strong, steady leadership, not wrong and reckless leadership that is all over the map.
28	you've offered		And unfortunately, that's the kind of opinions that throughout this campaign, and it is not a recipe for American strength, or keeping America safe over the long haul.

（奥巴马2012年美国总统大选电视辩论第四场）

第六章 论辩语篇中的言据性策略

"despite"、"just"、"like"和"fact"编码了说话人的期望信息，即主观想法和事物客观状态的对比所形成的期望差距（其余证素编码的信息类型就不在此一一赘述了）。

通观 A 框和 B 框中的证素，我们可以发现一个现象：在这一话题的论述过程中，说话人对于人称的使用具有明显的倾向性。人称代词的选用和证素的主观性和交互主观性有着明显的关联性。在这段语篇中，说话人很少使用具有明显主观性的话语标记，尤其是代表"自我"的第一人称单数"I"，仅在第 1 行"I'm glad"和第 15 行"I know"两个证素中使用了"I"，甚至在结论部分，说话人也只是使用非显性的主观性证素"so"来编码信息来源。在第 1 行中，说话人通过证素"I'm glad"表明自己的态度和评价，从而引出了他关于第一个话题的论述，而在第 15 行中，证素"I know"引导的命题出现在事例之后，是说话人承接前后文、引出第二个话题的观点表述形式。说话人在完成引证后，本应转换话题，所以他在第 14 行提出了新话题"我们现在所面临的挑战"，但是说话人突然终止新话题，转而就前一事例继续展开论述。在转变话题之前，他通过证素中的人称代词"I"这个标识"自我"的标记，旗帜鲜明地表述了自己的观点，提纲挈领地为后文中陆续出现的事例指明论点。在这段语篇中，"自我"标记，或"自我"登场仅出现在语篇的开始和话题临时转换的两个关键部分。

而与此相反的是，在这段语篇中，说话人大量使用了人称代词"you"，在 37 个证素中，"you"出现了 15 次，分别与言说动词"say"、系动词"seem"和其他表明说话人态度的动词"recognize"、"think"、"indicate"和"offer"连用，这些动词指明信息源自主体认知域，是主体对自己感受、态度、观点、言论的自我表述，主体最接近这些信息，只有主体自身才能准确表达和发表此类信息，因此这些动词在证素中通常与第一人称连用，如"I think"、"I say"、"I indicate"等。但是，当这些表述主体认知域信息的动词与第二人称"you"连用时，这些证素就带有了交互主观性色彩。当言说动词"say"与"you"连用构成证素时，说话人指明信息源自听话人，是听话人在公开场合曾经说过（you said）或者刚说过（you say）的话语，信息对所有人都具可及性，所以证素编码的是共享信息。但是当人称"you"和其他动词搭配使用时，情况并非完全相同：证素"you seem to"表明信息是说话人综合一定的证据得出的判断，属于个人信息中的推理信息；"you think"原本表明信息源自说话人对听话人想法的主观猜测，应该属于间接信息，但是在这段语篇中，证素出现在说话人转引听话人言论的命题中，和证素"you said"连用，所以在当前语篇语境中，"you think"编码的是共享信息；"you indicated"、"you recognize"和"you've offered"三个证素的言据功能相似，表明信息主要源自说话人对听话人之前言论的概述。在这段语篇中，除了证素"you seem to"属于带有主观性色彩的证素外，其余14个出现人称代词"you"的证素具有明显的交互主观性。这样，说话人通过人称"you"将听话人引入自己的论述，并且将其放在"舞台"中心，通过剖析听话人的观点和言论来论证自己的观点，即说话人引导听话人和广大观众进入听话人的认知域，关注听话人的视角和立场，然后通过具体事例的反证逐渐从听话人的认知域向自己的认知域靠近，引导观众以最有利于自身的方式解读信息。由此可见，从证素的语篇功能来看，当证素中的人称代词为第二人称时，证素大多具有交互主观性色彩。

除此之外，在这段语篇中，说话人也在证素中使用了第一人称复数"we"，一共出现了7次。这些带有人称"we"的证素均出现在B框中，表明它们都属于次要证素，其中6个出现在证素"you said"和"you indicated"引导的转述信息中，表明信息源自主要证素中的人称"you"，即听话人罗姆尼，证素所带有的交互主观性源自罗姆尼话语中的交互主观性。在这些连用的证素中，主要证素的交互主观性指向交际双方，而次要证素的交互主观性指向交际双方所代表的政党或整个国家政府，通过两个证素交互主观性的叠加，说话人扩大了信息的关联范围，将广大观众也引入了信息共享范围，引导他们关注与自身利益相关的信息。在带有人称"we"的证素中，只有证素"we need to"出现在最后的结论部分，说话人在这部分提出了自己的观点，并通过人称"we"向广大观众发出了号召。

最后，我们可以从语篇整体来解读这些证素是如何构建语篇主观性和交互主观性连续统，通过信息信度层层构建论点的可靠性。

在第一个话题中，说话人首先通过主观性证素"I'm glad"表明自己对听话人承认"基地组织是一个威胁"的态度。证素"I'm glad"和"you recognize"

第六章 论辩语篇中的言据性策略

一起出现,前者出现在主句位置,是命题的主要证素,后者出现在从句位置,是命题的次要证素。次要证素指明信息的来源,即源自听话人的认知域,是听话人的观点,而主要证素从语篇整体着眼表达命题信息的主观性,说话人在语篇的开始就用主观性证素明确表达自己对所述命题的态度和评价。通过这两个证素的连用,说话人将"我非常高兴"这一主观观点建立在"你承认基地组织是一个威胁"这一具有交互主观性的信息之上。其后,推理证素"because"引导听话人和广大观众探究说话人在前一命题中表态的原因,即"几个月前,当罗姆尼被问到美国面临的最大地缘政治危险是什么时,他认为是俄罗斯,而不是基地组织"。在说明理由的表述中,说话人使用了两个证素"you said",因为这两个证素指向同一内容命题,所以这里连续使用同一证素主要起到突出强调的作用。在第5行的命题中,说话人没有使用任何证素,即采用零证素形式,表明该命题信息应该是双方共享的公开信息,但是说话人使用的时态却反映出命题的强主观性。之后的第6行再度出现了推理证素"because",这是因为在第2行的证素"because"之后,说话人给出了一个直接理由,却无法真正解释清楚"我非常高兴"的原因,因此说话人再次使用证素"because",继续通过主观推理形式解释其中的深层原因。第6行的命题前出现了"because"和"you know"两个证素连用的现象,通过句子结构分析,我们可以发现,证素"you know"是插入语,对前一证素"because"进行补充说明,即"冷战已经结束二十年了"这个理由是交际双方和广大观众共享的信息,这样,说话人就把自己的主观推理建立在有广泛共享性的客观事实之上,同时也明确了自己表示高兴的原因——至少到现在为止,罗姆尼总算弄清楚了美国目前最大的威胁是来自基地组织,而不是俄罗斯,因为冷战二十年前就已经结束了。显而易见,这个让说话人高兴的理由是说话人借助听话人之前的言行曲折地表达出来,其中的讽刺意味溢于言表,但又不是一家之言,证素"you recognize"、"you said"和"you know"充分表达了命题的交互主观性。

说话人在解释清楚理由之后,通过期望证素"but"来承接上下文,表明下面所说的内容与之前的命题信息相反,即在不无讽刺地表示了"高兴"之后,说话人要真正进入论证的重点:指出罗姆尼外交政策中的问题和不足。接下来,说话人通过"you seem to"和"want to"两个证素的连用,导出了说话人的主观猜测"州长，当我们说到外交政策的时候，你似乎想要沿用20世纪80年代的外交政策"，还通过证素"just like"将听话人的这种策略与采用"20世纪50年代的社会政策和20世纪20年代的经济政策"的行为等同。在这个句子中，证素"just like"对证素"you seem to"和"want to"起到辅助说明的作用，通过对比让听话人和广大观众获得更加形象的感受，从而更容易接受说话人的观点所指，即听话人外交政策的重点有误，不符合世界局势，严重落后于时代。

综合证素在第一个话题中的表现和功能，我们可以清楚地梳理出说话人的论证思路：首先，在第1行，说话人通过建立在交互主观性基础上的主观观点表明态度，从而引出话题；在第2—4行，说话人通过主观性推理证素引导听话人关注自己对前一命题的理由解释，而解释过程中使用的证素使理由从主观性色彩向交互主观性过渡；在第5—6行，建立在交互主观性基础上的主观理由解释了说话人在第5行强主观性的命题表述；在7—9行，这部分是为了进一步明晰前面的观点，所以说话人以两个主观性证素对前面相对比较隐晦的观点进行生动描述，给予听话人和广大观众以直接感受。由此可见，说话人主要通过具有交互主观性的信息确立自己的主观观点，这从1—9行中A框中的大多数证素具有主观性，而B框证素大多具有交互主观性可以看出。说话人通过交互主观性证素扩大信息的可及性，让听话人和广大观众有机会从已接受的信息出发进行推理判断，做出与说话人类似的结论，这样就可以提升说话人主观观点在听话人和广大观众认知域中的客观性和信度，避免因为观点过于主观而显得武断，从而遭到听话人和广大观众们的质疑和诟病。

第二个话题的出现可能是说话人的临场调整，这可以从第14行到第15行的话题转变得到印证。在第14行，说话人已经说出了主题词"我们现在所面临的挑战"，但是到了第15行，说话人没有继续这个话题，而是通过主观性证素"I know"和"actually"再次明确表述了自己的观点，然后承接着第10—13行的事例继续论证，由此可见，说话人在完成第10—13行的事例列举之后，从中发现了驳斥听话人观点的有力论证方式，他选择从听话人前后不一致的言论入手逐步击溃对手所提倡的外交政策。

从证素来看，说话人在第10行通过证素"you say"转述了听话人的观点，

第六章　论辩语篇中的言据性策略

即罗姆尼"无意将伊拉克的事情重演",因为信息源自听话人的公开表态,听话人在该语句中处于显性主体位置,而说话人只是充当"传声筒"的角色,所以该信息具有交互主观性。在第 12 行中,证素"you said"和"you think"连用,前者与"you say"功能相同,时态表明说话人转述了听话人过去的话语,后者指明命题信息源自听话人自我观点表述。这样,说话人通过同样具有交互主观性的证素"you said"转述了属于听话人认知域中的信息"我们应该现在就向伊拉克增派兵力",这个信息与第 10 行所传递的信息相矛盾,两者前后不一的矛盾关系也可以从第 11 行的期望证素"but"体现出来。接着在转变话题后,说话人通过证素"I know"这个主观性证素明确指出"你从来没有担任过真正实施外交政策的职务"。在第 17 行的命题中,说话人没有使用"I think"、"I know"等表明自己态度的证素,而采用了从属于第 15 行主要证素"I know"的次要证素"but"来表明前后相反的期望值。这样的证素编码形式体现了说话人对证素的语用调控:第 17 行的命题"每次你提出的意见都是错误的"具有强烈的攻击性。如果采用以"I"为主要人称的主观性证素会进一步加强这种攻击性,而"自我"隐于台下的期望证素可以降低命题信息的直接攻击性。这样就提高了该信息被听话人和广大观众接受的可能性,而且说话人通过证素的使用可以减轻说话人对信息所应负的直接责任。

在接下来的论述中,说话人列举了听话人的一系列言论:通过证素"you said"和"we should"指明听话人认为"我们应该进入伊拉克",而连用的期望证素"despite"和"the fact"却指出"(伊拉克境内)没有大规模的杀伤性武器",然后通过证素"you said"和"we should"再度指出,听话人认为"直到今天,我们还是应该在伊拉克驻军"。在这个事例中,说话人将听话人的言论与客观事实进行对比,两者之间存在明显出入,即伊拉克的现实状况无法构成听话人出兵甚至驻兵的理由,这样就验证了自己在第 17 行提出的命题。接着通过证素"you indicated"和"we shouldn't",说话人指出听话人曾经表明"我们不应该跟俄罗斯签订核条约",但是连用的期望证素"despite"和"the fact"却指出"71 位民主党和共和党参议员投票赞成这个条约",前后命题又形成了鲜明对比。再接着,说话人通过证素"you said"、"you said"、"you say"等主要证素与次要证素"we should"连用,陆续转引了听话人在阿富汗问题上立场不一的表态,然后通过证素"which means"编码的信息一针见血地指出听话人在这个问题上所犯的错误:在这个问题上,你不仅是错误的,而且你很迷惑,还向我们的队伍和盟友发出了前后矛盾的信息。

在第二个话题中,说话人的整体论述思路非常清晰:首先,在第10—13行,说话人通过具有交互主观性的信息之间存在的矛盾确立了自己的论点;在第14—17行,说话人转变了话题,就听话人前后不一致的言论和立场继续展开论述,在这一部分,说话人采用主观性证素和证素语用策略来表述并强化所述信息的信度;在第18—22行,说话人沿用了之前在第10—13行中采用的证素策略,即不使用具有主观性色彩的语言标记和证素,仅仅陈述和对比同样具有交互主观性的信息,这些信息不但反复论证之前的观点,而且为最后说话人主观观点的提出积蓄了潜势;在第23—26行,说话人在陆续提供三个具有交互主观性的命题信息后,通过主观性证素表明自己的态度和评价,同时也呼应了第17行的观点。在这个话题中,说话人主要通过信息的交互主观性来印证前后主观性表述的可靠和合理。证素的语用策略对编码具有明显人身攻击性的信息可以起到弱化信息主观性、减轻说话人责任、淡化听话人被攻击感等作用。

最后,在第27行,说话人通过推理证素"so"和具有交互主观性的证素"we need to"完整表述了自己的观点,对整个语篇进行概括总结:对于中东问题,我们需要的是坚强、稳定的领导,而不是变化无常、错误鲁莽的领导。而在后一命题中,说话人通过证素"you've indicated"再度明示自己论证的基础和出发点是源自听话人的言论和观点,即听话人"在整个竞选过程中所提出的观点"。接着在第28行中,说话人通过零证素的形式有力地指出"不幸的是,你的观点并不是恢复美国国力的良药,也不会长久保障美国安全"。虽然在最后的结论中说话人仍然没有登场,但是通过前文证素使用所积攒的主观性潜势以及副词"unfortunately"的暗示,说话人还是从"台下"通过命题传递出了强烈的主观性,第28行的命题属于强主观性表述。

综上所述,说话人奥巴马在我们选用的这段语篇中的整个论证过程及所述信息的主观性和交互主观性可以参见图6-5:

第六章 论辩语篇中的言据性策略

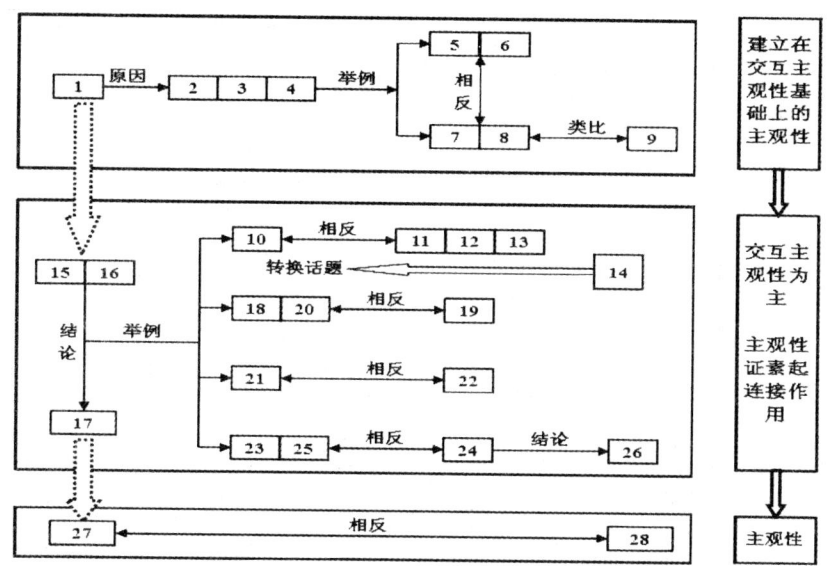

图6-5 总统竞选辩论示例语篇的论辩过程

在这段语篇中，说话人主要依靠证素中的第二人称传递信息的交互主观性，而信息的交互主观性为主观性观点的表述奠定了客观性基础。说话人通过信息的交互主观性将听话人放在语篇关注的中心位置，引导听话人和广大观众关注听话人认知域中的信息，并从听话人这些前后矛盾不一的信息得出与说话人相似的结论，然后转向说话人的主观认知域，接受说话人最后推导得出的结论。这种从听话人认知域反向进入说话人认知域的言据性策略因为论据的真实性不可驳，所以是辩论中最佳的反击策略，在论辩语篇中比较常见。

三、总统竞选辩论中的语篇信度建构模式

总统竞选辩论属于对话式论辩语篇，具有公开性，受众广泛，影响深远。在辩论中，辩论双方运用各自的交际方式，包括语言、表情、肢体等，来论证自己的政见和观点，说服对方和广大民众，为自己在选举中争取更大的赢面。从这个意义上而言，每个辩论人真正面对的对手是广大收看收听辩论过程的民众，他们要赢得的是民众的支持和拥护，而不仅仅是单场辩论的胜利。正是出

于这个目的，辩论双方在辩论过程中使用的观点论证方法和信度建构模式与简单的争论不同。根据我们对2008年和2012年两届美国总统竞选电视辩论的统计和分析，我们认为：在总统竞选辩论中，辩论人传递的信息以主观性为主，但是编码和运用具有交互主观性和交互主观性倾向的信息会对论点信度的建立和整体观点的表述产生重要影响。在辩论过程中，辩论人运用的辩论方法和信度建构模式会随着论题内容、具体情境以及辩论双方的心情、表现、反应等语境因素不断地调整和改变，但是常见的模式①可归纳为以下三种：

1. 主观表述为主型。在辩论的开场和结尾部分，辩论双方会就论题展开简单论证，旗帜鲜明地表明自己的观点和立场，为之后的辩论奠定基调或者对前面的论证进行归纳总结。在这些部分，从表现形式上看，说话人倾向于使用编码个人信息的证素，包括信念、推理、期望、假设等证素，通过这些证素编码主观信息。在使用的证素中，详细介绍观点、计划、政策的名词和动词证素、表明说话人决心、态度、评价的情态动词，以及前后文衔接关系的连词证素出现频率较高。这种模式主要通过同类证素的不同表现形式的综合使用编码和传递主观信息，达到完整表述观点的目的，而同一证素的反复使用有助于详细表述观点内容和细节，增强信息在听众心目中的印象和信度。此外，零证素编码的信息也在这些部分大量出现，表明说话人对信息的绝对信赖，希望从气势上赢得观众们的尊重。当然，编码共享信息的证素也会少量出现，通过信息的共享性来增加观点的可信性，通过信息的交互主观性来提高主观观点的可接受度。模式如图6-6所示：

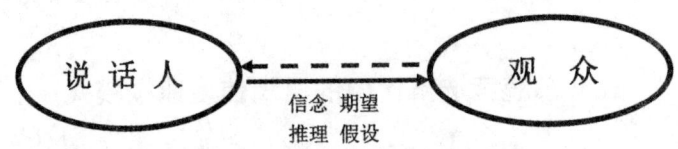

图6-6 总统竞选辩论中的辩论模式一

---

① 正如我们在前文中提及的，我们的研究侧重于从说话人的认知域来解读言据性的主观性和交互主观性，所以本书中所有模式都是以说话人的视角为主要出发点来考察整个语篇信度建构过程。

这种模式是说话人和广大观众的直接交流：说话人通过各类个人信息型证素编码的信息向广大观众充分展示自己认知域内的主观信息，借助少量交互主观性标记邀请观众进入自己的认知域，解读和理解自己的观点和立场。

2. 以交互主观信息传递为主型。在前一小节，我们分析了奥巴马辩论中的一个语段，奥巴马在语段中大量引用了对手罗姆尼在辩论前一些公开场合的言论和政见，利用这些话语和政策中的自相矛盾来驳斥罗姆尼，指责他观点落后、思想狭隘、考虑不周、决策失误等。这些引用信息对所有观众都可及，交互主观性明显，经过奥巴马在语言上的组织安排，从开始的赞许到后来的指责驳斥，直至完全否定，环环相扣，步步紧逼，对手罗姆尼被逼入死角。后来的民意调查结果也充分表明，奥巴马在这场辩论中的策略运用得当，完全挽回了他在第一次辩论中的颓势。在双方辩论的僵持阶段，辩论人通常会在对方的观点和言论中寻找反击的契机，通过具有一定共享性的交互主观性信息驳斥对方，建立自己的观点，这是辩论人常用的反击策略。在这些语段中，主观性证素主要起到串联交互主观性信息、引导论证、归纳观点等作用，服务于语篇的交互主观性。具体模式如图6-7所示：

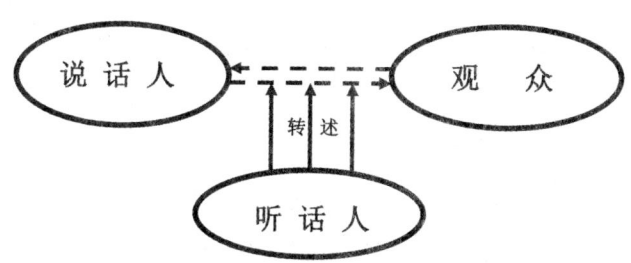

图6-7　总统竞选辩论中的辩论模式二

这种模式是说话人和广大观众的间接交流：说话人通过具有广泛可及性和一定公信力的听话人信息向广大观众充分展示听话人认知域内的信息，然后借助主观性证素引导广大观众从听话人这些前后矛盾的信息中得出与自己相似的结论，然后转向自己的主观认知域，接受自己最后推导得出的结论。

3. 各类信息的综合运用。通常情况下，辩论人在论证自己观点和驳斥对方观点的过程中会综合运用不同类型的证素来编码相应的信息，主观性和交互主观性连续统在语篇中均有所体现,只是在不同论题、不同辩论阶段、不同情境下,说话人会比较侧重某种类型证素的使用,从而凸显那一部分的信息。例如,在论证医疗制度的可行性时,辩论双方都采用了大量的假设证素,将抽象概念通过假设性条件具体化,引导观众思考推理,同时结合共享信息的例举(如克利夫兰诊所),验证结论的正确性和可信性。在这里,辩论主要通过证素的运用将语篇的主观性和交互主观性自然融合在一起。又例如,在论证税收政策时,辩论双方都引用了国家预算办公室、社会调查机构等第三方的信息,利用信息的交互主观性倾向来佐证主观观点的正确性和合理性。具体模式如图6-8 所示:

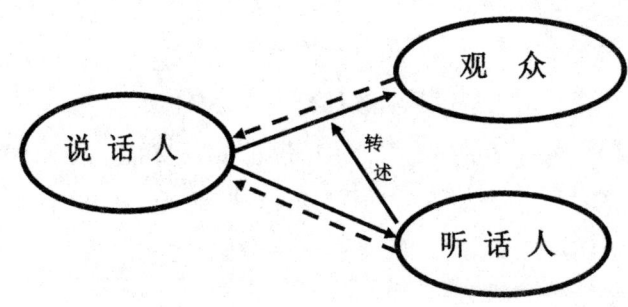

图6-8 总统竞选辩论中的辩论模式三

不同于前两种模式,这种模式中的说话人与听话人、广大观众之间都在进行交流,说话人的主观观点通过共享信息和转述信息的信度和接受度逐步推导建立,而交互主观性信息中的主体指向随着语境不断变化,从辩论双方、特定利益群体、广大民众,到国家利益等均可涉及,交际途径也不是单一单向的,而是多向循环的。说话人通过人称调整与其他主体的亲疏关系,通过证素调整命题信息在连续统中的位置,通过语法形式变化优化语篇修辞和调节辩论节奏。

综上所述,作为对话式论辩语篇,总统竞选辩论中的信息传递和信度建构模式有三种,辩论双方互为攻守,通过言据性策略的合理运用,编码和传递不同信度的各类信息,推动主观性和交互主观性连续统在语篇中的有效运作,实现论辩语篇的语篇意义和人际意义。

四、论辩语篇中言据性的主观性和交互主观性连续统

通过对总统竞选辩论语篇中信度建构模式的分析,我们也梳理出了论辩语篇中言据性的主观性和交互主观性连续统,如图6-9所示:

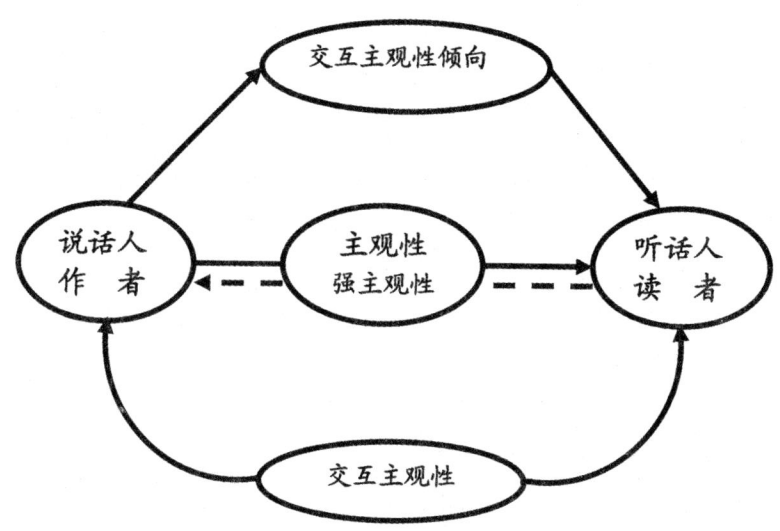

图6-9 论辩语篇中言据性的主观性和交互主观性连续统

在论辩语篇中,言据性系统与主观性和交互主观性连续统密切相关,不同证素所编码的信息传递了言者主体的主观性、强主观性、交互主观性和交互主观性倾向。这些认识立场共同构成一个连续统,作用和影响着说话人/作者的观点表述以及听话人/读者的认知解读,四者之间的相互协作关系对语篇功能的实现和人际意义的达成起着重要的促进作用。说话人/作者和听话人/读者之间主要传递的信息为主观性信息,包括信念、推理、期望、假设等个人间接信息和少量的感官信息,其中也包括"自我"标记隐性显示的强主观性信息,说话人/作者通过信息的缜密逻辑组织和合理调配来表现命题信度,推进整个语篇论证过程。交互主观性信息是说话人/作者在整个主观论证过程中所依赖的信度基石,该信息对交际双方都具可及性,信度相对稳定,对主观信息起着

重要的保障作用。交互主观性倾向的信息出现频率根据语篇类型的不同而有差异，是辅助说话人/作者进行主观观点表述的重要工具，第三方观点和信息的介入增强了主观信息的可信性。在论辩语篇中，具有主观性和交互主观性的各个命题通过证素的编码和组织，构建起整个语篇的信度，实现说话人/作者既定的语篇交际目的。

五、小结

本章结合语言的主观性和交互主观性连续统具体分析和深入探讨了论辩语篇言据性系统，通过具体语料和语段分析来论证主体作用和言据性系统之间的相互作用，并归纳和总结论辩语篇中信度构建的基本模式，对前文的理论论述进行验证，找到存在的问题以及研究对策。

总统竞选辩论仍然是以说话人的主观论证为主，通过编码个人信息的证素所传递的主观性命题来构建语篇整体。但是，由于总统竞选辩论的政治意义和社会意义，说话人主要关注观点被广大选民接受的程度，所以在辩论过程中，辩论双方必须关注语言的交互主观性，适时得体地展现语言的交互主观性能够更好地辅助语言的主观性表述。说话人大多以显性证素来编码共享信息，强调信息的来源，构建一个可以让辩论双方以及广大观众都可以进入的信息共享域，加强与观众们的互动和关联。同时为了避免过多的主观性标记对观众们的负面影响，说话人通常会在辩论过程中，通过语言表征的调整来弱化语篇的主观性，增加语言层面的共享性和客观性。接着，选用2012年美国总统大选电视辩论第四场的一段辩论来例证总统竞选辩论中的主观性和交互主观性连续统。然后通过对2008年和2012年两届美国总统竞选电视辩论的统计和分析，归纳出说话人建构语篇信度的三种基本模式：主观表述为主型、以交互主观性信息传递为主型和各类信息综合运用型。

最后，进一步梳理了论辩语篇中言据性的主观性和交互主观性连续统。在论辩语篇中，说话人/作者在现有知识证据的基础上，合理调配各种类型证素的主观性和交互主观性，实现命题知识的充分表述和信度优化，同时在语篇中构建层层推进的语篇言据性，为语篇整体信度服务。

第七章　论辩语篇言据性研究总结

在前文的研究中，我们首先梳理了言据性研究的发展历史和研究现状，语言主观性和交互主观性的研究历史和相关成果，然后通过两者研究的相似性和交叉性，我们建立了一个适合进行语篇言据性分析的主观性和交互主观性连续统，并与之前建立在信息来源基础上的证素分类形成了一定的对应关系。接着，这个连续统及其与证素的对应关系被应用到论辩语篇分析中。在语料分析中，我们通过对话式论辩语篇（2008年和2012年两届美国总统竞选的电视辩论文稿）中证素分布的数据统计和特征分析，并通过具体语篇语段的深入探讨进一步分析了证素的主观性和交互主观性连续统及其基本分布模式。这样，通过上述研究，我们将理论梳理中建立的分析框架运用于具体语篇分析，同时又通过实例研究中的数据和结论来验证理论梳理成果和分析框架的可行性和合理性。

在本章中，我们首先概述研究中的主要发现，简要回顾理论梳理成果和据此建立的主观性和交互主观性连续统，及其语料研究中的分析结论。接着，我们会简要阐述本书的理论和实践意义，展望研究成果对英语论辩语篇的教学和学习等方面的实践意义。最后，我们将探讨研究中发现的问题和研究本身的局限性，并提出进一步研究的方向。

一、论辩语篇言据性研究内容概述

本书在深入分析英语论辩语篇的基础上，将主观性和交互主观性连续统融入语篇言据性系统分析，从个体和整体视角来探讨证素选用的语用、认知和心理动因，并且通过具体的语段分析来考察说话人/作者如何通过特定的言据性策略来实现和表达相应的认识立场，以及如何通过不同命题所体现的认识立场的相互协作从整体上构建语篇信度的。具体的研究发现主要有以下几点。

1. 言据性是语言"信而有征"的表现形式，证素是命题信息"有据可查"的编码形式。言据性不但从语言层面明示了所述命题信息的来源及其可信性，而且编码了说话人对所述命题的态度评价和介入程度。作为言据性的语言表述形式，证素用以表明说话人/作者是如何通过明示信息来源类型以及当前证据类型和明示程度来衡量和评估说话人所述命题的真值。

在编码言据性表述的过程中，信息来源的分类模式是研究言据性主观性和交互主观性的切入点。根据言据性信息来源的多种分类模式，以及所述信息在说话人/作者和听话人/读者的认知域内所处的位置及其对双方的可及性，个体所可能持有的信息可以分为三类，即共享信息（说话人/作者和听话人/读者共同拥有的信息）、个人信息（一方拥有的信息）和转述信息（两者之外的第三方拥有的信息）。而这三类信息的信度根据共享性和稳定性呈依次递减趋势，这就是信息来源的基本信度层级系统。

2. 说话人/作者在话语动态过程中持有的认识立场是一个包括强主观性、主观性、交互主观性倾向和交互主观性在内的连续统：语言的主观性表明说话人/作者对命题的观点和评价仍然停留在说话人/作者的主体域，而交互主观性则表明说话人/作者已将视角转向听话人/读者，对命题的识解和评述中已经将对方的认知和理解包含在内，逐渐进入听话人/读者的认知域，形成了主体间关系；在交际双方各自的认知域间，由于交互主观性形成了一个沟通域，不同的语言表达式在特定语境中交互主观性各异，它们分布在沟通域的不同位置，与听话人/读者的认知域无限接近。此外，当话语中的概念主体隐身时，表明话语参照点已经和概念主体同一，该表达式具有强烈的主观性，即"强主观性"表述。同时，在说话人/作者的主体域与这个沟通域的交界处还存在着一个重叠地带，这些语言表达式具有明显的主观性，但是又带有交互主观性的趋向，即为"交互主观性倾向"的语言表达式。这个连续统在说话人/作者构建语篇过程中不断产生影响。

3. 言据性是语篇展开的关键一环，言据性策略是语篇"言之有据"的显性标记。在语篇中，证素使用和实际信息来源存在着不对应的现象，这就是言据性的语用属性。从信息来源的确定到具体证素的使用，言据性准则是说话人/作者使用证素编码信息时必然遵循的一条准则，用以保证所述命题的真实性，同时语用推理和说话人/作者的主观调控也都在发挥作用。在语篇言据性中，证素体现了说话人/作者的主观性和交互主观性，表达了说话人对所述信息的认识立场。主观性证素是语篇构建的基础，但是随着交际的发展，说话人/作者有着越来越多的交互主观性需求。

从语篇整体来看，言据性策略是指说话人/作者在信度合理的范围内调节证素的使用，利用信息来源与证素选用之间的不对应关系，结合交际意图、语用目的、交际情境等因素选择最合适的证素来表达所述信息的言据性，合理调节证素使用中的主观性和交互主观性，将个人主观观点通过话语传递到听话人/读者的认知域，通过影响听话人/读者对信息信度的认知识解过程来使两者对话语的认知趋向一致，达到既定的交际目的。此外，说话人/作者在特定语境中还会突出证素的使用，通过言据性的语篇功能优化语篇的修辞效果，从而达到语篇交际目的。

4.论辩语篇侧重于论据的分析，强调论据的可靠性和论辩过程信息的准确性，因此论辩语篇的言据性有着不同于其他文体的严谨布局和分布模式，是进行语篇言据性研究的合适语料。按照参与者的辩论方式以及辩论发生的场景不同，论辩语篇可分为单向式论辩语篇和对话式论辩语篇，后者以总统竞选辩论为代表。

论辩语篇以论述说理为主，通过高信度理据论证个人观点，语篇的可信性是语篇整体构建的基础，而且论辩语篇中言据性的主观性和交互主观性是有理有序，逐层推进，逐渐在听话人/读者认知域中形成论点的可及性和信度层级，服务于论辩语篇的交际目的。在总统竞选辩论语篇中，言据性的主观性和交互主观性连续统构建语篇信度的模式有以下这些特点：信息的基础信度一致，语篇主观性明显；信息的共享性必不可少，语篇的交互主观性是实现主体交际意图的载体；综合运用言据策略，系统建立语篇信度；各类信息出现的比例不同，部分模式在特定语篇类型中不常见甚至缺失等。

5.通过对总统竞选辩论语篇中信度建构模式的分析，我们也梳理出了论辩语篇中言据性的主观性和交互主观性连续统的基本模式。这个基本模式作用和影响着说话人／作者的观点表述以及听话人／读者的认知解读，言据性主观性和交互主观性之间的协作关系对语篇功能的实现和人际意义的达成起着重要的促进作用。说话人／作者和听话人／读者之间主要传递的信息为主观信息，通过信息的缜密逻辑组织和合理调配来表现命题信度，推进整个语篇论证过程。交互主观性信息是说话人／作者在整个主观论证过程中所依赖的信度基石，该信息对交际双方都具可及性，信度相对稳定，对主观性信息起着重要的保障作用。交互主观性倾向的信息出现频率根据语篇类型的不同而有差异，是辅助说话人／作者进行主观观点表述的重要工具，第三方观点和信息的介入增强了主观信息的可信性。

在论辩语篇中，具有主观性和交互主观性的各个命题通过证素的编码和组织，构建起整个语篇的信度，实现说话人／作者既定的语篇交际目的。

二、论辩语篇言据性研究的意义

语篇言据性是语篇构建者深层认知活动在语言表层的显性反映，体现了主体在观点表述、命题组织、信度构建过程中的主观能动性和交互意识。言据性研究的意义主要体现在以下三个方面。

在理论框架上，我们将语言使用者的认识立场和交际意图融合成一个相互作用的有机整体，从语用、认知、交互性等视角凸显语言符号的语篇意义，这样可以拓展语篇言据性研究的范围和方法，深入研究言据性及其使用策略在语篇语境，尤其是论辩语篇中的具体运作情况及其整体间的协作关系，改变了以往单一证素或者单一类型证素研究，或者不同证素在单一命题中的研究模式。毋庸置疑，言据性系统及其策略具有语用特质，而且鉴于言据性与情态之间的关联性，广义上的言据性还具有认知特性。当语篇中的单一命题相互叠加组合，成为一个命题集合时，单一命题中的言据性及其策略因为主体的主观性和交互主观性作用而变得复杂多样，所以当言据性标记出现在具体语篇中时，其语用特质和认知特性因为语篇的人际意义而呈现出不同的或者多样性的特征。而且，对言据性进行语篇研究有助于我们更深入地了解和描述言据性的语义和语用特征，丰富原有的言据性研究成果，并进一步丰富语篇言据性研究的文体语料和数据。

在研究方法上，我们借助语料库的分析检索功能，同时又延续了当前学科研究的互融趋势，通过综合相关学科各自优势来拓展言据性的语篇研究。当前的学术研究技术和方法使得多语篇、大样本书成为可能，这样就可以很好地弥补以往言据性研究中因为语料太少、样本不够、数据缺乏可信性、语料分析过于单一等因素给实证研究带来种种的限制条件和局限性，同时跨学科、多视角、多维度地解读和分析语料，可以更加深入、细致、全面地描述和阐释语篇言据性系统及其策略，增加数据分析和理论总结的信度和可接受度，更好地揭示言据意义的传送者、接收者以及语篇三者之间的关联性。

在研究成果上，我们通过理论论证和实例分析形成具有一定解释性的语篇言据性系统，并且通过不同文体对比来调整和拓展言据性系统模式，归纳和总结出论辩语篇的基本信度构建模式以及适合于不同类型论辩语篇的信度构建模式，而这些理论成果将对相关研究领域，例如语篇分析、论文写作、翻译教学等，产生有益的影响，具有一定的推广性。论辩语篇是人们用以表达自己观点、寻求共识的一种文体，实用性强，有着广泛的应用群体。对于中国学者和学生而言，英语语篇，尤其是应用广泛的论辩语篇，在阅读、写作、翻译等方面都存在着学习、应试和实际使用的困难，而汉英两种语言在言据性方面的表述差异又进一步增加这种困难。在当前文化交流日趋频繁，学术交流和沟通进一步国际化的情况下，研究和分析英语论辩语篇的言据性系统及其策略可以更好地服务于英语语篇教学和学习，并通过理论概括和模式归纳为提高中国学者和学生的论文阅读、写作、翻译能力提供有效的方法和途径，帮助他们克服因言据性等语言标记而造成的语言表述问题，以更有效的方式传播自己的新观点、新发现、新成果。

三、论辩语篇言据性研究的局限性和未来研究的方向

本书从主观性和交互主观性视角来研究语篇言据性，为语篇信息编码、作者和读者的双向认知解读、语篇信度建构等研究提供了新的研究视角，但是本

书也存在着以下几个方面的局限性,需要我们不断改进:

1.虽然我们对信息来源的分类是建立在综合多位学者分类模式的基础上,而且结合了后期对语料的详细考察,但是我们的分类模式无法穷尽所有的信息类型,难免会存在疏漏之处,而且信息分类模式因为简单而易于实证分析和操作,但是在描述上就会缺乏细致性和精确性。

2.虽然我们根据de Haan、Faller等人的研究,对改进后的信息来源分类模式提出了基本和扩展的信度层级系统,为后文的论述和语料研究提供了基本的信度等级区分依据,但是在这个信度层级系统中,共享信息是否就一定比视觉型证据更具信度?除视觉以外的其他感官是否也存在信度等级?推理中的演绎、归纳、假设、期望对信息来源信度的影响是否与命题的真值有关?这些问题比较复杂,需要综合语用学、认知语言学、社会学、心理学等相关领域的研究成果来深入论证解决。

3.在研究中,由于时间和精力的局限,我们只选用了论辩语篇中比较具有代表性的对话式论辩语篇总统竞选辩论,因此相对而言,我们研究的语篇类型和语料数量有限,应该还有很大的拓展空间。

4.对于论辩语篇,我们目前只是从主观性和交互主观性连续统的框架来进行言据性分析,但是语言学、修辞学等领域对论辩语篇研究的历史很长,研究成果非常丰富,我们并没有应用这些领域的成果,因此从这个意义上而言,我们的研究界面相对较窄,可以进一步丰富拓展。

语篇言据性研究尚处在初步研究阶段,研究成果分散在不同文体的言据性研究中。在以后的研究中,我们应该针对研究中发现的问题和现阶段研究的局限性不断改进和完善,推动语篇言据性研究朝着更加广阔深入的领域发展,例如:说话人/作者在具体语篇语境中对于证素的语用调节还需结合听话人/读者对语篇的认知解读过程分析,形成完整的语篇认知建构过程,这将会更合理地解释语篇可信性的形成机制,而且如果能辅以多文体、大文本、在线性语料、平行语料库等研究方法和技术,将会有更多、更深入的研究成果。

参考文献

一、中文文献

[1] 陈颖著:《现代汉语传信范畴研究》,中国社会科学出版社 2009 年版。

[2] 樊青杰著:《现代汉语传信范畴研究》,北京语言大学英语语言文学专业博士学位论文,2008 年。

[3] 房红梅著:《言据性的系统功能研究》,复旦大学英语语言文学专业博士学位论文,2005 年。

[4] 房红梅著:《言据性研究述评》,《现代外语》2006 年第 2 期。

[5] 房红梅、马玉蕾著:《言据性·主观性·主观化》,《外语学刊》2008 年第 4 期。

[6] 弗兰斯·范·爱默伦著:《从"批判性讨论"的理想模型到具体情境中的论证性会话——"语用论辩术"论证理论的逐步发展》,谢耘译,《逻辑学研究》2015 年第 2 期。

[7] 高名凯著:《汉语语法论》,科学出版社 1957 年版。

[8] 谷振诣著:《论证与分析——逻辑的应用》,人民出版社 2000 年版。

[9] 胡壮麟著:《语言的可证性》,《外语教学与研究》1994 年第 1 期。

[10] 胡壮麟著:《可证性,新闻报道和论辩语体》,《外语研究》1994 年第 2 期。

[11] 胡壮麟著:《汉语的言据性和语篇分析》,《湖北大学学报》1995 年第 2 期。

[12] 江荻著:《藏语拉萨话的体貌、示证及自我中心范畴》,《语言科学》

2005年第1期。

[13] 乐耀著：《国内传信范畴研究综述》，《汉语学习》2011年第1期。

[14] 乐耀著：《传信范畴作为汉语会话话题生成的一种策略》，《汉语学习》2013年第6期。

[15] 乐耀著：《现代汉语传信范畴的性质和概貌》，《语文研究》2014年第2期。

[16] 李讷、安珊迪、张伯江著：《从语法角度讨论语气词"的"》，《中国语文》1998年第2期。

[17]《廖秋忠文集》，北京语言学院出版社1992年版。

[18] 刘丹著：《英汉论辩体裁介入系统跨文化对比研究》，《外语学刊》2013年第3期。

[19] 吕叔湘著：《中国文法要略》，商务印书馆1944年版。

[20] 罗桂花、廖美珍著：《法庭话语中的言据性》，《语言研究》2013年第4期。

[21] 马建忠著：《马氏文通读本》，上海教育出版社2000年版。

[22] 牛保义著：《国外实据性理论研究》，《当代语言学》2005年第1期。

[23] 钱钟书著：《围城》，人民文学出版社1991年版。

[24] 沈家煊著：《语言的"主观性"和"主观化"》，《外语教学与研究》2001年第4期。

[25] 孙自挥、陈渝著：《大学生英语论文写作的言据性研究》，《西南交通大学学报（社会科学版）》2010年第5期。

[26] 汤斌著：《英语疫情新闻中言据性语篇特征的系统功能研究》，复旦大学英语语言文学专业博士学位论文，2007年。

[27] 陶红印著：《从共时语法化与历时语法化相结合的视点看汉语词汇语法现象的动态特征》，华中师范大学语言学讲座讲义，2007年。

[28] 涂家金著：《当代西方论辩研究的三个视角及启示》，《江西社会科学》2012年第6期。

[29] 王德春、陈瑞瑞著：《语体学》，广西教育出版社2000年版。

[30] 王国凤、庞继贤著：《语篇的社会认知研究框架——以新闻语篇的言

据性分析为例》,《外语与外语教学》,2013 年第 1 期。

[31] 王敏、杨坤著:《交互主观性及其在话语中的体现》,《外语学刊》2010 年第 1 期。

[32] 王天华著:《复述话语语用策略中的可证性》,《外语学刊》2006 年第 3 期。

[33] 王天华著:《论言据性的语义范围》,《外语学刊》2010 年第 1 期。

[34] 吴福祥著:《近年来语法化研究的进展》,《外语教学与研究》2004 年第 1 期。

[35] 吴鹏、熊明辉著:《策略操纵:语用论辩学之修辞拓展》,《福建师范大学学报(哲学社会科学版)》2015 年第 3 期。

[36] 徐昉、龚晶著:《二语学术写作言据性资源使用的实证研究》,《解放军外国语学院学报》2014 年第 4 期。

[37] 徐盛桓著:《逻辑与实据——英语 IF 条件句研究的一种理论框架》,《现代外语》2004 年第 4 期。

[38] 严辰松著:《语言如何表达"言之有据"——传信范畴浅说》,《解放军外国语学院学报》2000 年第 1 期。

[39] 闫林琼、吴鹏著:《基于语用论辩学的批判性阅读模式研究》,《外国语文》2016 年第 1 期。

[40] 杨林秀著:《英语科研论文中的言据性》,厦门大学英语语言文学专业博士学位论文,2009 年。

[41] 杨林秀著:《英文学术论文中的作者身份构建——言据性视角》,《外语教学》2015 年第 2 期。

[42] 余光武著:《言据范畴的语义与表达层次初探——基于汉语语料的考察》,《外语与外语教学》2010 年第 2 期。

[43] 张伯江著:《认识观的语法表现》,《国外语言学(当代语言学)》1997 年第 2 期。

[44] 张成福、余光武著:《论汉语的传信表达——以插入语研究为例》,《语言科学》2003 年第 3 期。

[45] 朱永生著:《试论现代汉语的言据性》,《现代外语》2006 年第 4 期。

二、外文文献

[1] Alexandra Y. Aikhenvald, "Evidentiality in typological perspective," Alexandra Y. Aikhenvald and Robert M. W. Dixon eds., *Studies in Evidentiality,* Amsterdam/Philadelphia: John Benjamins Publishing Company, 2003.

[2] Alexandra Y. Aikhenvald, *Evidentiality,* Oxford: Oxford University Press, 2004.

[3] Alexandra Y. Aikhenvald, "Information source and evidentiality: what can we conclude?", *Rivista di Linguistica,* 2007, 19(1).

[4] Alexandra Y. Aikhenvald and Robert M. W. Dixon, "Evidentials and areal typology: A case-study from Amazonia", *Language Sciences,* 1998, (20).

[5] Alexandra Y. Aikhenvald and Robert M. W. Dixon eds., *Studies in Evidentiality,* Amsterdam /Philadelphia: John Benjamins Publishing Company, 2003.

[6] Alice Schlichter, "The origins and deictic nature of Wintu evidentials", Wallace Chafe and Johanna Nichols eds., *Evidentiality: The Linguistic Coding of Epistemology,* Norwood, New Jersey: Ablex, 1986.

[7] Andrea Rocci, "Modality and argumentative discourse relations: A study of the Italian necessity modal dovere", *Journal of Pragmatics,* 2012, 44(15).

[8] Anita Fetzer and Augustin Speyer, "Discourse relations in English and German discourse: Local and not-so-local constraints", *Intercultural Pragmatics,* 2012, 9(4).

[9] Anna Papafragou, Peggy Li, Youngon Choi and CHung-hye Han, "Evidentiality in language and cognition", *Cognition,* 2007, (103).

[10] Arie Verhagen, "Subjectification, syntax, and communication", D. Stein and S. Wright eds., *Subjectivity and subjectivisation: linguistic perspectives,* Cambridge: Cambridge University Press, 1995.

[11] Arie Verhagen, "Subordination and discourse segmentation revisited, or: Why matrix clauses may be more dependent than complements", T. Sanders, J. Schilperoord and W. Spooren eds., *Text Representation: Linguistic and Psychological*

Aspects, Amsterdam/ Philadelphia: John Benjamins Publishing Company, 2001.

[12] Arie Verhagen, *Constructions of Intersubjectivity: Discourse, Syntax, and Cognition,* Oxford: Oxford University Press, 2005.

[13] Beata Gurajek, *Evidentiality in English and Polish,* Edinburgh: the University of Edinburgh, 2010.

[14] Bert Cornillie, *Evidentiality and Epistemic Modality in Spanish (Semi-) Auxiliaries: A Cognitive-functional Approach,* Berlin, DEU: Walter de Gruyter, 2007.

[15] B. J. Hoff, "Evidentiality in Carib Particles: Affixes, and a Variant of Wackernagel's Law", *Lingua,* 1986, (69).

[16] Caroline Clark, "Evidence of evidentiality in the quality press 1993 and 2005", *Corpora,* 2010, 5(2).

[17] Christopher Davis, Christopher Potts and Margaret Speas, "The Pragmatic Values of Evidential Sentences", M. Gibson and T. Friedman eds., *Proceedings of SALT XVII,* CLC Publications, 2007.

[18] Claire Gronemeyer, *Evidentiality in Lithuanian. Working papers 46,* Lund University, Department of Linguistics, 1997.

[19] Claire Gronemeyer, *The Syntactic Basis of Evidentiality in Lithuanian,* Presented at Conference on Syntax and Semantics of Tense and Mood Selection, University of Bergamo, July 2-4, 1998.

[20] Dan I. Slobin and Ayhan A. Aksu-Koç, "Tense, aspect, and modality in the use of the Turkish evidential", P. J. Hopper ed., *Tense-aspect: Between Semantics and Pragmatics,* Amsterdam: John Benjamins, 1982.

[21] David Crystal, *A Dictionary of Linguistics & Phonetics (3rd),* Oxford: Blackwell, 1991.

[22] David Fleck, "Evidentiality and Double Tense in Matses", *Language,* 2007, 83(3).

[23] Deborah Schiffrin, *Discourse Markers,* Cambridge: Cambridge University Press, 1987.

[24] Deborah Schiffrin, "The Principle of Intersubjectivity in Communication and Conversation", *Semiotica,* 1990, (80).

[25] Demetracopoulou D. Lee, "Conceptual Implications of an Indian Language", *Philosophy of Sciences,* 1938, (5).

[26] Demetracopoulou D. Lee, "Linguistic reflection of Wintu thought", *International Journal of American Linguistics,* 1944, (10). Reprinted in Demetracopoulou D. Lee ed., *Freedom and Culture, Englewood Cliffs:* Prentice-Hall, 1959.

[27] Desmond C. Derbyshire, *Hixkaryana and Linguistic Typology,* Dallas: Summer Institute of Linguistics, 1985.

[28] Dieter Stein and Susan Wright eds., *Subjectivity and Subjectivisation: Linguistic Perspectives,* Cambridge: Cambridge University Press, 1995.

[29] Edward Finegan, *Language: Its Structure and Use,* Sydney: Harcourt Brace, 1992.

[30] Edward Finegan, "Subjectivity and Subjectivisation: An introduction", D. Stein and S. Wright eds., *Subjectivity and Subjectivisation: Linguistic Perspectives,* Cambridge: Cambridge University Press, 1995.

[31] Edward Sapir, *Language: An Introduction to the Study of Speech,* NewYork: Hareouri, Brace and Co., 1921.

[32] Edward Sapir, "Takelma", Franz Boas ed., *Handbook of American Indian Languages, Part 2,* Washington: Government Printing Office, 1922.

[33] Elizabeth Closs Traugott, "On the rise of epistemic meanings in English: An example of subjectification in semantic change", *Language,* 1989, (65).

[34] Elizabeth Closs Traugott, "Subjectivization in grammaticalization", D. Stein and S. Wright eds., *Subjectivity and Subjectivisation: Linguistic Perspectives,* Cambridge: Cambridge University Press, 1995.

[35] Elizabeth Closs Traugott, "Revisiting Subjectification and Intersubjectification", H. Cuyckens, K. Davidse and L. Vandelanotte eds., *Subjectification, Intersubjectification and Grammaticalisation,* Berlin and New York:

Mouton de Gruyter, 1997.

[36] Elizabeth Closs Traugott, "From Subjectification to Intersubjectification", R. Hickey ed., *Motives for Language Change,* Cambridge: Cambridge University Press, 2003.

[37] Elizabeth Closs Traugott and Richard B. Dasher, *Regularity in Semantic Change,* Cambridge: Cambridge University Press, 2002.

[38] Elly Ifantidou, *Evidentials and Relevance,* Amsterdam/Philadelphia: John Benjamins Publishing Company, 2001.

[39] Émile Benveniste, *Problems in General Linguistics,* Coral Gables, FL: University of Miami Press, 1971.

[40] E. Krawczyk, "Do you have evidence for that evidential?", C. Hutchinson and E. Krawczyk eds., *Georgetown University Working Papers in Theoretical Linguistics, Vol. VII,* http://www8.georgetown.edu/departments/linguistics/ tlwp/ volumes.html. 2009.

[41] Ferdinand de Haan, *The Catergory of Videntiality,* University of New Mexico, 1998.

[42] Ferdinand de Haan, "Evidentiality and Epistemic Modality: Setting Boundaries", *Southwest Journal of Linguistics,* 1999, (18).

[43] Ferdinand de Haan, "The Place of Inference Within the Evidential System", *International Journal of American Linguistics,* 2001, (67).

[44] Ferdinand de Haan, "Encoding speaker perspectives: evidentials", Z. Frajzyngier, A. Hodges and D. S. Rood eds., *Linguistic Diversity and Language Theories,* Amsterdam/ Philadelphia: John Benjamins Publishing Company, 2005.

[45] Francisco Alonso-Almeida and Mª Isabel González-Vázquez, "Exploring Male and Female Voices through Epistemic Modality and Evidentiality in Some Modern English Travel Texts on the Canaries", *Research in Language,* 2012, 10(2).

[46] Frank. R. Palmer, *Mood and Modality,* Cambridge: Cambridge University Press, 1986.

[47] Frans H. van Eemeren, "Fallacies as derailments of argumentative

discourse: Acceptance based on understanding and critical assessment", *Journal of Pragmatics,* 2013, 59(4).

[48] Frans H. van Eemeren, "Identifying Argumentative Patterns: A Vital Step in the Development of Pragma-Dialectics", *Argumentation,* 2015.

[49] Frans H. van Eemeren and Rob Grootendorst, *Argumentation, Communication, and Fallacies: A Pragma-Dialectical Perspective,* Hillsdale: Lawrence Erlbaum Associates, 1992.

[50] Frans H. van Eemeren and Rob Grootendorst, *A Systematic Theory of Argumentation: The Pragma- Dialetical Approach,* Cambridge: Cambridge University Press, 2004.

[51] Frans H. van Eemeren, Rob Grootendorst and Francisca S. Henkemans, *Argumentation: Analysis, Evaluation, Presentation,* New Jersey: Lwrence Erlbaum Associates, 2002.

[52] Franz Boas, "Introduction", Franz Boas ed., *Handbook of American Indian Languages, Part I.* Washington: Government Printing Office, 1911a.

[53] Franz Boas, "Kwakiutl", Franz Boas ed., *Handbook of American Indian Languages, Part I.* Washington: Government Printing Office, 1911b.

[54] Franz Boas, "Language", Franz Boas ed., *General Anthropology,* Boston, New York: D. C. Heath and Company, 1938.

[55] Franz Boas, "Kwakiutl grammar, with a glossary of the suffixes", *Transactions of the American Philosophical Society,* 1947, (37).

[56] Gabriele Diewald and Elena Smirnova, eds., *Empirical Approaches to Language Typology: Linguistic Realization of Evidentiality in European Languages,* Berlin, DEU: Walter de Gruyter, 2010.

[57] Gabriele Diewald and Elena Smirnova, eds., *Evidentiality in German: Linguistic Realization and Regularities in Grammaticalization,* Berlin, DEU: Walter de Gruyter, 2010.

[58] Gail B. Viechnicki, *Evidentiality in Scientific Discourse,* Chicago, IL: The University of Chicago Press, 2002.

[59] Gilbert Lazard, "On the grammaticalization of evidentiality", *Journal of Pragmatics,* 2001, (33).

[60] Hadumod Bussmann, *Routledge Dictionary of Language and Linguistics,* London, New York: Routledge, 1996.

[61] Harald Haarmann, *Die indirekte Erlebnisform als grammatische Kategorie: Eine Eurasische Isoglosse,* Wiesbaden, Germany: Harrassowitz, 1970.

[62] Harry Hoijer, "Some Problems of American Indian linguistic research", *Papers from the Symposium on American Indian Linguistics Held at Berkeley,* Berkeley and Los Angeles: University of California Press, 1985.

[63] Haruo Aoki, "Evidentials in Japanese", Wallace Chafe and Johanna Nichols eds., *Evidentiality: The Linguistic Coding of Epistemology,* Norwood, New Jersey: Ablex, 1986.

[64] Henning Andersen, "Abductive and deductive change", *Language,* 1973, (49).

[65] Herbert Paul Grice, *Logic and Conversation,* Unpublished manuscript of the William James Lectures, Harvard University, 1967.

[66] Herbert Paul Grice, "Logic and conversation", P. Cole and J. L. Morgan eds., *Syntax and Semantics, Vol. 3: Speech Acts,* New York: Academic Press, 1975.

[67] Howard I. Aronson, "The grammatical categories of the indicative in the contemporary Bulgarian literary language", Roman Jakobson ed., *To Honor Roman Jakobson. Vol. I,* The Hague: Mouton, 1967.

[68] Hsieh, Chia-Ling, "Evidentiality in Chinese newspaper reports: subjectivity / objectivity as a factor", *Discourse Studies,* 2008, (10).

[69] Ilana Mushin, *Evidentiality and Epistemological Stance: Narrative Retelling,* Amsterdam/Philadelphia: John Benjamins Publishing Company, 2001.

[70] Jan Nuyts, "Modality: Overview and Linguistic Issues", W. Frawley ed., *The Expression of Modality,* Berlin, DEU: Mouton de Gruyter, 2005.

[71] Jan Nuyts, *Epistemic Modality, Language, and Conceptualization: A Cognitive-Pragmatic Perspective,* Amsterdam/Philadelphia: John Benjamins Publishing Company, 2001.

[72] Janet Barnes, "Evidentials in the Tuyuca Verb", *International Journal of American Linguistics,* 1984, (50).

[73] Jan-Ola Östman, *You know: A Discourse Functional Approach,* Amsterdam/ Philadelphia: John Benjamins Publishing Company, 1981.

[74] Janus Mortensen, *Epistemic and Evidential Sentence Adverbials in Danish and English: A Comparative Study,* Roskilde: Roskilde University, 2006.

[75] Joan L. Bybee, *Mophology: A Study of the Relation between Meaning and Form,* Amsterdam/Philadelphia: John Benjamins Publishing, 1985.

[76] Joan L. Bybee, R. Perkins and W. Pagliuca, *The Evolution of Grammar: Tense, Aspect and Mood in the Languages of the World,* Chicago: University of Chicago Press, 1994.

[77] Joel Sherzer, *An Ariel-Typological Study of the Americanindian Languages,* North of Mexico, University of Pennsylvania, 1968.

[78] Johan van der Auwera and Vladimir A. Plungian, "On modality's semantic map", *Linguistic Typology,* 1998, (2).

[79] Johan Rooryck, "Evidentiality, Part I", *Glot International,* 2001, (5).

[80] John Lyons, "Deixis and subjectivity: Loquor, ergo sum?", R. J. Jarvella and W. Klein eds., *Speech, Place, and Action: Studies in Deixis and Related Topics,* Chiester and New York: John Wiley, 1982.

[81] John Lyons, *Semantics,* Cambridge: Cambridge University Press, 1977.

[82] John Lyons, "Subjecthood and subjectivity", M. Yaguello ed., *Subjecthood and Subjectivity: Proceedings of the Colloquium, the Status of the Subject in Linguistic Theory,* Paris: Ophrys, 1993.

[83] John Lyons, *Linguistic Semantics: An Introduction,* Cambridge: Cambridge University Press, 1995.

[84] John Saeed, *Semantics,* Oxford: Blackwell, 1997 /2000.

[85] John W. Du Bois, "Self evidence and ritual speech", Wallace Chafe and Johanna Nichols eds., *Evidentiality: The Linguistic Coding of Epistemology,* Norwood, New Jersey: Ablex, 1986.

[86] José Sanders and Wilbert Spooren, "Subjectivity and certainty in epistemic modality: A study of Dutch Epistemic Modifiers", *Cognitive Linguistics,* 1996, (7).

[87] José Sanders and Wilbert Spooren, "Perspective, subjectivity and modality from a cognitive linguistic point of view", W. A. Liebert, G. Redeker and L. Waugh eds., *Discourse and Perspective in Cognitive Linguistics, Amsterdam:* Benjamins, 1997.

[88] Juana I. Marín-Arrese ed., *Perspectives on Evidentiality and Modality,* Madrid: Editorial Complutense, 2004.

[89] Karin Aijmer, *The Semantic Field of Modal Certainty: A Corpus-Based Study of English Adverbs,* Berlin, DEU: Mouton de Gruyter, 2008.

[90] Karl Bühler, *Theory of Language: The Representational Function of Language,* Amsterdam /Philadelphia: John Benjamins Publishing, 1934.

[91] Kathleen Carey, "Subjectification and the development of the English perfect", D. Stein and S. Wright eds., *Subjectivity and Subjectivisation,* Cambridge: Cambridge University Press, 1995.

[92] Ken Hyland, "Stance and engagement: a model of interaction in academic discourse", *Discourse Studies,* 2005, 7 (2).

[93] Lars Johanson and Bo Utas eds., *Evidentials: Turkic, Iranian, and Neighbouring Languages,* Berlin: Mouton de Gruyter, 2000.

[94] Lawrence C. Schoroup, *Common Discourse Particles in English Conversation,* New York: Garland, 1985.

[95] Lloyd B. Anderson, "Evidentials, Paths of Change, and Mental Maps: Typologically Regular Asymmetries", Wallace Chafe and Johanna Nichols eds., *Evidentiality: The Linguistic Coding of Epistemology,* Norwood, New Jersey: Ablex, 1986.

[96] Maria Carretero, "The role of evidentiality and epistemic modality in three English spoken texts from legal proceedings", Juana I. Marín-Arrese ed., *Perspectives on Evidentiality and Epistemic Modality,* Madrid: Editorial Complutense, 2004.

[97] Marianne Mithun, "Evidential Diachrony in Northern Iroquoian", Wallace Chafe and Johanna Nichols eds., *Evidentiality: The Linguistic Coding of Epistemology,* Norwood, New Jersey: Ablex, 1986.

[98] Mark Felton, Merce Garcia-Mila, Constanza Villarroel and Sandra Gilabert, "Arguing collaboratively: Argumentative discourse types and their potential for knowledge building", *British Journal of Educational Psychology,* 2015, 85(3).

[99] Martha J. Hardman ed., *The Aymara language in its social and cultural context: A collection of essays on aspects of Aymara language and culture,* Gainesville: University Presses of Florida, 1981.

[100] Martha J. Hardman, "Data-Source Marking in the Jaqi Languages", Wallace Chafe and Johanna Nichols eds., *Evidentiality: The Linguistic Coding of Epistemology,* Norwood, New Jersey: Ablex, 1986.

[101] Martina Faller, *Semantics and Pragmatics of Evidentials in Cuzco Quechua,* Stanford University, 2002a.

[102] Martina Faller, "Remarks on evidential hierarchies", I. David, Beaver, L. D. C. MartÃnez, B. Z. Clark and S. Kaufmann eds., The *Construction of Meaning,* Stanford: CSLI Publications, 2002b.

[103] Michel Bréal, *Semantics: Studies in the Science of Meaning (second edition),* William Heinemann, 1964.

[104] Mikhail M. Bakhtin, *Speech Genre and Other Late Essays,* Austin: University of Texas Press, 1986.

[105] Morris Swadesh, "Nootka internal syntax", *International Journal of American Linguistics,* 1939, (9).

[106] M. González-Vázquez, La modalidad epistémico subjetiva/objetiva y su interacción con la evidencialidad. In J. Oliver-Frade, etal. eds., *Cien años de investigación semántica, de Michel Breal a la actualidad. Actas del Congreso Internacional de Semántica,* La Laguna: Universidad de La Laguna, 2000.

[107] M. González-Vázquez, *Las fuentes de la información. Tipología, semántica y pragmática de la evidencialidad,* Vigo: Servizo de Publicacións

Universidade de Vigo, 2006.

[108] Niriko M. Akatsuka, "On the co-construction of counterfactual reasoning", *Journal of Pragmatics,* 1997, (28).

[109] Patrick Dendale and Liliance Tasmowski, "Introduction: Evidentiality and Related Notions", *Journal of Pragmatics,* 2001, (33).

[110] Richard Mayer, "Abstraction, context, and perspectivization--Evidentials in discourse semantics", *Theoretical Linguistics,* 1990, (16).

[111] Robert L. Oswalt, "The Evidential System of Kashaya", Wallace Chafe and Johanna Nichols eds., *Evidentiality: The Linguistic Coding of Epistemology,* Norwood, New Jersey: Ablex, 1986.

[112] Roman Jakobson, Shifters, verbal categories and the Russian verb, Department of Slavic Languages and Literatures, Harvard University, 1957. Reprinted in Roman Jakobson ed., *Selected Writings 2: Word and Language,* Hague and Paris: Mouton, 1971.

[113] Ronald W. Langacker, "Observations and speculations on subjectivity", J. Hamian ed., *Iconicity in Syntax,* Amsterdam: Benjamins, 1985.

[114] Ronald W. Langacker, *Foundations of Cognitive Grammar: Theoretical Prerequisites,* Standford: Standford University, 1987.

[115] Ronald W. Langacker, "Subjectification", *Cognitive Linguistics,* 1990, (1).

[116] Ronald W. Langacker, "The contextual basis of cognitive semantics", J. Nuyts and E. Pederson eds., *Language and Conceptualization, Cambridge:* Cambridge University Press, 1997.

[117] Ronald W. Langacker, "Conceptualization, Symbolization, and Grammar", M. Tomasello ed., *The New Psychology of Language: Cognitive and Functional Approaches to Language Structure,* Mahwah, NJ and London: Erlbaum, 1998.

[118] Ronald W. Langacker, "Losing control: grammaticalization, subjectification, and transparency", A. Blank and P. Koch eds., *Historical Semantics and Cognition,* Berlin and New York: Mouton de Gruyter, 1999.

[119] Ronald W. Langacker, "Deixis and Subjectivity", F. Brisard ed.,

Grounding: The Epistemic Footing of Deixis and Reference, Berlin, DEU: Mouton de Gruyter, 2002.

[120] Ronald W. Langacker, "Subjectification, grammaticization, and conceptual archetypes", A. Athanasiadou, C. Canakis and B. Cornillie eds., *Subjectification: Various Paths to Subjectivity,* Berlin, DEU: Mouton de Gruyter, 2006.

[121] Simon Dik and Kees Hengeveld, "The hierarchical structure of the clause and the typology of perception verb complements", *Linguistics,* 1991, (29).

[122] Stephen C. Levinson, *Pragmatics,* Cambridge: Cambridge University Press, 1983.

[123] Suzanne Kemmer, "Emphatic and Reflexive –*self*: Expectations, Viewpoint, and Subjectivity", D. Stein and S. Wright eds., *Subjectivity and Subjectivisation,* Cambridge: Cambridge University Press, 1995.

[124] Talmy Givón, "Evidentiality and Epistemic Space", *Studies in Language,* 1982, (6).

[125] Talmy Givón, Syntax: *A Functional-Typological Introduction Vol.I,* Amsterdam / Philadelphia: John Benjamins Publishing Company, 1984.

[126] Talmy Givón, Syntax: *An Introduction,* Amsterdam/Philadelphia: John Benjamins Publishing Company, 2001.

[127] Teenie Matlock, *Metaphor and the Grammaticalization of Evidentials,* Proceedings of the Annual Meeting of the Berkeley Linguistics Society, 1989, (15).

[128] Thomas Willett, "A Cross-Linguistic Survey of the Grammaticalization of Evidentiality", *Studies in Language,* 1988, (12).

[129] Victor A. Friedman, "On the semantic and morphological influence of Turkish on Balkan Slavic", D. Farkas, W. Jacobsen and K. Todrys eds., *Papers from the Fourteenth Regional Meeting of the Chicago Linguistic Society,* Chicago: Chicago Linguistic Society, 1978.

[130] Victor A. Friedman, "Evidentiality in the Balkans: Bulgarian, Macedonian, and Albanian", Wallace Chafe and Johanna Nichols eds., *Evidentiality: The Linguistic Coding of Epistemology,* Norwood, New Jersey: Ablex, 1986.

[131] Victor A. Friedman, "Confirmative/Nonconfirmative in Balkan Slavic, Balkan Romance, and Albanian with Additional Observations on Turkish, Romani, Georgian, and Lak", L. Johanson and B. Utas eds., *Evidentials: Turkic, Iranian and Neighbouring Languages,* Berlin, DEU: Mouton de Gruyter, 2000.

[132] Victor A. Friedman, "Evidentiality in the Balkans with special attention to Macedonian and Albanian", A. Y. Aikhenvald and R. M. W. Dixon eds., *Studies in Evidentiality.* Amsterdam/Philadelphia: John Benjamins Publishing Company, 2003.

[133] Vladinir A. Plungian, "The Place of Evidentiality within the Universal Grammatical Space", *Journal of Pragmatics,* 2001, 33(3).

[134] Vladinir A. Plungian, "Types of verbal evidentiality marking: an overview", G. Diewald and E. Smirnova eds., *Empirical Approaches to Language Typology: Linguistic Realization of Evidentiality in European Languages,* Berlin, DEU: Walter de Gruyter, 2010.

[135] Wallace Chafe, "Evidentiality in English conversation and academic writing", Wallace Chafe and Johanna Nichols eds., *Evidentiality: The Linguistic Coding of Epistemology,* Norwood, New Jersey: Ablex, 1986.

[136] Wallace Chafe and Johanna Nichols eds., *Evidentiality: The Linguistic Coding of Epistemology,* Norwood, New Jersey: Ablex, 1986.

[137] William Croft, *Typology and Universals,* Cambridge : Cambridge University Press, 1990.

[138] William Croft, *Radical Construction Grammar,* Oxford: Oxford University Press, 2001.

[139] William H. Jacobsen, "The Heterogeneity of Evidentials in Makah", Wallace Chafe and Johanna Nichols eds., *Evidentiality: The Linguistic Coding of Epistemology,* Norwood, New Jersey: Ablex, 1986.

[140] Zlatka Guentchéva-Desclés ed., *L'énonciation médiatisée. Vol. I,* Louvain, Belgium: Peeters, 1996.

[141] Zlatka Guentchéva-Desclés ed., *L'énonciation médiatisée. Vol. II,* Louvain, Belgium: Peeters, 2007.

附　录

附录一：2008年和2012年美国总统竞选辩论

（1）王丹、陈畅：《舌尖上的对决——美国大选辩论战》，北京：中国宇航出版社2013年版。

（2）王瑞泽：《美国大选电视辩论集》，译林出版社2012年版。

附录二：自建语料库文本数据

总统竞选辩论	
场次	字数
奥巴马—麦凯恩（2008年第一场）	16163
拜登—佩林（2008年第二场）	17054
奥巴马—麦凯恩（2008年第四场）	15414
奥巴马—罗姆尼（2012年第一场）	17039
拜登—莱恩（2012年第二场）	17060
奥巴马—罗姆尼（2012年第四场）	17327
总计	100057

后 记

本书是我的博士论文，在出版时对部分章节进行了修改，基本内容未作改动。这是我对语篇言据性研究的基本思考和阶段性成果，希望能够及时呈现给学界，得到同行专家们的批评指正，从而帮助我改正研究中的不足，有利于更好地开展下一步的研究工作。

与此同时，我借此书向在求学、致研和撰写论文过程中给予我帮助和支持的导师、老师、同学、同事和亲人表达最衷心的感谢和敬意。

首先，本书的出版应归功于我的博士生导师、上海外国语大学的俞东明教授。正是在先生悉心的指导、督促和鼓励下，我才得以顺利地完成博士阶段的学习，并完成本书的修改和出版。非常感谢先生对我的精心指导与无私帮助！此外，先生博学多才、温文尔雅，拥有国际化的学术视野、精湛的学术造诣、严谨的治学风格，不但是我人生的楷模，而且先生对我的指导也超越了器物、技术层面，是影响我一生的的道德熏陶和思想潜化。我深知该论文还难以达到先生所要求的高度，今后唯有加倍努力，不断进取，才能不负先生恩泽。师恩绵延，无以回报，谨祝导师康乐常伴！

感谢何兆熊教授、许余龙教授、梅德明教授、陈坚林教授。他们传道授业，不仅开拓了我的学术视野，拓展了我的研究思路，更重要的是让我学会了许多做人的道理和求学治问的态度。他们的授课使我获得了语用学、对比语言学、语言哲学、语篇分析、语言教学等与博士论文研究紧密相关的相邻学科知识，使我能从这些学科中汲取营养来丰富自己的研究。

感谢许余龙、曲卫国、韩仲谦、徐海铭和李欣教授，他们在百忙之中阅读了我的论文，并在答辩过程中对我的研究提出了许多宝贵的意见和建议，从而督促我对本书内容进行修订和完善。

同时也感谢上海外国语大学的老师、学长和同学们给予我的诸多帮助和启发，他们不仅向我提供各种学习上的帮助，而且和我一起分享学术研究心得和学术资源，鼓励我在学术的道路上不断前进。

还要感谢上海理工大学外语学院的领导和公共英语技能梯队的各位老师对我的支持和鼓励。他们是我的良师益友，时刻关心着我的学习与生活。他们不断超越自我，在学术研究的道路上不断创造新的高度，以及勤奋、自强、严谨的治学态度不断激励我奋勇向前，是我学习的榜样。

感谢家人，尤其是年迈的父母和我的爱人。他们在背后的默默支持是我前进的动力。他们无私的关怀以及对我研究工作的坚定支持，使我倍感幸福。碌碌至今，愧无以报。谨在此祝愿他们身体健康，幸福安康！

本书的出版得到了上海高校青年教师培养资助计划（ZZslg15038）、上海理工大学外语学院博士科研启动基金项目、上海理工大学教师教学发展研究项目"英语论辩语篇写作教学研究"（CFTD16029Y）、上海理工大学人文社会科学重点项目"翻译技术在翻译人才培养过程中的能效研究"和上海理工大学人文社科"攀登计划"资助项目"工作记忆容量对英语阅读记忆策略的影响研究"（16HJPD-A04）的资助和支持。

语篇言据性研究是一个具有发展潜力的课题，本书是我对语篇言据性研究的基本思考和阶段性成果，由于水平有限，书中难免有错漏之处，恳请阅读本书的专家学者、学界同仁提出批评指正！

陈　征